魔瞳 9

The Devil's Eye

邦拿 作品

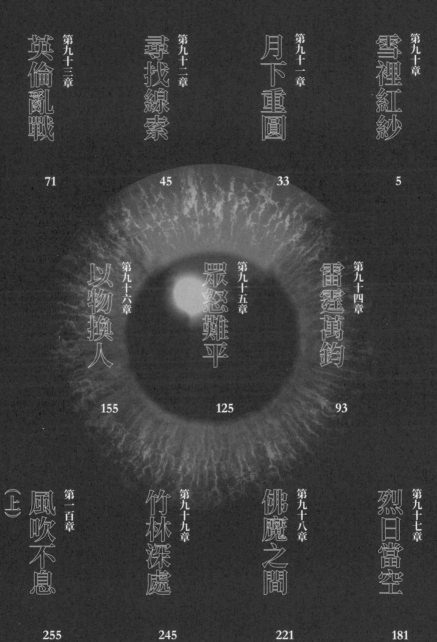

第九十章 —— 雪裡紅紗

第九十章　雪裡紅紗

每年過了秋天，位於俄羅斯北部的這片森林，整整半年都只剩下單調、死寂的寒白。

時值嚴冬，更是霜雪遍地，縱有太陽當空，仍是寒不可耐。

這年冬天比往年都要冷，每每風起，便惹來漫天的飛雪，把參天大樹都鋪上一層白衣，掩蓋了林中本就稀有的生氣。

那無盡的風雪，橫築成一堵堵雪白巨牆，阻隔了視線，阻隔了聲響，也彷彿把時間一併封鎖。

不過，環境再寒冷再死寂，為了生存，生物還是得尋找食物裹腹。

由於所在位置沒有軍事價值，撒旦教和殲魔協會交戰的這兩年間，戰火並沒有漫延至這森林，因此有些人為逃避戰火，便隱居至此。

這個冬天，異常狂亂的風雪把通往城市的道路完全埋沒，森林裡的人困在這冰天雪地之中，把糧食都耗光後，要再得到食物，就只有在森林之中尋找僅餘的生物。

維迪治一家在這北俄森林中已生活了幾十年，雖長期被冰雪覆蓋，但林中還是有著不少野生動物，所以在戰爭之前，每年冬天他們一家五口皆會在林中打獵作樂。

以往消遣的娛樂，如今卻成了求生技能，不過資源貧乏，每一顆子彈皆彌足珍貴。

一顆子彈換取一條生命，就是維迪治眼下堅守的生存信條。

維迪治握住獵槍，埋伏在雪堆中已經整整半個小時，白雪早把他的人深深埋在底下，只是露出眼鼻呼吸，以及隨時吐火的槍口。

在維迪治眼前是一片死寂的雪白，但他清楚知道，獵物此刻正是隱藏在冰雪之內，因為就在半小時前，維迪治就是追蹤那頭獵物至此。

維迪治一雙透射銳利目光的眼睛，牢牢瞪著面前一堆微微隆起的雪。

以他狩獵的經驗，獵物應當在雪堆之中，可是維迪治沒有親眼證實，所以一時沒有開火，只是等待一個切實的答案。

忽然，那團積雪，輕輕一動。

砰！

一聲槍響，忽在寂林中迴響，獵槍射出的子彈，直接貫進那團雪堆！

槍響過後，林內飛鳥拍翼驚飛，除此之外，森林裡仍是一片幽寂。

被射中的雪堆，一時沒有動靜，但片刻過後，卻有一團鮮紅，自當中迅速滲出。

「行了。」維迪治心中暗喜，知道自己沒有浪費彈藥。

他又伏在雪中，靜觀了好一陣子，這才慢慢自雪中走出來。

維迪治提著獵槍，小心翼翼的走向那染紅的雪堆中，然後以槍管輕輕撥開積雪，露出底層的獵物。

但見雪堆之中，那頭被擊斃的獵物，不是兔子、不是狐狸。

卻是一個，成年男子。

戰爭開始之後，森林來了不少外來者，起初他們還會自市區購入糧食，但隨著戰事緊張，城市裡的資源越來越少，許多居住在森林中的人也開始打獵謀食。

兩年間無止境的狩獵下，森林內動物數目銳減，這個冬天異常的天氣，更加使情況變得嚴峻。

自十月以來，維迪治一家只是在森林中捕過數頭野兔，原本數量不少的赤狐，更是一頭不見。

獵物稀少，儲糧耗盡，出入道路又被冰雪所隔，被困在森林內的幾戶人家，便開始為了食物爭執，有時更大打出手。

當中有人揚言要殺死對方，煎皮拆骨來吃，原本只是氣話，怎料在瘋狂的飢寒交迫下，這種咒罵最終成真。

也不知是誰首先開第一槍，但那一槍誤殺了一人，卻就此引發了林內，人類相互間的殘殺。

不是殺人，就是被殺，為了令一家人能完整，維迪治不得不把其他的「人」，統統視作「獸」。

維迪治熟知森林，又有較佳的狩獵經驗，因此這一個星期來，雖然險象環生，但他們一家五口終究存活下來。

至於剛剛那一槍，則是把這場狩獵結束。

維迪治拖著男屍，來到不遠處一塊大石前。

他撥開石上積雪，露出底下平滑的石面，再把男屍放在其上。

「抱歉。」維迪治看著男屍的死相，歉疚的說了一聲，便自腰間掏出一柄刀子，然後自關節開始，把男屍去皮拆肉。

打獵無果，糧食又盡，為了能使整家熬過這冬天，維迪治無可奈何，唯有以同類的屍首充飢。

他不想讓家裡三名小孩知道，這幾天所吃的其實是人肉，所以每次殺人後，維迪治都會在大石上拆下能吃部分，再帶回他們一家正躲藏著的山洞裡；他又會把餘下的骨頭放在地上，在附近設一些陷阱，希望能捕到野獸，可惜那些裝置始終紋風不動。

「真希望這該死的冬天快點完結。」維迪治一邊強忍著吐意拆解死屍，一邊暗地祝禱。

雖然一家暫得平安，而且又有人肉作糧，但距離春至雪融，至少還有三個月，他們得尋找更多食物才可以撐過去。

把能吃的部分都剖出來後，維迪治便任由屍體放在大石附近，便帶著肉塊離開。

趁日光未消，維迪治便加快腳步，走回匿藏的山洞，打算今夜把他們接回原本的家中。

不過，走到半途，維迪治忽然被一點東西吸引，停住腳步。

維迪治看到不遠處的一堆枯枝裡，隱約有一條尾巴。

一條赤狐的尾巴。

「天主保佑！」維迪治心下又驚又喜。

赤狐的身軀雖被枯枝所擋，但憑著尾巴維迪治還是能捕捉到狐狸的所在。

他目測雙方距離，覺得自己難以一槍擊斃赤狐，便連忙把肉塊輕輕放下，然後提著獵槍，慢慢走近。

他屏氣靜氣，腳步極輕，同時計算著得手的把握。

終於，維迪治差不多來到一個十足把握射殺赤狐的距離，他便動作極緩地提起獵槍。

只是，當他踏出最後一步，雪地裡忽有東西湧出，猛然用力「咬」住他的右腳腳掌！

那東西力度奇大，竟把維迪治的腳骨直接咬碎！

維迪治大聲痛呼，踉蹌倒地，混亂間卻看到那牢牢咬住自己右腳的，卻是一個捕獸器！

「森林裡還有人？」維迪治萬分驚訝，但極力保持冷靜，雖然痛楚錐心，雙手仍然緊握獵槍，不停環顧四周。

維迪治此時看回枯枝堆，才發現原來裡頭僅僅只是一條狐尾皮草，他更認出那是他之前送給妻子作圍巾用的那一條！

「混帳！有種你就出來！」維迪治頓時明白一切只是陷阱，認出妻子的狐尾圍巾後，他擔心家人安危，心裡更是一急，忍不住怒聲放吼。

他連吼數聲，對方依然沒有現身，就在此時，他忽聽到頭頂有些動靜，仰頭一看，卻見樹上積雪竟掉散下來！

維迪治右腿受傷，轉動不了，臉目頓時被白雪所蓋，一時難以視物。

他慌亂地撥開臉上的雪，可是突然之間，他只覺頸側一陣劇痛，像是被甚麼噬了一口！

好不容易把積雪撥走，維迪治只見雙手滿是鮮血，頸部傳來大片涼意，便知自己頸部動脈已傷。

那頸部動脈是人體最重要的血脈，霎時間維迪治只覺眼前昏黑，他竭力按住傷口，但鮮血還是不斷自他指間湧出，不過片刻，他便覺渾身乏力，身體越來越寒。

鮮血噴灑不斷，教維迪治身體開始抽搐，眼皮也重得幾乎要撐不開。

此時，一團鮮麗的火紅，忽在他面前竄過，引起了他的注意。

維迪治竭力睜開眼皮，赫然看到遠處有一頭小赤狐輕巧的立足於雪地上。

小赤狐一雙靈動碧睛正看著自己，那修長的嘴巴一角，則流淌著一道鮮血。

維迪治沒有靈敏的嗅覺，卻知道小赤狐口中的鮮血屬於自己。

「怎麼會是你這小傢伙⋯⋯」維迪治驚愕的道，萬萬想不到設陷阱的竟是一頭狐狸！

小赤狐沒有走近，只是搖晃尾巴，一直在遠方觀察著維迪治，像是等待著他的死亡。

想到家人或許已遭遇不測，維迪治心裡禁不住燃起怒火，勉力提氣說道：「我要殺了你這頭畜牲⋯⋯」

不過他失血太多，連指頭也動不了，遑論提槍瞄準。

小赤狐卻像感覺到維迪治的殺氣，便開始圍著他緩緩打轉，狐腿不停，似是不讓維迪治捕捉到自己位置。

維迪治心下激動，鮮血越湧越多，此刻天氣雖寒，無奈維迪治的傷口實在太深，熱騰騰的血不停湧出，灑得他渾身染紅，身旁雪地開花。

小赤狐氣定神閒，步伐不變，一雙靈氣十足的狐眼，始終瞪住維迪治不放。

終於，維迪治不情不願的吐出最後一口氣，他的身體便如風雪一般，冰冷無溫。

小赤狐沒有立時走過去，反而繼續打圍，一直到飄雪把維迪治的身體完全蓋住，才謹慎的走近。隔著雪堆，小赤狐嗅了嗅，確認內裡毫無生氣後，才仰首發一聲尖銳號叫。

狐叫一止，周遭突然有十多多赤狐自雪地中同時現身。

這些赤狐的體型全都比小赤狐要大，卻盡皆走到小赤狐旁，神情恭維的看著牠。

小赤狐掃視狐群，又叫了幾聲，像是向牠們下命令，接著那些赤狐開始以前足翻挖雪堆，不消多久便把維迪治的屍體挖出來。

小赤狐看著那僵硬的屍身，眼神流露出滿意之色，低號一聲後，轉頭便走，其餘的赤狐便合力咬住維迪治的屍體，緊隨其後。

赤狐比人類還要早在這片森林生活，對於大自然嚴苛但有規律的循環，赤狐一群早已習慣、理解及接受。

大自然帶來奪命風雪，也留下了不少動物給牠們捕吃。

春夏滿腹而睡，秋冬挨飢而眠，適者存活，不適者一睡不起，所以活在當下，皆是明白森林規則的一群。

不過，自從兩年前森林裡多了這群避世的人類，林中規律便被打破，不論何種動物，無一不被人類槍火波及。

至於赤狐一群，除了身上鮮肉，更因皮毛能夠保暖，因而被人類不斷捕殺，群內數目在兩年間大減。

赤狐生性獨立，素來只有繁殖期才會群居生活，不過人類的濫殺，終於使牠們在這風雪奇大的冬天，聯合起來。

小赤狐，則是牠們當中的領袖。

雪，是人類的敵人，卻是狐狸的朋友。

人重狐輕，踏上同樣的路，人類會留下深刻的腳印，赤狐卻只會留下淺淺的足跡。

這年風雪異狂，赤狐的足印更轉眼便會被白雪所淹，致使人類找不到牠們；相反，人類除了留下腳印讓狐群追蹤，赤狐更能透過敏銳的嗅覺，在寒天雪地中得知人類位置。

他們又改變了習性，日間不斷遊走，夜裡才挖穴而息，教林中獵人都尋不著牠們。

不過，人類數目雖少，畢竟有著殺傷力強大的槍械，狐狸的爪再利，齒再銳，也難以把人類驅走。

小赤狐帶著狐群，目的是讓人類誤以為赤狐在林中絕跡。

沒了獵物，但獵槍猶存，在天性驅使下，人類終究得尋一個目標開火。

果不期然，在飢餓催使下，林中幾戶人家互相廝殺，最終只剩下維迪治一家。

潛伏多時的狐群，乘機空群而出，沒費多少力氣，牠們便讓維迪治整家覆沒。

歷時兩年，赤狐終於重新奪回自己的家，亦得到了數具屍首，讓牠們能熬過這冬天。

小赤狐領著狐群，拖著維迪治而行，如此走了一段路，又翻過一個小雪丘，終來到森林的最深處。

森林盡頭正好貼著一座高矗入雪的山，高山底部，則有一個隱密的小山洞。

此刻山洞之前，有一團艷目火紅，隨風飄動，卻是一名穿著紅衣的人類女子。

那女子膚白如雪，身纖如柳，看來弱不禁風，她身上那襲紅紗，甚是透薄，但周遭風雪不絕，女子氣色如常，絲毫沒有怕寒之意。

在如此冰天雪地之間，女子的一襲紅紗，分外鮮艷奪目，宛如一朵雪裡紅梅。

面對這名紅衣女子，小赤狐並沒有露出半點敵意，反而大有親近之意。

小赤狐低嗚一聲，原本圍住維迪治屍體的狐群頓時散開，任由屍體放在雪地上。

接著，小赤狐便便咬住維迪治的屍體，慢慢拖到紅衣女子身旁，然後對著她把屍體推了推，示意讓她享用。

女子搖搖頭，朝小赤狐低沉的嗚叫幾聲，那聲音聽起來像是狐叫，小赤狐聽後，轉首向狐群叫了幾聲。

赤狐群聽到命令後，便合力把屍體搬到紅衣女子身後的山洞。此刻洞裡，還躺放著幾具大大小小的屍首，卻是維迪治的家人。

看到狐群處理好屍首後，小赤狐便乖巧的伏在女子身旁。

女子伸出玉白纖手輕掃赤狐的毛，赤狐瞇著眼睛任由女子梳掃，狀甚享受。

小赤狐躺在女子腳邊，閉著眼任由她去撥弄，但在此時，女子忽停下了手，對著小赤狐以人語說道：「公子，請出來吧！」

女子口吐人言，小赤狐完全聽不懂，只能一臉奇怪的看著她。

正自疑惑之際，小赤狐忽感到口腔有異，舌頭不自由住的伸出嘴巴之外，但牠吐出來的，不是石頭，卻是一頭玄灰色的蛇！

「果然瞞不過前輩的眼睛。」小灰蛇吐出人言後，自狐口中不斷延伸出來，然後在地上繞圈重疊起來。

疊著疊著，灰蛇重疊成一人之高的蛇塔，蛇塔不斷蠕動，融合扭曲，漸漸化成一個人形。

最終，灰蛇變成一名身穿黑色西裝的男子。

那男子，自然是我，而在我面前的紅衣女子，芳華絕代，正是九尾妖狐，妲己！

我追尋妲己，其實已足有三個多月。

當日在香港決定要尋得【弱水】，我便和楊戩等人分道揚鑣，帶著莫夫四周尋找九尾狐的下落。

經過魔龍三角洲一役後，撒旦教敗勢已成，再難逆轉戰況，但僅餘的幾名「七罪」及撒旦教餘眾始終不肯放棄，反齊聚日本，作最後反抗。

楊戩等人希望戰爭儘快結束，便親自領軍攻打，只是日本畢竟是撒旦教佔據已久的地盤，藉著主場地理之利，撒旦軍竟能負隅頑抗。

雙方陷入僵局，直至此時殲魔協會也只佔領了不足三分一的日本領土。

至於被項羽擒住的韓信，醒來以後，沒再說話，只是雙目呆滯，一直張大了口，似是精神受損。

向來硬朗的項羽，面對失常了的韓信，則不斷搖頭嘆息，像是自責不已，我雖不知內情，可看到項羽一雙虎目所含的悔恨，我便沒有追問下去。

殲魔協會後來在日本對開的海域裡，發現了一座屬於撒旦教的巨型電腦。

雖然不能完全破解那電腦，但殲魔協會透過它得知妲己最後出沒的地方，那就是俄羅斯。

知道這個消息後，我便帶著莫夫來到踏入嚴寒的國度。

俄羅斯面積地大人少，而且還在戰爭時期，四處混亂不堪，訊息不暢，所以我們訪尋多時，始終找不到妲己的蹤影。

一直苦無線索，原本我已打算放棄，轉到別處再找，但不久前一次進入【地獄】尋找撒旦碎片時，我意外進了其中一個俄羅斯人的靈魂記憶裡，那個靈魂的主人，就是被維迪治所殺的其中一名外來者。

經歷過他的記憶一遍後，我便起了疑心，猜測妲己或許就在那片雪森之中，因為嚴冬再寒，森林還是該有一些生物在裡頭求存，而區區幾戶家庭，斷不可能把林中動物悉數滅絕。

不過，最令我起疑的地方，就是林中本來最多的獵物，是赤狐。

所以我便想道，赤狐消失，逼得人類自相殘殺，這件事或許有人在背後操縱。

我獨自前來到這被冰雪封鎖的森林，延伸出幾條比絲還幼的灰蛇，讓它們依附林中仍存活的人，然後靜靜欣賞這籠中鬥。

藉著小灰蛇的視覺，我看到獵戶們互相獵殺，卻又被本是獵物的赤狐所設計而悉數覆沒，每次有獵物被斃，小蛇便會悄悄轉附到獵者身上。

這場獵人與獵物難分持的狩殺持續多時，我循著屍體築成的道，最終尋上妲己。

看到我由蛇變人的現身，妲己一雙秋水妙眸，不禁露出驚訝之色。

「兩載不見，沒想到公子竟已得了神器【萬蛇】，功力還精進如斯。」妲己看著我淡淡一笑。

「前輩見笑，我竭力隱藏氣息，最後還不是被你發現？」我笑道。

「賤妾只是鼻子靈敏過人，勉強嗅到公子所發出的那一絲氣味。」妲己看著我認真說道：「若不是奧娜走近，賤妾的鼻再靈，也難察覺得到公子的氣息。」

「啊？原來這頭小狐狸叫奧娜。」我看著身旁的小赤狐笑道。

小赤狐把我「吐出」後，非但沒被嚇怕，還對著我呲牙咧嘴，充滿敵意。

「奧娜，不得放肆！」妲己對小赤狐輕喝一聲，小赤狐便即垂頭收斂，不過一雙狐眼仍然滿是戒心的瞪視我。

妲己看見奧娜的樣子，只得嘆了口氣，朝我說道：「公子請別見怪，奧娜她年紀還小，並不懂事。」

「我說她可懂事得很，雖是受你指點，但能領著一群比她要大的狐狸，收伏林中所有人類，這頭小赤狐，可是天資聰穎之極。」我看著奧娜，笑道：「再說，要不是她，我又怎能尋到前輩你呢？」

「賤妾隱居雪林，與狐為伴，也只是求一安靜，想不到最終還是被公子你尋著。」妲己掃了掃奧娜的背，輕嘆一聲，幽幽說道：「公子實力猛進，眼下賤妾可沒招架之力，此次前來，該是要找賤妾算當日出賣你們的帳吧？」

我這數年來的種種經歷，其實一切皆由遇上妲己開始。

她故作被薩麥爾所擄，把我和拉哈伯引到日本，教拉哈伯被龐拿所擒；及後又在我尋找「天堂之鑰」時，洩露我師父猶大的下落，使我不得不回到青木原，還錯手殺死了拉哈伯。

若不是妲己暗中作梗，事情或會變得完全不同，拉哈伯也許不會死在我手。

「不過，終究殺死拉哈伯的，始終是我。」我看著妲己，正容說道：「這筆帳，的確要算，只是當中血仇該由誰負責，我現在還弄不清楚，而這也是我此次前來尋找前輩的原因。」

接著，我便把薩麥爾被重創一事，詳細道出。

妲己靜靜聽著，神情如霜，眼神卻變幻不斷，時而驚訝時而憤怒，待我說畢來龍去脈，她便微垂著頭，沉思起來。

過了良久，她才幽幽抬首，看著我問道：「公子，你可知賤妾為何要深隱在這雪山之中嗎？」

「為了逃避俗事？」

「能逃一時，難逃一世。賤妾的確是因為被太多事情困擾，所以才會離群隱居。不過，賤妾選擇這兒，只因這森林乃是賤妾的出生地。而且，」妲己一邊輕撫奧娜的狐毛，一邊說道：「賤妾便是在這兒，遇上薩麥爾。」

當我知道這兒本來滿是赤狐時，已隱隱猜到妲己的故鄉在此，但聽到她說到這兒是她和薩麥爾相遇之地，我便不禁略感驚訝。

「賤妾也忘了是多少年前的事兒，只記得那是許久、許久、許久以前……那時，賤妾還是一頭狐狸，沒有甚麼時間上的概念，只懂得憑著體內的感覺行事。餓了便四處獵食，倦了便回穴休息，只是森林住著各式各樣的動物，我們無時無刻也得豎著耳朵，即便閉目入睡，也不能完全放鬆，不然就會成為他人的獵物。」妲己語氣淡然的憶述，「而遇上薩麥爾的那一天，賤妾剛好成了別人的獵物。」

「那時，賤妾有一頭伴侶，我倆其時結合不久，所以生活在一起。有一天，我們的食物吃光，他便獨自離開地穴，出外獵食。但由那天黃昏，一直到第二天的日出，他始終沒有回來。賤妾見他久未歸來，心裡記掛，便也離開地穴，循著他的氣味尋去。但走著走著，除了他的氣息以外，賤妾還嗅到路上挾著一股血腥。如此又追尋了一段路，賤妾終於找到了他……或者該說，找到了他的內臟與骨頭。」妲己雙目看著遠處的雪地，似是看到某團東西，「原來，他沒有歸來的原因，是因為被人類的獵人捕到。那時，賤妾看著那堆血骨，心中悲痛莫名，雖然明白到獵人可能仍在附近，但四條腿卻完全不懂得動。那時，賤妾只懂站在那堆血肉旁，低聲哀鳴，輕舐著他的血。」

妲己一邊說著，語氣平淡如常，但我知道那時的傷痛，直到此刻也難忘記。

「賤妾一直哀號，但過了不久，身後突然傳來動靜，接著又有一道破風之聲迅速響起。賤妾天生比其他狐狸要敏銳靈活，聽到聲音時，已立即往旁一閃，只是身體才彈起，腰間已傳來劇痛，賤妾回首，卻見一支羽箭，橫穿了賤妾腰間！混亂間，賤妾見到有人匿藏在大樹後，且拉滿著獵弓，又多放一箭！」妲己說到這兒，頓了一頓，才道：「那一箭去如流星，眼看便要貫穿賤妾的頭，但箭到了半途，卻詭異地消失不見，然後不知怎地，竟插在獵人的腦袋上！那獵人中箭即斃，無力倒下，卻見他身後原來站了一人。那人一身素衣，膚色蒼白，幾乎和周遭的雪要融在一起，唯有一雙青睛，格外奪目。」

聽到這兒，我便即恍然，道：「那人，就是薩麥爾吧？」

妲己點點頭，又繼續說道：「看到了薩麥爾，賤妾其時以為又是另一個獵人，但腰間中了一箭後，自知時日無多，所以賤妾也沒害怕。下半身雖難以動彈，賤妾還是勉力向前爬，爬到那堆骨頭內臟前，然後躺在那兒，因為賤妾想與他死在一起。但躺了沒多久，薩麥爾忽地走了過來，在賤妾身旁放下一點東西，卻是賤妾那頭伴侶的屍首。」

「薩麥爾凝視著躺在雪地上的我倆，眼神複雜。半晌，薩麥爾忽以狐語說道：『你的伴侶至死前的一刻，嘴吧仍然牢牢咬住一頭為你捕到的兔子』，接著，他忽拋下一顆眼球在賤妾的嘴前，然後又道：『還想活，就吞下它』。最後，他輕輕說了一句人話，便消失於風雪之中。」妲己看著我，說道：「那時賤妾不懂人語，後來學會了，才知道當天薩麥爾臨走前說的是：『連狐狸也懂情為何物，怎麼我偏偏弄不明白』。」

聽到妲己覆述薩麥爾的話，我忍不住輕嘆一聲。

縱能橫行天下，但薩麥爾也有困惑之時，而困擾他的，卻是人世間最常見但又最複雜的一個字。

「人們都說他是無情之人，可依賤妾所看，薩麥爾比任何一頭魔鬼，還要重情。」妲己淡淡的說道：「他只不過像這座雪林，林內生機皆被白雪所掩，教人難以察覺而已。」

我點點頭，又問道：「我想，當日他出手救你，也是因為這個原因吧？」

「也許是賤妾的叫聲過於哀傷，引起了他的注意，然後他看到我倆的慘況，便留下了魔瞳。」妲己看著淺淺一笑。

「那顆魔瞳，就是『銷魂之瞳』吧？」

「正是。當日縱然傷心斷腸，但薩麥爾那幾句話確使賤妾冷靜下來，最後把魔瞳吞下。」妲己繼續說道：「『銷魂之瞳』在賤妾肚內寄宿，藉著魔瞳之能，賤妾的傷很快便好了回來，不單各種感觀變得極其敏銳，連腦筋也靈活起來，多了許多複雜思想，氣質亦有所改變。」

「在身體復原後，賤妾想到死去的伴侶，想起他被如此殺害，便不禁對人類起了報復之意。左思右想以後，賤妾最終率領了一群狐朋，把每一名進入林中打獵的人類，統統殺掉，而每次手法都極盡殘忍，教那些人無不帶著懼意而亡。」妲己頓了頓，說道：「也許是動物天生的觸覺，賤妾發覺自己除了一般食物，還對人類發出的那些『負面情緒』感到飢渴，隱隱覺得這無形的東西，刺激著賤妾，使賤妾體內產生一股能加強自身的『氣』。於是，賤妾便開始捕吃情緒。」

「不過，自從我們對闖林的人類大開殺戒後，人類便聞風喪膽，進來打獵的人漸漸變少。那時賤妾便明白，要繼續吸食情緒，便得離開雪林，但一頭狐狸孤身進入人類的城，不出半天，定必被圍捕殺死。」妲己笑道：「想到這一層，那時的賤妾不知如何靈機一動，便決定要化身作人類。有一次殺掉一名誤闖雪林的人類女子後，賤妾便留下完整屍首，然後仔細揣摩每一個部分。賤妾那時獵人不少，已有一定修行，於是便藉著魔氣，強行改變身體。首先是讓皮毛脫落，後來又慢慢改變每一條肌肉的結構、修改骨骼形狀等等。如此花了好一段時間，賤妾終由一頭狐狸，變成一名人類女子模樣。」

魔氣能夠刺激身體不同部分，使其作出短暫改變，像是讓聽覺變得敏銳，或是瞬間讓肌肉增強等等。

像妲己般改變形態自然可行，因為拉哈伯、塞伯拉斯等人也是以此改變外形，好讓身體縮小，減少魔力消耗。

不過，妲己其時只是一頭狐狸，對魔瞳及魔氣的認識遠不如本為天使的拉哈伯他們，以此法化作人形，當中定然花了極大的時間。

想念及此，我不禁問道：「前輩，你由狐狸變成人類，中間經歷了多少時間？」

「三百年。」妲己淡然一笑，我聞言倒抽了一口涼氣。

「公子不用太過驚訝。」妲己見狀一笑，道：「那時賤妾的思想很簡單，只要定了一個目標，沒想太多，便朝那方向走去。三百年時間聽來雖長，但比起賤妾的歲數，實在不多。」

「前輩倒也說得對。」我朝她笑了笑。

「變成人類模樣，賤妾又花了不少時間，學習人類習性，同時一邊吸食靈魂。如此下來，賤妾慢慢了解到人類的文化，亦知道人類性格千奇百樣，有的可以像兔子純良，亦有的比狐狸狡猾千百倍。」妲己繼續說道：「賤妾起初也不時吃虧，不過賤妾畢竟天生腦袋不差，又有魔瞳在身，雖多番遇險，命子最終還是能保住。隨著年月過去，賤妾的修行越來越高，也不怕人類的詭計，但對他們的恨意，卻一直有增無減。那時，賤妾開始思索，該如何讓更多的人受苦。」

「也是無心插柳，在商末亂世之時，賤妾居住在冀州，以獵食靈魂過活。那時的冀州侯蘇護，因為不滿紂王殘暴而起兵造反，怎料反被朝庭軍隊所敗。紂王大怒，親自率軍臨城，賤妾知道冀州不宜久留，便打算悄悄離去。但離城之際，賤妾在城外嗅到一股濃烈異常的哀傷。循那傷心的氣味走去，賤妾便看到一隊人馬，正護著一個女子，前往紂王的營地。賤妾心生好奇，便靜靜混入那隊人馬打聽。」妲己頓了頓，看著我說道：「然後，賤妾便發現，那名女子原來是蘇護的女兒，妲己。」

「妲……妲己？」我聞言一愣，但按住內心疑惑，只是繼續靜聽。

「賤妾聽到那哭聲，心底竟也泛起一股莫名傷痛。於是，賤妾便走了走轎內，一探究竟。進去以後，只見那妲己原來也是個美人兒。她看到賤妾也是嚇了一跳，只是賤妾懂得媚術，三言兩語已令她放下戒心，坦然相對。賤妾一問之下，才知原來她父親蘇護為求活命，把她獻給紂王。至於妲己如斯傷心，只因她在冀州本已有情投意合之人，不過蘇護得知此時，反以那情郎的性命相脅，逼她下嫁紂王。」妲己說到這兒，幽幽的嘆了一聲，「賤妾那時雖然恨人類，但聽到她的事兒，不其然想起自身經歷，想起那死去的伴侶。生離死別，是為世上最痛，賤妾沒有多想，便決定替她獻身。」

「原來就是自那時起，前輩便開始起用妲己這名字。」我說道。

「不錯。那時賤妾已取出腹中『銷魂之瞳』，且經過多年揣摩，知道它教人情迷意亂。藉著魔瞳之助，紂王甫見賤妾，便即神魂顛倒，賤妾略施手段，很快便當上王后，獨攬大權。想起從前伴侶死狀，賤妾便不禁想出許多殘忍的酷刑，教唆紂王，虐殺臣民。如此數年，整個商國已變得民怨沸騰，王都朝歌更因賤妾酷刑不絕，積聚了無數怨氣懼意。賤妾居住王殿之中，每天吸收那些負面情緒，修練突飛猛進。」妲己說著，不禁搖頭苦笑，「不過，賤妾那時的舉動也許實在太過狂妄，沒過多久，人類便開始聯合起兵，討伐紂王與賤妾。經過賤妾如此一亂，原本猛將如雲的王軍，已變成頹靡之兵，完全無力抵擋叛軍之力。那時的叛軍以周武王姬發為首，他令著四方諸侯進攻，勢如破竹，沒多久便已攻破了朝歌。」

「朝歌一破，紂王因為害怕被擒，便獨自登上鹿台自焚而絕。賤妾本想乘亂逃走，但周軍的軍師姜子牙是名極厲害的人物，擁有多顆魔瞳，他手下也盡是擁有魔瞳的奇人異士，賤妾孤身力弱，才離開城牆，轉眼便已被他們擒回去。那姜子牙嗅得出賤妾身上的狐息，知道賤妾本為狐狸，竟重搭了一個鹿台以燒死賤妾。」妲己輕輕一嘆，道：「賤妾仍然記得，周軍搭建了足足一整天，待成塔時已是晚上。他們把賤妾綁在鹿台上，然後推到朝歌大殿正中，還讓所有人民都進來圍觀。那時鹿台四周人山人海，人人叫喊著不同的話，但每一個都對賤妾恨之入骨。他們不斷高聲咒罵，又向賤妾扔石頭。那時賤妾被姜子牙重傷，動彈不得，默默硬擋石子，心裡卻是慌亂得很。」

「如此示眾了好一段時間，賤妾的衣服已被石子擲破，坦露身子時，姜子牙才終於讓士兵點火。士兵們在底下不斷煽風，火勢轉眼便已蔓延上來。賤妾看著刺目的烈火，聽著那被燒得啪嚦作響的木裂聲，心中倒是平靜下來。其實賤妾早在雪林當日，幾乎已被獵人所殺，得到魔瞳後的這千百年，其實倒像一場很長很長的夢。」妲己說到這兒，頓了一頓，道：「不過，這場夢卻沒被那場火燒醒，因為在千鈞一髮之際，眼前的火焰突被強風逼出一條道，然後眼前一花，賤妾忽已身在遠方的樓房頂上，看著本來身處的鹿台燒得塌陷。賤妾還未反應過來，一道聲音在賤妾身後響起：『小狐狸，好久不見了』。然後賤妾回頭，便見到薩麥爾正對著賤妾，微微一笑。」

「那時賤妾還未知道薩麥爾乃魔界七君，亦感受不到他半點氣息，但縱身陷敵陣，滿城皆是想殺賤妾之人，但再次看到那張容貌，卻讓賤妾感到無比安心。」妲己柔柔一笑，道：「正是那一回眸對視，賤妾的心裡終於放下先前的伴侶，然後放進了薩麥爾。」

「薩麥爾是專程去拯救你？」我問道。

「對。賤妾一直以為自己成了人類的王后，已處於眾生之顛，但後來才知道人外有人，魔外有魔。那時賤妾的所作所為，其實已經讓管理中原的孔明留上了神，亦讓魔界得知有一頭狐狸在顛覆中原。這消息後來傳到薩麥爾耳中，他想起當年救下的狐狸，便來了中原。他一直暗中觀察，待到最危急的關頭才出手把賤妾救走。」

「那麼當時其他人可察覺有所不妥？」

「其他圍觀的民眾不知就裡，以為賤妾真被燒死了，但姜子牙等人畢竟是魔鬼，還是留意到異樣。他們整批人馬循著血味尋到屋頂來，看到賤妾和薩麥爾，起初氣勢逼人，想要一舉幹掉我倆。薩麥爾那時甚麼也沒說，只是收起笑容，然後輕輕眨眼，打開魔瞳。」妲己仰首回想，眼神流露出仰慕之色，「當他打開魔瞳的一剎，原本喜慶歡騰之聲遍地的朝歌，剎那間陷入寂靜，因為不論是人是魔，皆被薩麥爾所發出的滔天邪氣震攝，從心底生出最原始的恐懼。原本氣焰甚大的周軍眾魔，皆成了石像，一動也不動，默默看著薩麥爾帶領賤妾，步離朝歌。」

一直以來，世上關於妲己的傳說有很多，我對她的認識也不深入，因為不論在甚麼時候，她總是放出了一層若有若無的煙霧，保護自身。

現在聽她親口說出自己的身世，道出她和薩麥爾的相識經過，我對妲己的感覺不禁有所改變。

「就是自那時開始，前輩你便成了薩麥爾的人？」

「只能說是成了他的手下。」妲己苦澀一笑，「賤妾心裡有他，他的心裡，卻始終放著別人。」

聽到妲己的話，我不禁試探性的問道：「前輩可知薩麥爾心中有的是誰？」

「公子如此問道，應該也知道內情是吧？」妲己輕嘆一聲，道：「那個人，自然就是魔界之皇，撒旦了。」

「其實這件事，我也是知道沒多久。」我說罷，又疑惑地問道：「只是，薩麥爾既然心中有了別人，怎麼會和前輩你相好，還和你有了煙兒……」

「其實，這是賤妾自作的業。」妲己幽幽的嘆道：「薩麥爾向來獨來獨往，他救走賤妾，只讓賤妾留在中原生活，還故意隱藏我倆關係。以後日子，賤妾雖對他牽腸掛肚，但薩麥爾始終鮮少前來探望。賤妾曾向他暗示愛意，卻換來如雪冰冷的對待。那時賤妾便明白，於那一雙碧睛之中，賤妾只是一枚棋子，而他心中更似乎有著誰。不過，薩麥爾再冷漠，賤妾始終無忘他曾救過賤妾兩命，更難以忘記當日朝歌火光下的一笑。也是那一笑，讓賤妾甘心情願，一直默默守候在他身旁，即便他殺了撒旦，自立教派，賤妾也始終緊緊追隨。」

「至於賤妾剛才提及到的『業』，那是差不多二十年前的事了。有一天，薩麥爾把賤妾喚到青木原去，說有點事情要吩咐。去到青木原基地後，賤妾才知道原來薩麥爾一直暗中嘗試複製撒旦數百多年。經過無數的反覆試驗，他終於成功培育出一名複製撒旦，可是卻被孔明奪走，而薩麥爾當日把賤妾喚去，就是要讓賤妾調查複製撒旦的下落。」

妲己口中的複製撒旦，說的自然是我，聽到她提及此事，我便不禁加倍留神。

「薩麥爾吩咐過後，便想讓賤妾盡早出發，但這一次，賤妾卻沒有立時領命離開。」妲己垂下了首，輕嘆一聲，才幽幽抬頭，道：「因為與他一席話，看到那一個又一個的複製體，賤妾突然醒悟，原來薩麥爾一直記掛的人，就是他親手殺死的撒旦！得悉真相後，賤妾心中妒意立生。也不知那來的膽，那一夜，賤妾趁薩麥爾因失卻撒旦複製體的哀傷，心中有缺之際，以『銷魂之瞳』施展媚術，迷住了他，讓他和賤妾強行交好！」

「那一夜的翻雲覆雨，確是讓賤妾和他無比親近，只是賤妾由始至終，也只是得到他的人，他的心，早在天地初開之際，便已經屬於撒旦了。」妲己說著，聲音有點走調，似乎按不住心中傷痛，「交歡過後，薩麥爾終於清醒過來。他本來憤怒萬分，幾乎要一掌斃了賤妾，可是不知何故，那一掌擱在半空，卻始終沒發下。賤妾看著他的樣子，心中悔疚不已，此時薩麥爾忽然冷冷吐了一個『滾』字，接著便如風一般，自賤妾面前消失。」

「在那天之後，賤妾感覺到身體起了變化，原來是懷了他的骨肉。不過自那件事後，薩麥爾便再沒找過賤妾，即便賤妾擅自去青木原，他始終避而不見。賤妾無可奈可，只好把孩子生下，獨力照顧。」妲己苦笑一聲，道：「也是到數年前，你和拉哈伯再次出現，薩麥爾想到讓賤妾穿針引線，引你們進圈套，他才再次聯絡上賤妾。」

妲己的一番話，聽得我目瞪口呆，因為我萬萬沒想到，原來她和薩麥爾之間，竟有如此複雜的一段關係，更沒想過原來我的出現，還間接導致煙兒的誕生。

「兩年他尋回賤妾，賤妾曾奢望他會回心轉意，不過後來得知他把撒旦教主之位，讓給不知從何而來的龐拿，賤妾便知道，他的心意並無改變。」妲己幽幽說道：「一直到青木原大爆炸，龐拿突然失蹤，薩麥爾整個人便像失卻靈魂一般，只默坐撒旦遺體之前，不動不語。賤妾拉著煙兒，陪伴在旁，但他一雙藍眼始終沒睜開，賤妾說了許多的話，他也沒回過隻言片語。那時賤妾真正心死，於是便離開了日本，回到這冰天雪地。」

妲己先前憶述自身過去及與薩麥爾的相識時，語氣時苦時甜，但此刻她吐出的每一隻字，唯有唏噓。

「賤妾回到這兒，實是希望想清楚自己的路。為何要化人？為何要離開這片森林？為何要活上千百年？為何要苦戀一個永遠不愛自己的人？賤妾一路徒步走來，一路想著這些事情。時間、像是變得模糊不清，或近或遠的記憶，如飄雪在腦中亂飛交錯。一直走一直走，賤妾終來到森林一端。」說著，妲己玉白的手，忽抓了一把雪，「前方路盡，賤妾不得不停下來，這一停卻赫然驚覺，原來過了數千年，這林中的雪，仍是那樣子，只是賤妾早已面目全非。忽然之間，賤妾覺得很累、很倦，這數千年當人的經歷，忽成了一副無形負擔，壓得賤妾喘不過息。賤妾獨坐在飛雪之下，腦中思緒翻飛難定，如此神志混濁的過了數天，賤妾身體卻突地出起了變化。」

說著，妲己忽然輕輕撥開腳端的紅紗。

我低頭一看，只見她身後竟露出一條修長雪白的狐尾！

「原來賤妾想著想著，身體不知不覺間已給了一個答案。」妲己輕輕掃著自己的狐尾，道：「當人，實是太過複雜，縱然偶嘗喜悅快樂，但更多的是傷心悔疚。當一頭狐狸，倒是簡單得多。能活就是快樂，死了就沒痛苦。」

「言下之意，」我聽著忍不住問道：「前輩，你是打算變回狐態，不再作人？」

「對，賤妾是如此打算，只是……沒想到賤妾披了人皮數千年，當狐的感覺竟已完全忘掉！」妲己頓了一頓，接著苦笑道：「這兩年來，賤妾試盡不同辦法，希望變回原本的樣子，但無論怎樣催谷魔力，身體還是絲毫不變，唯獨只有這條思緒混亂時長回的狐尾，其餘一切，仍是人類模樣。」

妲己語氣無奈，我一時也不知如何安慰，此時只聽她輕嘆一聲，道：「賤妾花了數百年化成人形，又當了人類數千年，但到頭來才發覺，自己心底裡始終是一頭小狐狸，無奈一切，已回不了頭。」

妲己說罷，身體輕輕一顫，接著只見她閉上了眼，流出兩行清淚。

妲己輕輕抽泣，那微顫的柔弱身軀，教人心生憐惜。

我一直在旁默不作聲，待到她稍稍平伏，才問道：「那麼，前輩不打算救薩麥爾了？」

「他死，賤妾傷心欲絕；但他生，賤妾也不見得能開心起來。」妲己拭了拭淚，看著我淒然苦笑，「公子，倒教賤妾如何是好？」

「我……實在不知。薩麥爾於我，說起來是敵非友，但此刻我能選擇的話，定會首先留他一命。」我無奈的道：「不過，前輩你的考慮，卻是你倆之間的關係。對於感情這回事，我實在認識不深，難替你作主。」

「即便是活了數千年的賤妾，活了更久的薩麥爾，對『情』這一事，也不見得比公子了解多少。」妲己嘆了一聲，道：「公子，請讓賤妾好好想一夜，天亮之時，賤妾定然給你答覆。」

「前輩，請好好想一想，我天亮之後再回來吧。」

我說著便想要回身離去，但此時妲己把我喊住，道：「公子，難道你不打算見一見小丫頭？」

妲己口中的「小丫頭」，指的自然是煙兒。妲己既然在此，那麼煙兒定在附近不遠。

其實我也甚是記掛煙兒，只是這幾個月來，我腦中一直在思索撒旦和瑪利亞的關係，加上和兩年未見，不知煙兒對我的態度會否有變，因此雖然找到妲己，可是我一直沒有主動詢問煙兒的行蹤。

「公子，雖然賤妾一生為情所苦，不過至少賤妾知道，自己所愛為誰。」妲己看到我一臉猶豫，忽然說道：「逃避，只會徒添你與他人之間的苦惱。」

妲己的話頗有道理，我也知道自己始終得弄清楚對於瑪利亞的感情，究竟是怎麼一回事。

正當我想問煙兒在哪，妲己已率先指著身後雪山，道：「今夜月圓，她正在山上練功，要勞煩公子稍移玉步了。」

我朝她點了點頭，稍一運氣，便拔足踏著山壁，往上飛奔而去！

第九十一章——月下重圓

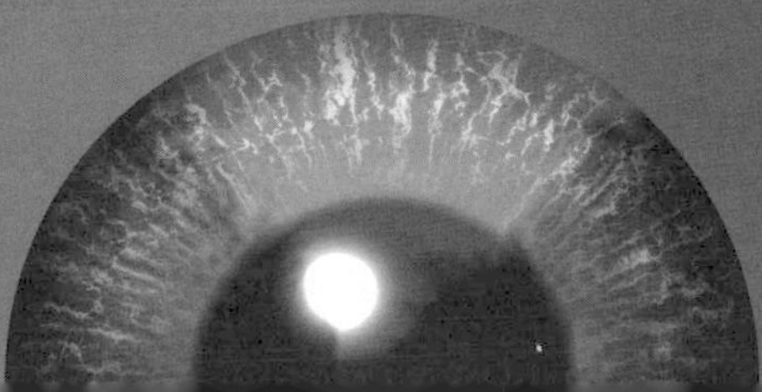

第九十一章　月下重圓

飛雪已止，在銀藍色的月光灑照下，整座雪山只餘一片死寂，時間也彷彿被冷卻了一般。

我提氣飛奔，腳下不停，轉眼已躍飛到雪山山峰。

我一直提高耳力，留意著四方聲音，如此又走了一會，雪山巔峰處忽傳來一道連密的碰擊聲。

我循聲而去，只見在不遠處，有一道婀娜的白色身影，不斷穿梭於一堆不停移動的物件之中，我細心一看，只見那堆物件，竟是十多頭周身插滿利刃的木人！

白影每踏出一步，便會有數頭木人朝她衝去，又有另外幾頭封截了她的去路。

白影不慌不忙，就在帶刃的木人快要逼近時，才扭動身子，硬生生滑開一步，教那十多道銀光劃個空。

才閃過一波攻擊，白影身後又有三頭木人突然搶近，這次白影沒有閃避，反而雙手化影，連環揮動，接著只聽得一連串綿密的碰撞，那三頭木人身上的兵刃竟統統折斷，飛到半空之中！

我藉著月光一看，但見白影正握著一雙銀白色的銳錐，似乎正是她的武器。

那一雙銳錐猶如短劍般長，把柄末端則有一圓渾小球。

就在白影擊飛木人身上利刃後，只見她倒轉銀錐，以小圓球撞擊木人身上不同位置。

我站在遠處，看得明白，她每一記以圓球擊下的，皆是人體要穴。

白影手法飛快，出手精準，要是她周遭木頭全是真人，定必已紛紛受傷墮地。

白影宛如一團旋風，在木頭群之間左穿右插，每每在千鈞一發間閃過利刃；那一銀錐則或尖或點，不斷對木頭反擊。

如此過了一會兒，木頭人身上的刀刃全都被白影擊斷，而木人身上各處穴位，皆被擊出一個又一個不淺的凹痕。

當木頭人身上的兵刃全部瓦解後，白影終於停下腳步，而那些木頭也一併靜止，不再移動。

但在此時，白影突然雙手一揮，一對銀錐突然如箭般朝我激射！

銀錐帶著弧度，分自左右飛至，我雙手輕舉，頓時把銀錐接住，而那白影卻突然朝我撲來！

不過，面對白影，我完全沒有躲開的念頭，只是由任她朝我懷中撲去。

我不閃不避，因為我感覺不到白影有任何殺意。

更重要的原因，是這道白影，正是煙兒。

白影入懷，頓時傳來一陣如水柔軟的質感，但那團水卻把我的腰被人緊緊摟住。

摟得很牢、很牢。

作為一頭魔鬼，我能嗅得出他人的情感，而此刻在我懷中的煙兒，正散發著一股複雜的情緒。

有傷心，有哀怨，但更多的是欣喜歡悅。

煙兒所散發的喜悅，宛如月光，瀉在我心窩之中，但那是一團溫柔暖和的光。

我原本擱在半空，不懂如何放置的雙手，自然而然的把她也緊緊摟住。

當我雙手環抱著她的一剎，煙兒身體輕輕一顫，接著整個人在我懷中埋得更深。

她先前所散發的怨傷，則一掃而空，她內心唯有愉悅。

在上山途中，我一直在盤思煙兒看見我後，會有何反應。

她怪我責我也不出奇，但我沒想到，原來結果只是如此簡單，如此自然。

兩年未見，原來她在等我，我也在期待這一刻。

我低估了自己在煙兒心中的份量，也錯估她於我而言有多重要。

當我倆相擁一剎，我的心竟放鬆起來。

霎時間，一直纏繞我腦袋的煩惱統統放在一旁，光是抱她進懷，感覺著那股柔情，已足以使我暫時忘憂。

我和煙兒實際相處的時間並不多，而且在分隔的這兩年，整個世界幾乎變得完全不一樣，我倆所經歷過的，也截然不同，而我經歷過這許多人生，我只覺時間過了不止兩載。

不過，原來時間長短，並不能用以計算感情深淺，我與煙兒聚少離多，倒使彼此在心中牽掛對方。

此刻月下重圓，感受著煙兒軟柔的身驅時，我忽感豁然開朗。

我與煙兒之間的感情，並非實際物質，但這股情，卻無比實在。

這兩年來，我在【地獄】裡經歷過無數人生，也代入其中，感受他們切身之愛，但縱然我感受深刻，我也清楚知道，那些只是他人的情。

現在擁著煙兒，我突然明白，瑪利亞其實是同一狀況。

當初看到瑪利亞，我心中產生異樣好感，一切只因我一部分靈魂乃是撒旦。

我心中的感覺不假，但那感覺並非源我心。

瑪利亞，說到底其實是屬於撒旦的「情」。

但我不是撒旦，我是畢永諾。

縱使我與撒旦有許多千絲萬縷的關係，但我畢永諾的「情」，就是我此刻懷內的煙兒。

「大哥哥，」煙兒忽然在我懷內輕輕說道：「以後不要拋下煙兒，可以嗎？」

我沒有說話，只是把她的頭抬起，以一吻作答。

這一吻，我倆吻得很深。

兩唇相接良久，我們才意猶未盡的分開。

我藉著月光，一邊輕撫煙兒的臉龐，同時再仔細看她一遍。

闊別兩年，只見小狐女臉上稚氣已脫，輪廓變得更為深刻，神態成熟不少。

那一雙本來有點無神的大眼睛，此時竟變得像她母親般江亮靈動，彷彿懂得說話一般。

我抱著煙兒，同時感受到成年的她，身材高佻婀娜了不少。兩年前還是一個小女孩的她，眼下雖還未到妲己般擁有傾國絕色，但已活脫脫是一個美人兒。

「你改變了不少。」我看著她，柔聲說道。

煙兒聞言一笑，道：「大哥哥，你也變了很多。」

「我變得怎麼樣了？」我奇道，「這兩年來我甚少活動，外表應該沒怎麼改變過啊。」

「不是外表，是眼神。」煙兒和我四目交投，纖細的手指掃著我的眉毛，認真的道：「你的眼神，深邃了許多，彷彿這兩年經歷了許多事似的。」

「你說得不錯，我實是經歷了許多，不過許多時候，都是別人的故事。」接著，我在一塊平滑大石上和她坐下來，然後便把當日和她在青木原大爆炸分別後所發生的事，一一告知。

我長話短說，寒夜還是不知不覺的過了大半。

煙兒一直默默聽著，沒有說話，只是一雙大眼睛眼神不斷變動，反映著她內心情緒。

終於，我說到了薩麥爾被寧錄重創時，煙兒渾身一顫，終於忍不住輕呼一聲。

「那個人……那個人死了嗎？」煙兒語氣複雜的問道。

「我及時把他封印在【約櫃】之中，暫時保住了他的性命。不過，他的傷口乃是被神器的火所刺傷，基本上是沒法癒合，眼下唯一方法，就是以同為神器的【弱水】作心，讓他的血液能夠繼續運行。」我頓了頓，說道：「這也是我這次前來找你媽媽的其中一個原因，只是前輩她還未決定是否助我一臂之力，尋出【弱水】。」

「哼，原來大哥哥並不是想念煙兒才來的。」煙兒撅著嘴，語帶不悅的說道。

「你生我的氣嗎？」我把她緊緊抱著，柔聲道：「若然我不是想念你，還會大半夜冒著寒風上山嗎？」

「煙兒就知道。」煙兒輕笑一聲，倚伏在我胸膛上，語氣變軟地道：「大哥哥，煙兒其實很想念你，但也惱你兩年來音訊全無，也不來找煙兒。不過今天煙兒見到大哥哥你，竟完全生不出氣。原來只要看到大哥哥平安無恙，煙兒就高興了。」

「謝謝你。」我聽著煙兒的話，甚感窩心。

「嘻，也許這就是愛情吧。」煙兒笑道：「愛著一個人，不論多生氣，只要一見面，氣總消了大半。」

「你沒有生我的氣，可是……」我頓了頓，話題一轉，問道：「你心中有生其他人的氣嗎？」

我口中的其他人，指的自然是妲己和薩麥爾。

煙兒聞言沉默不語，眼神再次複雜起來。

靜默半晌，她才緩緩吁一口氣，小聲說道：「她是煙兒的媽媽，起初煙兒的確有生她的氣，但多想一層，她對煙兒瞞而不說，其實只是想保護煙兒。畢竟薩麥爾身份非凡，煙兒與他的關係要是曝光，定會惹來不小麻煩。」

「那麼薩麥爾呢？」

「沒有，煙兒沒有生他的氣。」煙兒想也沒想便答道。

「啊，為甚麼？」我有點意外。

「因為煙兒對他沒甚麼感覺。他雖然是煙兒生父，但在青木原大爆炸後那段期間，薩麥爾連正眼也沒看過煙兒和媽一眼。他只是一直坐在撒旦遺體面前，而媽則在他身旁，自傷自悲。」煙兒嘆了一口氣，道：「煙兒雖然不盡知當中原委，但看到他二人的反應，便知道薩麥爾根本不愛媽媽。因此對煙兒來說，縱有血緣關係，但薩麥爾只是一個陌生人，對他煙兒實在難存喜惡。」

煙兒語氣聽來平淡，但我感覺到她心中其實有一股無奈，也許那是因為自己的父親，對她母女倆視若無物之故。

「你真的很懂事，不枉我這般疼你。」我抱了抱煙兒，笑道。

煙兒笑著伏在我胸前，旋即又嘆道：「對，煙兒有大哥哥和媽媽疼，但薩麥爾不愛媽媽，所以媽其實只有煙兒一人去關心愛護她。無論如何，煙兒實在氣她不下。」

雖然妲己曾出賣過我，但正如煙兒所說，其實她也是名苦女子。

「對了，天寒地凍，你怎麼會一個人在這兒練功？」

「自從撒旦教和殲魔協會正式開戰，教世人知道魔鬼確實存在後，這兩年世界一下子變得極度混亂。」煙兒說道：「媽媽說，她不知道自己能不能永遠保護煙兒，所以便著煙兒修習一些武功自衛。」

「就是你剛才使用的武功？怎麼會選這兩個長錐子？」我拋了拋先前抄在手裡的銀錐，只覺那錐子有點重量，錐尖打造得甚是鋒利，在月光式下細看，似乎是由純銀所製。」

「這對銀錐是媽媽特意替煙兒鍛造。媽媽說她的武功套路，乃是由狐狸捕殺獵物、驅趕猛獸的動作所變化而成，主要技巧在於以手作爪，施展擒拿錯骨撕抓等招式，因此對手勁、指力的要求非常高。若然對陣常人，煙兒憑著天生狐息加持，還可勉強應付，但若然是受過特訓的殺神戰士或殲魔師，沒有魔氣強化十指，煙兒實在難以反抗，所以媽媽稍作變化，讓煙兒以利錐代爪，來研習她的功夫。」

說著，煙兒突然脫離我懷中，還順手一拈，取回一雙銀錐。

煙兒雙腿輕點數下，整個人已飄回木人陣中。

她這一番飄躍，只在雪地上留下極淺的腳印，可見她的輕身功夫比兩年前進步了不少。

煙兒一踏進陣中，地上白雪忽揚，卻是周遭木人再次起動，同時朝她衝去。

面對四方八面的木人，煙兒從容不迫，白衣一揚，便在木人間縱躍不斷，一雙銀錐則收發不停，在木人身上留下道道割痕。

我在遠處仔細觀察，發現她的出手果真和妲己如出一轍，動靜間皆帶著狐狸的影子。

只見煙兒白衣飄揚，銀錐翻飛，攻時迅捷、直擊要害；避時靈動、迂迴難測，要不留神細看，木人之間彷彿就是有一頭雪狐在刀光中騰挪不絕。

不過，相比起妲己的狠辣，我察覺到煙兒每一次出手都沒有去到盡處，每每只是傷到木人，便即收手。

如此在木人陣中遊鬥片刻，煙兒嬌柔的身軀一翻，便已躍回我的身旁。

「大哥哥，煙兒的功夫怎樣？」煙兒把一雙銀錐負於背後，笑嘻嘻的問道。

「你要聽真話嗎？」我笑了笑後，神情一怔道：「靈動有餘，狠勁不足。」

「怎麼你和媽媽的評價都是一樣？」煙兒吐了吐舌頭。

「因為我倆說的都是事實。」我拍了拍她的頭，認真的道：「煙兒，憑你的輕功和『玉脂功』，在一般情況下自保並不困難，但若然面對硬手，你在施展那一雙銀錐時留有的餘勁，很容易會令你陷入危機。」

「嘻，哪來這麼多硬手？」煙兒忽然一把撲入我的懷中，說道：「而且，大哥哥你不是才剛答應了以後不拋下煙兒嗎？有你這個撒旦轉世在旁，煙兒應該是安全得很啊。」

「就是因為我是撒旦轉世，所以才不安全。」我仰天一嘆，道：「眼下雖然兩教之爭似乎將告一段落，可是更大的危機還在後頭啊。」

「大哥哥，你說的是那個寧錄？」煙兒問道。

「不錯。寧錄對魔鬼似乎有一種濃濃恨意，加上手中又有神器【火鳥】，實在不易應付。」我看著煙兒，認真的道：「所以，就算在我身邊，你也得時刻戒備。」

煙兒看到我一臉認真，便用力的點點頭，又問道：「那大哥哥你可有信心對付他？」

「眼下還是沒有。」我苦笑道：「數個月前我才在青木原吃了一場敗仗呢。這段日子我雖然不斷修練，只是我覺得自己還遠遠未能夠擊敗他。」

「那怎麼辦？」煙兒眉頭一皺，臉有憂色。

「我也不知道，所以才希望能保住薩麥爾的性命。」我頓了頓，道：「以他的見識實力，說不定能有甚麼方法，破寧錄的【火鳥】。」

「只是不知媽媽願不願意幫你一把。」煙兒嘆道。

「前輩沒有立時回絕我的請求，足見她並未對薩麥爾完全心死。」我說道：「一切，只要等到天亮之時，便會知曉。」

我和煙兒相依而談，聊起這兩年間各自的經歷。

聊著聊著，一道金光忽自我倆身後出現，我帶著煙兒，來到崖邊，看著那團金輪，自山峽中緩緩升起，萬里雪地，映照得刺眼非常。

「煙兒在這山上練功多時，也沒留意原來每天早上，會有如此美景。」

我沒有接話，因為我並沒有覺得眼前景象有多美，看著那團燒燃不絕的火球，我倒想起寧錄。

「好了，我們走吧。」我看著煙兒說道：「我想你媽媽應該已有了答案。」

我和煙兒二人攜手下山，不消一會兒，便已來到山腳下。

茫茫白雪中，只見一兒紅衣的妲己仍然坐在原地，身上添了點積雪，似乎徹夜未動。

妲己一直閉著雙眼，待到我倆走近，她才緩緩睜目。

那雙秋女般的妙目，彷彿冷漠，卻又隱藏不了當中的無奈悲傷。

「當日他給賤妾一顆珠子，保住了賤妾的性命，今日賤妾唯有替他找一顆珠子來償這筆債。」

妲己說著，徐徐站起，纖身一抖，把積雪抖散，「公子，請問賤妾如何才能找出【弱水】？」

「用你的嗅覺。」我以手點了點自己的鼻，笑道：「前輩，你應該還記得【弱水】的氣味吧？」

妲己聞言一愕，隨即輕輕點頭。

之後，我便帶著她倆離開俄羅斯，來到墮落山的撒旦故居。

第九十二章——尋找線索

第九十二章　尋找線索

「淡一點……嗯，那是一種較清新的氣味……對，是這個方向！」

妲己此刻正閉著雙眼，獨自坐在一間密室之中。

密室的上方有裝著一組空氣調節儀，同時連接著地上一罐罐不同種類的化學品。

每當妲己提出意見時，在密室外的伊卡諾斯便會依照她的指示，調校儀器所釋放的氣味。

不過氣味無形無色，變化萬千，我們在墮落山中已埋頭苦幹一週，還是未能調校出和【弱水】相近的氣味。

我帶著妲己、煙兒和莫夫三人離開俄羅斯後，便直接來到墮落山的山中密洞。

密洞出入口本是伊卡諾斯以「流淌之瞳」所製的黑指印，而且唯有我和伊卡諾斯能通過其中，不過我後來讓伊卡諾斯另設新道，使他們三人能暫時進入密洞之中。

伊卡諾斯知道尋找【弱水】一事刻不容緩，他這七天與妲己一直在密室中尋找【弱水】的氣味，而煙兒則在再下一層的練習室中練功。

我環手站在伊卡諾斯旁邊，看著二人對答，心中只望他儘快調出適合的氣味，但不敢出聲打擾。

「諾，欲速則不達啊。」一直瞪著屏幕的伊卡諾斯忽然說道。

「我知道，只是時間不等人。」我嘆道。

「你著急也無用，所有實驗研究也是如此，消耗最多的就是時間。」伊卡諾斯不斷調校儀器，一邊說道：「萬一急了，錯過細節，到時候浪費的時間便會更多。」

「你真有耐性。」我搖頭笑道。

「這是我從爸爸身上學會的，若然不耐著性子，反覆嘗試，許多發明便只會無疾而終。」伊卡諾斯突然停下手上動作，看著我笑道：「再說，要是我沒有耐心，也不會在這山中等你這麼多年啊！」

「辛苦你了。」我苦笑道：「看來我實在不適合當發明家。」

「再等等吧，其實我們已經不斷把範圍收窄，再過幾天，應該就可以配製出準確的氣味。」伊卡諾斯頓了頓，道：「只希望在那之後，我的蜂群到時候能盡快尋到【弱水】的下落。」

我們的計劃，就是將所得出的氣味數據，輸入伊卡諾斯的機械蜂中，讓它們分散到世界各地去尋找。

伊卡諾斯的蜂群數量雖然不少，但天大地大，要找出一個心臟大小的物體，其實與大海撈針無異。

「不過，這一層我倒不擔心，」我微微一笑，「得到神器的人，不可能如此輕易隱沒於人海之中，尤其在這亂世時期。」

和伊卡諾斯多待一會兒後，我便離開實驗室，卻見莫夫早在室外等待著我。

「主人，還未找到正確的氣味嗎？」莫夫問道。

「有點眉目，但還要些時間才能有結果。」我說罷，便看著他問道：「怎麼了，外面的形勢有甚麼變化嗎？」

「不錯。」莫夫頓了一頓，道：「殲魔協會已經正式佔領日本，撒旦教基本上已經完全被滅。」

我聞言輕輕點頭，卻沒感太過意外，畢竟撒旦教群龍無首，敗勢早成，殲魔協會勝出此戰只是時間上的問題。

「這場戰爭，終於完結了。」此時，莫夫忽然輕嘆一聲，道：「兩教相爭，流下的血實在太多。」

莫夫向來寡言內斂，現在竟如此感慨，足見他在兩年間經歷感受甚深。

「這兩年辛苦你了。」我拍了拍他的背後，正容道：「不過，戰爭還未完結。」

「怎麼說？」莫夫奇道。

「撒旦教發展足足有二千年，勢力滲透至各國社會不同階層，眼下殲魔協會雖佔領了日本，但要完全根除撒旦教的餘黨，並非一時三刻之事。」我看著他說道：「殲魔協會還有許多功夫要作，這當中所犧牲的人命，定必不少。」

歷練兩年，莫夫早非昔日單純少年，他知道我說的是實情，神情不禁有些失落。

莫夫默言半晌，忽然問道：「主人，你有辦法可以阻止戰爭嗎？」

我沒想到莫夫會有此一問，稍稍一愕，便即搖頭苦笑道：「沒有，我沒有辦法可以停下這場紛爭。不過，你也別太憂心，楊戩有別於塞伯拉斯，他心存仁念，即便要使狠手段，他總會把傷亡減至最少。」莫夫點了點頭，但神情仍是有點無奈。

「對了，有沒有寧錄的消息？」我問道。

「沒有。」莫夫搖搖頭，道：「殲魔協會已經派人去過青木原，但那兒只剩下一片焦土。」

「那麼……塞伯拉斯的屍體呢？」我想了想，問道。

「大洞裡有數團灰燼，但也不知當中哪一團是他。」莫夫頓了頓，道：「不過，他們找到已熔掉大半的八十一節鞭。」

雖然我早料到三頭犬定然難逃一劫，但聽到他的兵器被熔成廢鐵，心中忍不住生起一絲唏噓。我輕嘆一聲，又向莫夫問道：「對了，你有沒有把孔明的骨灰，撒在那個洞中？」

「我已按照主人的吩咐辦妥。」莫夫點頭說道。

「謝謝你。」我拍了拍他的肩。

孔明的屍體本來由殲魔協會保存，但楊戩得知塞伯拉斯的遺願後，沒有多想便讓我把他的屍體燒成灰，再交由莫夫處理。

撒旦當年欽點的魔界七君，眼下三人已逝，三人去向不明，餘下一位，便是生死懸於一線的薩麥爾。

這數千年來，七君互有爭鬥，各存恩仇，但諷刺的是與撒旦最親密的，偏偏是死去的三人，這個結果，彷彿是天上那位對撒旦的詛咒。

想到這兒，我不禁搖頭苦笑。

接著我又和莫夫談了一會兒，向他了解外面的情況。

這兩年我在【地獄】修行，他隨殲魔協會東征西伐，事情倒比我知道的還要多。

當中我們提及了太陽神教。

程若辰本來打算把太陽神教教主之位傳給我，只是後來我得去解救拉哈伯，又無意在眾教徒前露面，便讓莫夫找一名資歷較深長老，暫代教主一職。

原本我是打算在事情稍寬，才去著手接管太陽神教，怎料在【地獄】中一遊便是兩年，那名長老便因而當了兩年的教主。

「那傢伙叫甚麼來著？」我皺眉問道，同時想了想，但一時卻記不起來。

「他叫摩耶斯。」莫夫答道。

「對，摩耶斯！」我拍了拍手，聽到名字，摩耶斯的樣子頓時在我腦中浮現。

太陽神教教眾分有三個級別，分別是「天火」、「雲火」及「地火」。

烈日島上的居民都會穿著白袍，然後在衣袖上繡下火焰圖騰，以識別各種階級。「地火」在袖，「雲火」達肘，「天火」及肩，而當中「天火」者皆被尊稱作長老。

莫夫也是「天火」級別的長老，只是他乃程若辰在埃及收養的孤兒，並非烈日島的原住民，所以他雖對島上諸事熟悉，但並沒多大感情。

這兩年來，他在外地的時間比在島上還要多。

至於摩耶斯，則是三十六名天火長老的其中一人。我在烈日島只是匆匆留了一天，對他的印象不深，只記得他是名中年男子，但早已滿頭灰髮，一雙眼睛常瞪得老大，但態度總是恭恭敬敬。

讓他暫代教主一職，除了因為他父輩三代皆是天火長老，熟知島上一切，還因為莫夫說他的性格溫厚，和島上各人關係都很融洽。

「這兩年太陽神教有沒有甚麼特別的動靜？」我問莫夫道。

「雖然局勢動盪，但有不少教徒一如既往，依舊離島生活，又因為戰亂關係，他們不再逗留在埃及附近，而是在世界各地遊居，說要增加歷練，有一些更加入了殲魔協會。」

「摩耶斯沒有阻止？」我問道。

「沒有，殲魔協會並非宗教，只是一個抗魔的組織，兩者沒有抵觸，更何況二千年前，神教被撒旦逼至隱居在烈日島上，對於撒旦教，他們實是恨之入骨。」莫夫頓了頓，繼續說道：「不過，塞伯拉斯像是有意打壓，絕大部分的太陽神教教徒，都不會被編在同一隊伍之中，而是分散世界各地。」

「那是因為寧錄的關係。」我摸著下巴，邊想邊說道：「兩年前青木原他帶著【火鳥】出現，便令三頭犬留上了神，太陽神教的傳說，烈日島上的火鳥殿，無不和寧錄的形象掛勾，那個創立太陽神教的人，極有可能就是他。」

「對於創教教主，太陽神教內部記載不多，即便是先主人破解了的加密書籍，也沒有提過那人的名字。」莫夫口中的先主，便是程若辰，在火鳥殿的心臟房間，有一台機器不斷運作，嘗試解開創教教主的筆記，只是那些筆記的加密方式繁複，程若辰解了十多年，也只能解開一星半點。

「無論如何，我得對太陽神教多加留神，雖然他們人數不多，但文化科技有其獨特之處，若然真的和寧錄有關，那也不容忽視。」我摸著下巴，心中暗想，「如有必要，也得把教主一位，從摩耶斯手中收回。」

我心中有了主意，尋到【弱水】以後，不論能否保住薩麥爾的命，也得往烈日島走一趟。雖然寧錄在那戰之後，和龐拿一同消聲匿跡，但我深信二人並未死去，若然再次出現，他倆任何一人，也定必帶給我極大麻煩。

為此我必需爭分奪秒去增強實力，想到這兒，我立時便想進入【地獄】，繼續吸收更多的撒旦碎片。

但當我轉身想要離去之時，莫夫卻忽地把我喊住：「主人，慢著！」

我轉過頭，好奇的看著他，問道：「怎麼了？」

「剛才主人你說，你沒有能夠阻止戰爭的能力，」莫夫垂著頭，問道：「但若然你有這能力，你會阻止嗎？」

我沒想到莫夫會突然有此一問，先是錯愕半晌，之後才仔細咀嚼他的話。

沉思了好一會兒，我才向莫夫搖頭說道：「不會。」

「為甚麼？」莫夫連忙追問，眼神稍稍露出失望之色。

「因為戰爭源於慾望，而慾望是沒可能可消除。」我說道：「再說，人類的慾望，本來就是壓制不了，而且，我們魔鬼也是以他們的慾望維生。」

「但若然我們不用吃慾望來生存呢？」

「那我們和人類有甚麼分別？唯一分別的只是我們擁有特殊能力吧？」我微微一笑道：「即便我們不用被慾望所限，但是我們自身也有慾望，只要每一個人心中有慾望，紛爭矛盾就會不絕出現。你倒想想，人類歷史悠久，和平，真的有存在過嗎？」

「沒有……」莫夫一臉氣餒，搖頭答道，旋即又問，「那麼主人你的慾望是甚麼？你希望得到甚麼？」

莫夫的反問，是我一時之間陷入沉思。

自從成魔以後，我幾乎沒有一刻停頓過，總是穿梭各地，周旋於不同勢力之間，與各式的人或魔鬼戰鬥。

我追趕著一個個目標，不斷強化自身，掙扎於生與死之間，又見證著一個又一個的戰友或敵人，在我眼前消失。

但若論到我最根本、最原始的慾望，一時之間我卻不知如何回答。

我知道，我內心深處，定有一個答案，只是我一直沒好好去想。

我追尋的，究竟是甚麼？

「莫夫，謝謝你。」我拍了拍他的肩，笑道：「這次進【地獄】，我會好好想一想，再回答你。」

莫夫似乎有點明白我在笑甚麼，便點點頭，轉身離開。

我腦中想著莫夫的問題，慢慢走到研究室的正中，那個連接下層訓練室的黑指印前。

我伸出拇指，按住黑色指印，周遭環境倏地一變，我已經來到了訓練室，一股密麻的碰擊聲，立時傳進我的耳中。

我轉頭一看，只見穿了一套貼身白色戰鬥服的煙兒，手執雙錐，正和十來個機械人在遊鬥。

這些機械人皆是伊卡諾斯所研製，反應敏捷，動作靈動，而且造型特異，雖主要是人形，但它們或有六臂，或身長八尺，攻擊時動作千變萬化，教人防不勝防。

我和妲己也是一般心思，知道接下來的戰鬥，只會比以往還要凶險，為了多一分戰力，也為了讓煙兒減少一點危險，便從伊卡諾斯的發明品中，挑了這些機械人來讓煙兒訓練。

煙兒雖然先前一直在木人陣中練功，身手比以往大有進步，但眼下的機械人比木人厲害百倍，而且出手詭異多變，她聚精匯神，尖錐翻飛，雙腳不停，也只能勉力保住不被擊中，要把十幾名機械人全部擊倒，卻是一時難以做到的事。

「大哥……」煙兒看到我突然出現，想要打招呼，但才一換氣，身旁三具機械人卻已急攻過去，弄得她一陣手忙腳亂，不敢再說話。

「你先專心練習吧，我去【地獄】一趟，回來再跟你談。」我以「傳音入密」和她說道，看到她微微點頭，便轉身走到訓練場的另一角。

我找了個空曠位置，盤膝坐下，接著放鬆身子，依照先前經驗，讓感官慢慢關上。

漸漸，我聽不到煙兒與機械人的遊鬥聲。

漸漸，我嗅不到她散發的汗香，兵器強烈碰撞的火花氣味。

漸漸，我看不到光。

漸漸，我感覺不到四周的一切。

忽然，我腳掌傳來一陣沁涼。

我緩緩張開雙眼，發現四周散發著一片不亮不明的光，卻是我的意識已遊進【地獄】之中。

我低頭一看，只見雙腳正沉在水中，但腳沒有踏著實地，在我腳掌底下，乃是一片深不見底的海洋，但我始終沒有往下沉，彷彿有一層無形的牆，把我抬住。

但見我腳下深海，透徹異常，當中有數之不盡，形相千奇百怪的生物，或急或緩地浮游。

我知道，這些生物就是一個個死者的靈魂。

我放空視力，只憑心中感覺在這海面信步而行。

不知踏了多少步，不知泛起多少漣漪，我突然感覺得到腳底有些異樣，便即止步。

我垂頭一看，只見我底下停留了一團龐然巨物，卻是一頭黑色巨鯨。巨鯨渾身如墨，頭卻怪異的長有一雙螺旋尖角，它一雙朱紅眼睛雖小，卻透露出無盡殺意。

我知道，這條巨鯨，便是撒旦的靈魂。

忽然，我輕輕躍起，在回到水面時，那堵無形牆壁突然消失，我整個人便墜落海中。

那條黑色巨鯨似有所感，忽地上翻，張開那巨口，把下沉的我整個吞掉！

海水的冰冷感四方八面的包住我，但一剎過後，那種沁冷倏地不見。

我張開眼，只見自己已進入了撒旦的靈魂房間，四周仍是他那故居模樣。

整個房間傢具雖全，但除了我以外，並無他人。

一齊看來雖然正常，但其實我腳下影子，比一般的要來得修長，來得深黑，要是細心去看，更是隱約看到面部輪廓！

這道黑影，其實就是此刻撒旦的狀態！

「還是這個模樣啊？」我低頭看著地上的黑影，環手笑道：「你想藏在那地面到甚麼時候？」

化成黑影的撒旦也跟著我一般交著雙手，但沒有回話，只是揚了揚一雙濃眉。

雖沒作聲，但看起來他似是哼了一聲。

「唉，又得繼續和你磨蹭。」我搖頭苦笑一聲，右手忽然緊握成拳，猛地向地上轟去！

雖是成了我的影子，只是撒旦並沒跟隨我的動作，室中燭光如常，他卻硬生生擺脫了光學常理，往旁一移，避開我的攻擊！

轟！

一記重響，土黃色的磚地被我擊得凹陷，碎石應聲飛散，但撒旦在地面稍動身影，便已避過每一顆飛石。

我冷哼一聲，雙拳如輪，不斷瞄著撒旦揮出，只是撒旦雖成黑影，依然靈動非常，我每揮一拳，也只能在寢室中留下一道道深刻的拳印，卻始終沒能沾到他的身影半分。

我與撒旦在寢室中不斷遊鬥，我嘗試背光而攻，但每每把他逼到一角時，他便會詭異的遁地而逃，一下子竄到另一角。

如此纏鬥良久，整個寢室再無半點完瓦，但我始終沒能拿下撒旦。

「我放棄了！」我朝著他大叫一聲，忽然坐在地上，停手不攻。

撒旦聞言依舊和我保持遠遠的距離，只是他回復原本影子的特性，和我擺出一模一樣的姿勢。

兩年前撒旦強行與我融合後，沒了意識的他便不斷向我攻擊，想把我的靈魂吞噬，只是他本身靈魂不全，在我先守後攻下，他的靈魂反而被我一點一點的吸收。

在靈魂被吞噬到一定程度後，撒旦似乎意識再攻下去，定必完全被我所滅，於是，他忽然搖身一變，瀉在地上，成了我的影子，只守不攻。

撒旦的靈魂碎片我已找回大半，只剩下七塊在【地獄】茫茫靈魂之海中。

眼下能讓我快速增強實力的方法，就是把撒旦的本體靈魂完全吸收掉，只是撒旦全力防守以後，我便變得無從入手，雖然多次闖進這個靈魂空間，但每一次都無功而還。

再次陷入僵局，無奈下我只好盤膝坐下，暫時放棄攻擊，撒旦沒有藉機反攻，只和我遙遙相對。

我以手支頤，看著面前不知是屬於我還是撒旦的黑影，一股陌生和熟悉混雜的感覺忽湧心頭。

室內燈光微微搖曳，我腦海之中，突然想起莫夫剛才的問題。

約莫六、七年之前，我還只是一個普通、隱閉的中學生，但自從得到魔瞳，我的人生便已完全改變。

打從在埃及苦練，再回到人世，與撒旦教對抗，及後在【地獄】裡遊歷，又吸收了撒旦的靈魂，繼承他的記憶，這短短幾年來的經歷，讓我有一種錯覺，彷彿自己已活了數千數萬年。

說到底，我也只是地球上不過存活了廿多年，但我的命運，彷彿在天地初開，便已定下。

我周遊各地，不停戰鬥，身邊的敵人不斷增多，戰友卻一個一個的減少。

拉哈伯、孔明、師父、塞伯拉斯，先後都因我而死。

我一直走來，腳踏過無數屍首，手沾過無盡的血，可是我走的路，究竟是早已定下，還是真由我所創？

若然我堅持我的步伐，繼續徘徊生死，繼續翻起血海，走到盡頭，我究竟會看到甚麼？

想著想著，我不禁閉上雙眼，陷入冥思。

良久，我腦海忽然響起一道聲音。

「**天上唯一**。」

我猛然睜開眼，只見四周環境依舊，面前牆上那道黑影，卻似乎晃動了一下。

我心中微感疑惑，不知剛才那聲音，是屬於自己，還是由撒旦發出，因為他和我的聲線，其實是一模一樣。

我凝視影子一會兒，眼看沒甚麼異樣，便沒再理會，轉而反思剛才在腦中響起的答案。

天上唯一。

「我這條道的盡頭，就是他。」我托著頭，心中澄明：「我有太多問題，唯有走到萬生之顛面前，才有機會釋疑。」

我忽地想起，這目標其實早在我成魔那天，便已訂下。

那天我遇上師父和拉哈伯，心中滿是疑惑，宣之於口，師父並沒回答，只是朝天一指，道：「到時候，你當面問他吧！」

就是這一句，讓我的命途，頓時有了一個終處。

無論是兩教之爭，或是即將到來的天使大戰，我竭力戰鬥，拼命存活，只因我必須堅持步伐，走到那位面前。

到時候我的拳頭，也得蘊含著足夠力量，才能獲得想要的答案。

「其實一路以來的戰鬥、難關，是你和孔明數千年前已精心編排，或是天上那位暗中對我的故意阻撓呢？」我看著黑影，微笑問道，「不過無論如何，我也會走到盡頭。」

黑影當然沒有回話，仍是佇立在我面前，和我擺著同樣的姿態。

「不知道，你當初和天上那位對抗，為的又是甚麼？」我托著頭，朝黑影問道。

黑影和我相對而坐，依舊沉默。

不過，這時它突然又晃了一晃！

「噫？」

這一次我看得明白，黑影的確是晃動了一下，但我注意到它之所以搖晃，是因為室中燭光突然無風搖動了一下。

「燭光怎麼會突然動了？」我心下奇怪，瞪著那支永遠不滅的蠟燭，只是過了良久它都再沒異樣。

這個寢室本質是撒旦的靈魂，由於他擁有天下無匹的強大意志，所以死後不像他人需不斷重複經歷生前種種，而是憑著精神力，構成這個和他在墮落山故居一樣的空間。

在這空間內，撒旦能隨心所欲，變出想要的東西，或是改變室中事物狀態，只是自從變成影子，除了防備我的攻擊外，他便再沒有任何動作。

「難不成是我的問題，觸動了他的反應？」我摸了摸下巴，盤思一會，又再對著黑影問了幾句話，但黑影無動於衷，室內數枝燭光也只一直上燃，並沒再晃。

看著這個奇怪現象，我不禁再次仔細回想剛才燭光搖動前的情景。

燭光第一次搖動前，我在幻想我道的盡頭；燭光第二次搖動前，我則在問撒旦，他又是為了甚麼而反抗天上唯一。

兩道疑問，皆是觸動我倆內心心底的問題，但不同的是，頭一趟引發燭光搖動時，我並沒有把問題說出口。

「難不成，影響火光的人，不是撒旦，」我摸著下巴，想道：「而是……我？」

想念及此，我便即收攝心神，目光集中於不遠處的几上燭。

我放鬆身體，心隨念動，腦中想著把燭火熄滅，然後，凝神一瞪！

噗。

室內無風，那枝被我一直瞪住的蠟燭卻突然熄滅！

「果真如此！」我看著只剩一縷輕煙上昇的蠟燭，思索半晌，很快便明白當前狀況。

這寢室是撒旦的靈魂本體，本應只有撒旦一人才可以改變它的形貌狀況，但這兩年間我收集了大部分的靈魂碎片，加上吸收了他大半的靈魂，所以我的靈魂可以說比起只是一團黑影的撒旦，更加與這房間有所共鳴。

「既是如此，這房間豈不是成了我的靈魂空間？能讓我隨心所欲？」我心中想罷，便即平伸右手，接著凝神冥思。

突然之間，我的掌心上憑空出現了一壺金色酒瓶，瓶口香氣四溢，當中正載滿了葡萄酒。

我舉瓶便喝，紅酒入口，只覺咽喉一股輕微熱燙，香醇在齒頰久久不散，正正是撒旦曾經給我喝過的那種紅酒！

我品嘗著葡萄酒，心中暗喜，因為這空間若能由我操縱，那麼對付困在房中的撒旦，便更容易。

撒旦似是察覺到我的心思，眉目突然變得凝重起來。

「你既有反應，那就是我的想法正確了？」我對著黑影邪笑道。

一聲笑罷，我心神一凝，身後倏地出現十團火球。

火球一現，空間一下子變得光猛刺眼，在我面前的撒旦亦因被火光直照，體積變得細小起來。

撒旦自然不會坐以待斃，在火球出現的一刻，便再次擺脫光的束縛，打算自地面遁走到我身後。

「往哪走？」我冷笑一聲，雙腳一蹬，頓時躍到半空之中。

就在黑影走到我底下正中之時，我催動意念，朝它一瞪，黑影身邊的地磚，突然向上急昇成圓，欲把黑影包住。

撒旦見狀，立時由人形扭成一道黑線，速度飄升，一下子突破了地磚的包團。

猶在半空的我冷笑一聲，雙手一揮，那十團火球便時如箭離弦，朝撒旦急飛而去！

我每一道火球皆瞄準撒旦的去路而射，但化成黑線後的他，速度快而靈敏卻絲毫不減，每每看到火球要擊中時，撒旦拐一個彎便即躲過！

我冷哼一聲，由半空落回地面，雙手同時平伸一推，接著，撒旦身前的厚牆，突然向前急推，朝他逼去。

眼就撒旦快要撞上厚牆，他卻突然脫離地面，由黑影捲成一顆小黑珠，躲過牆身一撞！

我見狀立時變招，十指交扣，霎時間，四方八面的牆身突然射出一塊又一塊的磚頭，堵截撒旦去路。

成了球狀的撒旦，更見靈活，但我早料到他會有此一著，磚頭如風似電，四方八面而至，硬生生併成一個磚牢，把撒旦困在其中。

就在磚牢形成的一刻，我身影已動，整個人躍到磚牢之前，雙手用力朝囚牢猛拍一下！

碰！

我這一擊威力不小，直把磚牢拍得粉碎，連帶也重擊了內裡的撒旦一下！

不過，就在我雙掌合攏的一剎，我只感到掌心傳來一陣劇痛，如遭雷殛，忍不住把手鬆開。

就在我雙鬆開之際，一團黑霧突然自碎磚間湧出，飛散開來，滲入到四周的磚頭縫間。

我知道剛才一拍，我又吸收了一點撒旦的靈魂，只是那一擊亦同時把他逼得又變了形態。

本來我還可以確實感受到撒旦所在，只是眼下他化成霧氣四散，我只覺得寢室的每一個角落皆隱隱散發著他的氣息。

「你真的很難纏。」我環視寢室一遍，無奈苦笑。

我一邊苦笑，一邊拍了拍沾滿磚灰的雙手，不過就是如此一拍，我留意到雙掌掌心有一些異樣。

我凝神一看，只見一對手掌上，分別烙了一組希伯來數字。

「這數字定是剛才擊碎磚牢時所留下。」我心中暗道。

我低頭看了看手掌，只見左掌烙有「275917」，右掌則是「865531」。

當我想咀嚼一下這兩組數字的含義時，突然之間，我腦袋一陣刺痛，一段又一段的影像，如潮水般不斷湧進我腦海之中！

我忍著痛，努力捕捉腦海中的畫面，只是畫面駁雜零碎，每每維持一剎，又跳到了另一個影像。

我只能竭力從跳躍不斷的畫面中，找出一絲關連，但也只能勉強觀察到那些影像，大多是發生於古代某時段的戰鬥。

我凝神捕捉，一直到某一片段閃過，我終於知道這些影像，代表著甚麼。

那個畫面只是出現片刻，但我留意到片段的背景，是一個古代馬槽。

在片段裡，我看到三個人，分別是瑪利亞、孔明以及一個我不認識的男子。瑪利亞躺臥在草堆之中，手中抱著一個剛出世的嬰兒，而孔明則是一副年青模樣，不像我所見的那般白髮蒼蒼。

由於記憶是屬於撒旦，所以我看不到他的容貌，不過，片段閃過的一剎，我依稀聽到他說了一句：「……第二次天使大戰，正式開始！」

就是這一句，讓我頓時醒悟，這些記憶就是第二次天使大戰時的戰鬥畫面，而瑪利亞手中所抱的嬰兒，顯然就是耶穌！

「這些畫面……都是第二次天使大戰的記憶！」我心中驚詫不已，腦中影像卻在此時停止閃現。

「奇怪，那些畫面怎麼停止了？」我心中奇怪，努力閉目冥想，但腦海中再無撒旦的記憶影像浮現。

雖然弄明白了記憶的年份，但我卻並未從那些零碎的片段中，得到甚麼特別情報，因為在記憶片段中出現過的，大多是我不認識的人物。

除了在最後一幕的孔明及瑪利亞。

「沒想到原來撒旦和孔明一同見證耶穌出世，可是那時撒旦怎麼沒出手了結耶穌呢？」我摸著下巴想道，「難道不是沒出手，而是出手了，也殺不死他？」

雖然那一幕一閃即逝，但我看得明白，耶穌的襁褓上，放著一對事物，分別是一束黑布，以及一個閃爍著藍光，刻有十數個小洞的水球。

那黑布我認得是神器【墨綾】，那水球我從未見過，但看其形狀，顯然就是我此刻苦苦尋找的【弱水】！

「耶穌出世之時，竟已身懷兩件神器，若是如此撒旦也確是難以取他的命。」我心中暗暗推算，「不過，當時的氣氛，怎看也不像正劍拔弩張，究竟撒旦說了那一句後，發生了甚麼事呢？」

我仔細回想剛才記憶的每個細節，無奈片段實在太短，我也推敲不出甚麼來。

我張開雙手，轉而看看那一組讓我一頭霧水的密碼，只是細細十二個古希伯來數字良久，我依然毫無頭緒。

「是密碼？是數量？還是甚麼呢？」我皺眉喃喃，自是喃不出甚麼來，至於化成黑霧的撒旦，亦只隱伏四周角落，沒再像先前那般，被我觸動。

我知道一時三刻破解不了數字的含義，加上剛才看到【弱水】，心中記掛伊卡諾斯他們的進度，便決定暫時把疑惑放下，離開【地獄】。

唦。

我吐出一口濁氣，緩緩睜開眼睛，只見自己已然回到那個空曠的訓練室，但煙兒此刻卻不在此。

不遠處有一堆練習機械人整齊排放著，我凝神一看，發覺有好幾具機械人的重要穴位，皆有數道不淺的鑿痕。

「先前煙兒面對機械人，能守不能攻，不過從這鑿痕看來，她的功夫顯然有所進步，已能偶作反擊。」我看著那些靜立不動的機械人，心道：「這樣推算，我似乎埋在【地獄】裡頭，有一段不短的時間。」

想念及此，我估計追蹤【弱水】一事，應有進展，稍作調息，我便即走到伊卡諾斯的指印前，輕輕一按。

眼前影像驟然一變，我的人瞬間已回到見亂中有序的研究室中。

我稍稍定神，只見身前不知何時，多了一堵由近百屏幕併合而成的巨牆。

巨型屏幕牆前，坐了一人，卻是伊卡諾斯。

「你終於回來了。」伊卡諾斯也沒回頭，只埋首不斷在按著他面前的特製大型鍵盤。

「我閉關多久了？」我走到他身旁。

「不是很久，」伊卡諾斯停下了手，回首看著我笑道：「只是一個月而已。」

「原來也有一個月。」我微感驚訝，旋即追問，「那麼【弱水】的下落找到了嗎？」

「有點眉目。」

伊卡諾斯把身子轉回去巨屏那邊，雙手在鍵盤上翻飛不停。

「你進入了【地獄】後幾天，我們終於調校出接近【弱水】的氣味。我把資料輸入到機械蜂群的中央電腦，再讓它們由殲魔協會小隊被滅的那條小漁村中開始尋找。」伊卡諾斯解釋道：「由於距離事發已有一段頗長的時間，現場其實只剩下微量的氣味。」

說罷，伊卡諾斯便指了指屏幕。

原本每一個屏幕皆播放著不同畫面，不過伊卡諾斯按了幾按後，其中一個影像突然拉大，佔據著整個巨型屏幕。

我抬頭一看，只見巨幕已轉換成一幅黑底白線的地圖，標示著非洲和歐洲的地理位置。在埃及靠海邊的位置上，有零散的區域以淺藍色顯示，我認得那兒正是楊戩提過，有一隊殲魔小隊被滅的地方。

「這些藍色，就是蜂群偵測到【弱水】氣味的位置。」伊卡諾斯指著那漁村的位置，解釋道：「我讓蜂群四方八面的搜索，花了好一段時間，才勉強捕捉到【弱水】的去向。」

說罷，伊卡諾斯又按了鍵盤，那團藍色便起了變化。

我只見那團藍色由埃及開始，一直沿著北非的海岸，往西北方伸延，且變得越來越深色、密集。

「蜂群依循氣味的軌跡，一直由非洲追蹤到歐洲。憑著氣味散留的程度，我知道蜂群和【弱水】持有者越來越近，於是我便調動蜂群，估算那人的路線，前後搜索，最終便把目標鎖定在一列由法國去英國的火車上。不過……」說到這兒，伊卡諾斯忽然頓了一頓，「當機械蜂登上列車，想要搜尋【弱水】時，突然之間，那十來頭機械蜂竟全部在同一瞬間失去訊號！」

「難道是有干擾？」我好奇地問道。

「似乎不是。後來當列車駛到英國，我再派了數頭機械蜂前去那列車上搜索，卻發現除了數點焦炭外，完全找不到機械蜂的殘骸。」伊卡諾斯冷笑一聲，「顯然，有人一下子把我分佈在列車各處的機械蜂，悉數毀滅！」

我摸著下巴，一時想不到有甚麼武器或魔瞳異能，能作出如此效果，便續問：「那麼，【弱水】的下落就此斷掉嗎？」

「嘿，當然不會。」

說著，伊卡諾斯再次在鍵盤上按了幾按。

我抬頭一看，只見螢幕倏地一轉，變成了一個錄像畫面。

畫面是一個室內廣場，場中人來人往，又有數列火車並列停泊，顯然是某個大車站。

「這是三天前，倫敦聖潘克拉斯火車站的畫面，亦是那輛『歐洲之星』火車的終點站。」伊卡諾斯雙手不停，一邊說道：「機械蜂被滅，讓我更加肯定【弱水】持有者就在火車上，所以我便駭入了火車站的保安系統，讀取了那班列車到站時的畫面，然後把每一個下車乘客的樣貌都記錄下來。」

「那有甚麼發現嗎？」我眉頭一揚。

「本來，我也只是見步行步，畢竟我也不知持有者長成甚麼樣子。但當我在分析各個乘客的樣貌時，妲己卻突然認出了其中一人。」伊卡諾斯按了鍵盤一下，然後轉過身子，朝我說道：「就是他。」

我聞言抬頭，只見人頭湧湧的車站內，有一名男子的樣貌，被伊卡諾斯特意放大。

那人身材矮小瘦削，穿著一身緊身黑衣，樣子陰陽怪氣，我卻一眼認得，那人正是驅屍人艾瑪納！

「怎會是他！」我大感驚訝，忍不住脫口說道。

自從在埃及和莉莉絲一戰後，我便再沒和艾馬納聯絡，只是上次分別之前，他曾說過，會去尋找那個法老秘寶。

想念及此，我心中不禁猜想：「難道那法老秘寶，就是【弱水】？」

「啊？原來諾你也認識這傢伙。」伊卡諾斯看著我，說道：「雖然還未來確定【弱水】就在他身上，但至少可以肯定持有者應該就在英國那邊。我的機械蜂顯然已被對方發現，為免打草驚蛇，妲己便決定帶著她女兒，親身去了英國，尋找【弱水】的下落。」

「她們去了多久？」我問道。

「就兩天之前。我一直和她們有所聯絡，只是直到現在，她們還未有所發現。」伊卡諾斯說著，忽然把巨型螢幕變回地圖，標示的卻是耶路散冷一帶位置，而地圖上又有一個小紅點在閃爍不停。

「小型飛機。」伊卡諾斯指了指那個紅點，對著我微笑道：「你趕快去吧。」

伊卡諾斯知我心意，我也沒再多言，只朝他一笑點頭，便立時急步離開研究室。

就在數小時後，我已然身處在寒冷陰霾的倫敦市內。

第九十三章 —— 英倫亂戰

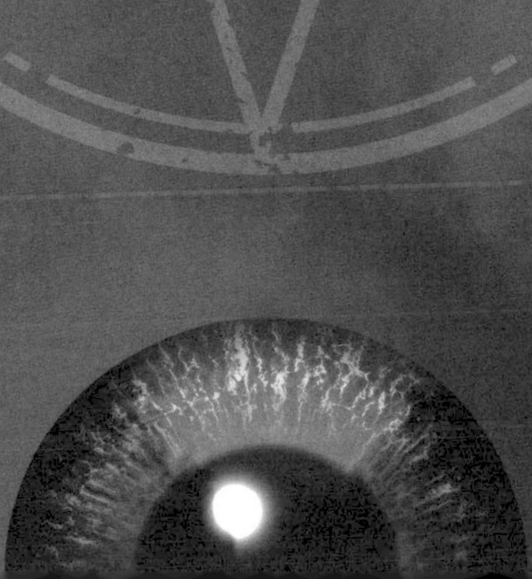

第九十三章　英倫亂戰

英國，倫敦。一個長時間被陰雲覆蓋的城市。

撒旦教和殲魔協會的戰爭，並沒有波及到這個以經濟重心的城市。眼下戰爭結束，街上已回復人來人往，車馬不絕的情景。

只是，人們的臉上，總是掛著一副淡淡的愁容，似乎他們都知道，紛爭並未完全停止。

我站在倫敦橋其中一個橋塔的塔尖，看著泰晤士河兩岸的情景，此時一陣風在我身旁輕輕刮起，接著一股幽香撲鼻，我沒有回頭，便知來者是誰。

「前輩，還是沒有消息嗎？」

我轉過頭，看著身旁的妲己問道。

為免惹人注目，此刻妲己沒有身穿慣常的鮮紅古袍，改為穿著一套沉色樸素的休閒便裝。

當然，她那副美貌並沒因此失色，仍教看者心動。

「沒有。那人不知是否察覺了咱們，這幾天似乎都沒有現身。」妲己玉手撥了撥被風吹亂的長髮，看著我說道：「賤妾讓一批流浪貓駐留在倫敦主要出入通道，另一批則在城中各處遊走，但兩組貓兒皆沒發現【弱水】的氣味。」

妲己雖然是狐狸，但也略通其他動物的溝通方式，她和煙兒及莫夫去到火車站後，發覺那【弱水】的氣味竟只停留在車站內，似乎是持有者故意消匿氣味，讓她們難以追蹤下去。

這時妲己想起拉哈伯曾在香港，驅使流浪貓尋找自己所在位置，便重施故技，讓倫敦的流浪貓記住【弱水】氣味，然後四散找尋。

至於，她和煙兒莫夫三人，自然也沒有閒著，只是直至我來到了，三人仍一無所獲。

「難不成，艾馬納已離開了倫敦？」我摸著下巴喃喃說道。

「賤妾前來倫敦途中，伊卡諾斯已同時駭進倫敦所有出入通道的監察儀之中，但並沒有發現艾馬納的蹤影。」妲己頓了頓，道：「當然，這乃以他是【弱水】持有者來論，若然神器不在他身上，那麼咱們便得從頭來過。」

雖然還沒有確切證據證明艾馬納藏有【弱水】，但兩者同時出現在一班列車上，實太巧合，我和妲己都相信【弱水】的下落，必與艾馬納有關。

就在此時，藏在我臉頰內的小型通訊器，突然傳來伊卡諾斯的聲音：「諾，我先前提過的東西，已有一千隻到了倫敦，開始工作了。」

「好，謝謝你。」我按著皮膚下的儀器，輕聲說道：「城中的攝錄器，還是未找到他嗎？」

「還沒有。」伊卡諾斯的聲音，伴隨著一連串急速的打字聲，「以防萬一我把周邊城市的監察器都一併讀取，只是暫時還沒有發現。」

「那麻煩你繼續監察了。」

「嗯，有消息再聯絡吧。」說罷，他便掛了線。

「怎麼了？」妲己待我通話後，便即問道。

「伊卡諾斯趕製了一千頭機械鼠，已竄進了倫敦城內各處，除了街頭，它們還在渠道裡、牆壁上四處遊走。」我答道。

「只是機械蜂已被他們發現，這些機械鼠又有何用？」

「先前的機械蜂因為體積細小，伊卡諾斯並沒多費功夫，任由它們保持原有的金屬外表，不過這批機械鼠卻全都有著真實老鼠的外表，加上動作靈動，幾可亂真。」我跟妲己解釋道：「雖然我覺得艾馬納，或者那個出手滅掉機械蜂的人，也很快會察覺到老鼠真偽，但只要他們有多一點猶豫，我們便有多一點時間趕到現場，而假若其中一頭被無故消滅，我們亦可以立時鎖定他們所在地點。」

「公子所說有理。」妲己聞言輕輕點頭，「賤妾奔走多日，也無所獲，似乎那人真的深藏不出，希望這法子真有效用。」

「但願如此。」我輕輕一嘆罷，話題一轉，問妲己道：「對了，前輩怎麼放心煙兒一人獨自出去？」

「賤妾並不放心。只是煙兒已非無知小孩，賤妾總得讓她獨自歷練一下。」妲己幽幽嘆了一聲，然後苦笑道：「再說，賤妾也不知道能保護她到甚麼時候。」

「前輩此話何解？」我聞言問道。

「賤妾……看不清楚未來。」妲己深呼吸一下，又重重嘆了口氣，才道：「賤妾成魔多年，經歷甚多，對即將發生的事，是好是壞，多少能捉摸到一鱗毛爪。只是自從兩教大戰後，賤妾但覺世上一切都變陌生，對於未來狀況，更是完全沒有頭緒。」

「你怕有一天，會不再在煙兒身邊？」我問道。

「是的。賤妾活了這把年紀，本應天不怕地不怕，只是有了這個女兒，有了牽掛，便開始怕死。」妲己苦笑一下，「看不透的前路，尤其讓賤妾擔心，怕會有這麼一天，來不及道別一聲，便會自女兒身邊消失。」

聽到妲己的話，我心中不禁心生歉意，因為要不是我，她此刻和煙兒還在雪山之中，平靜隱居。

「公子，別要自責。」妲己看穿我的心意，微微抬頭，輕聲說道：「身懷魔瞳之人，即便能得安穩，也只是一時片刻。」

「那麼這次尋到【弱水】後，前輩你就帶煙兒再避上一避吧。」

「公子，你我心知肚明，一場驚天動地的大戰，還在後頭蘊釀，天大地天，卻沒一處地方能避過它。」妲己忽然笑道：「若能避過，賤妾眼下又怎麼會狠心，逼迫煙兒成長呢？」

妲己所指的，自然是天使大戰。

眼下【地獄】雖仍被封印，但薩麥爾落下的束縛，已不再堅固，過不多時，【地獄】應像撒旦所言，無條件的吸收所有負靈魂。

當【地獄】與【天堂】的靈魂數量一旦同步，天使大軍便會降臨。

那時，亦是所謂的世界末日。

「前輩說得對，這一天很快便會來。」我看著灰暗的天空，說道：「那時候，誰也躲不了。」

「再說即便要躲，賤妾恐怕煙兒也不那麼輕易離公子而去。」妲己柔然笑道：「公子消失的這兩年，那娃兒不知暗地裡流過多少眼淚。」

「但若然大戰爆發，我身邊該是世上最危險的位置。」我無奈苦笑一下，旋即又問：「對了，前輩你可有打算，讓煙兒安上魔瞳。」

「沒有！」

妲己聞言，俏臉一怔，果斷說道。

我看到她的反應，不禁一愕，此時但見她臉色稍寬，解釋道：「賤妾，並不希望煙兒成為魔鬼。雖然魔瞳能讓她變得更強，但同時也會為她帶來更多危機。最可怕的，就是一旦讓眼瞳變得赤紅，她的道路，只剩下兩種結果；要麼竭力捕食靈魂，走那永不能完的人生，要麼不得善終，被人所殺，或是受那『天劫』而亡。」

聽完妲己的話，我頓時明白，她剛才為何會有如斯反應。

替女兒安上魔瞳，妲己顯然已想過不止一次，只是當了數千年的魔鬼，妲己絕對明白當中的痛苦、赤眼所帶來的枷鎖，如何巨大，又如何難以抗拒。

「公子，雖然賤妾並不希望會有這個機會，」妲己看著我，正容說道：「但若然……若然有這麼一天，煙兒在你面前，受了致命的傷、或是有甚麼危險、威脅，非安上魔瞳不可，請公子你花一個剎那，想一想那時候，活著，是否比離去要好。」

我沒有回應，而是默默細想妲己這一番說話。

正當我靜靜沉思之時，忽然遠方傳來兩道輕盈的腳步聲。

我沒有回頭，只聽那腳步輕重頻率，便知二人是莫夫和煙兒。

「媽！大哥哥！」人未至，煙兒的聲音已然響起。

我回頭一看，只見煙兒穿了淡藍色輕便裝束，甩著馬尾，幾個跳躍，便已自橋頭來到我們身邊；至於一身深灰色衣服的莫夫，則緊緊跟隨其後。

妲己看到煙兒，眼神頓時變柔，她掃了掃煙兒有點凌亂的髮，同時柔聲問道：「你們那邊沒有發現嗎？」

「沒有。」煙兒搖搖頭，略為失望的道：「我和莫夫走了幾遍，也嗅不到那【弱水】的氣味。」

「這下子真的有點棘手。」妲己秀眉輕蹙，道：「咱們這幾天已翻遍了整個倫敦，但丁點兒線索也找不到。」

「那氣味怎麼可能在火車站裡憑空消失？」莫夫想了想，忽然推測道：「難道那人一直匿藏在車站裡？」

「若是這樣，會不會他已循著原車回到法國？」煙兒拍一拍手，叫道。

「不，他沒有離去，還在倫敦！」

我肯定地說，因為臉頰裡的通話器，傳來了伊卡諾斯的消息：其中一頭機械鼠，在大英博物館中，發現了艾馬納！

我沒有去過大英博物館，只是聽過其名，倒是妲己說她曾參觀博物館十數次之多，因此知道消息後，她便即領著我我們，前往博物館所在的大羅素街。

我們在倫敦市，高高低低的大廈頂部，全速奔馳，如此過了數分鐘，妲己忽然說道：「就在前方！」

妲己沒有指出博物館所在，但我卻看到前方密密麻麻的房屋群內，獨有一座巨大宏偉的古羅馬柱式建築，佇立中央，不問而知，那正是大英博物館。

「伊卡諾斯說，他在埃及館，現在還未走，也未發現到一直藏在通風道內的機械鼠。」在眼看快要到達博物館，我想了想，便即跟三人說道：「前輩，勞煩你到後方守住。莫夫、煙兒，你倆到左右等候吧。煙兒，記住太危險就別出手。」

三人沒有多話，只點點頭，便即分朝三個方向走去。

我收攝氣息，看準時機，便自屋頂，跳回地面，然後融入人群之中，自正門走進博物館內。

雖是假日，但由於戰爭才停止不久，人們大多深居簡出，因此博物館內的遊客並不是太多。

我隨著人流，走進有著玻璃天花的中庭內，看了看指示牌，便逕自走向左方的埃及館。

才踏進埃及館，燈光驟然暗淡，我四處張望，很快便看到左方盡頭，有一名身材矮小的男子。

男子正負手站在一座玻璃展示櫃前，昂頭觀看內裡一座豎立的大型木乃伊棺。

我看不到男子樣貌，卻嗅得出那股長年不見天日，與屍首棺墓為伴，僅在艾馬納身上出現過的氣味。

除了那氣味，我還嗅得出他身上，正散一股濃濃的絕望、傷心，又有強烈殺意。不過，偏偏整個埃及館內，沒有半點【弱水】的氣味。

「難不成【弱水】真的不在他身上？」

我心下奇怪，仍然不徐不疾的走了過去，艾馬納似乎沒有發現到我，直到我在他身邊停步，他才赫然轉過頭來。

艾馬納看到是我，一雙滿佈紅絲、深陷臉龐的雙眼閃過驚訝，不過那雙眼睛旋即變得死氣沉沉，接著脫口說道：「小永諾，怎麼……怎麼會是你？」

艾馬納的訝異雖然一閃即逝，但不像作假，我見狀立時笑道：「我早幾天來了倫敦，剛才在博物館外看到你走了進來，便來跟你打個招呼。好久不見，你這兩年過得怎樣？」

「沒怎樣，還是老樣子。」艾馬納淡淡說到，復又把眼光放回面前的木乃伊棺。

艾馬納沒再作聲，只是看著棺木發呆，我站在他身旁，把嗅覺提升，卻始終嗅不到半點【弱水】的氣味。

我心中納悶，見艾馬納始終不發一言，便先打開話題，問道：「你認識棺中人嗎？」

「不認識。」艾馬納說罷頓了頓，才道：「但這個棺，老子在差不多廿年前，曾嘗試偷過，最終卻失敗了。」

「失敗？」我故意謔笑道：「原來你這傢伙也有失手的時候啊？」

艾馬納聽到我的話，沒有反唇相稽，只是淡然解釋道：「那時老子才出師不久，正自盤算從哪兒開始，心想各地的博物館，皆如此明目張膽地擺放著古舊文物，防盜設施又不嚴密，便決定挑一所下手。其時這博物館正在宣傳埃及文明收藏品，老子既是埃及人，看到古代文物失落他國，便決定向其下手。」

「老子花了半年時間，在不同時間，不同日子，以不同裝扮進出博物館數十次，仔細觀察埃及館的每一個防盜設備所在。回村後細細推敲，擬定了十多個潛盜計劃，又反覆修改。最後在那一年冬天的最冷一夜，老子帶齊裝備，潛進博物館。」說到這兒，艾馬納便沒再作聲。

「你潛進這兒，然後呢？」我追問道。

「沒有然後，因為老子一走進埃及館，便發現有一名女子，早已站在走廊中。那女子身材高佻，留了一把爽朗短髮，看來弱質纖纖，只是當她朝老子一笑，那笑容卻帶著無窮殺意，讓老子心下一涼。接著，那女人看著我笑道：『孩子，這裡不是你該來的地方。別以為你幹的事情沒人知道，你每一次到訪，其實我也看在眼裡。』。」艾馬納憶述道：「聽到這句話，老子沒有多想，轉身拔腿便逃，幸好那女人沒有追上來。不過就那笑容，教老子一時不敢再打這博物館主意。直到若干年後，老子偶爾從他人口中得知，這大英博物館其實另有底蘊。在建築物底下，其實有一巨大空間，官方紀錄說，那是一個儲存文物的倉庫，但實際上，那空間是殲魔協會英國分部的基地！」

「原來是殲魔協會的基地。」我恍然大悟，並沒感到太過奇怪，「那麼那個女的……是協會的人？」

「嗯，她叫作桑利亞，而且是一名殲魔師。」

「啊？你後來曾經回來？」我聽出艾馬納話中的含義。

艾馬納點點頭，續道：「那是失手後十年的事。其時老子已當了十年的驅屍人，盜了十年的寶藏異棺，膽識和身手長進不少，便決定嘗試再次盜這木乃衣棺。」

「只是你最後還是失敗了。」我指了指玻璃展櫃裡的棺材，笑道：「不然，它也不會仍舊安放在此。」

「不錯……」艾馬納嘆了一聲，道：「那一次老子沒立即逃走。雖然桑利亞的殺氣依然逼人，但老子至少與她交手了數十回合。只是她比老子技高不止一籌，老子最終失手被擒，然後被她折斷雙手。桑利亞說，那是一個懲戒，但若老子再次回來盜棺的話，便會殺了老子。」

聽到這兒，我眉頭不禁皺起，說道：「依你這樣說，桑利亞豈不是轉眼便至？」

「老子前兩次摸黑而來，她不過一分鐘便出現，此刻光明正大站在這兒差不多半小時，她卻始終沒有露面……不，」艾馬納忽然頓了一頓，雙眼稍稍睜大，「她似乎來了……」

就在艾馬納說話同時，我聽到正大廳中央的柱體房間，有一陣機器運動聲，一股微弱的殺氣自地底慢慢上昇。

艾馬納感官敏銳，長期在地底泥土中活動，只要腳踏著地，地底異樣他大多能感受得到。

桑利亞顯然比艾馬納厲害，但眼下強敵將至，艾馬納依然一副有恃無恐的樣子，我見狀心道：「難不成，他身上真的懷著【弱水】？」

正當我想出言試探之際，艾馬納卻忽然開口問道：「小永諾，你可知道，我們埃及人怎樣看待死亡？」

雖然我曾在埃及生活數年，但大多時間也只是苦練，對於艾馬納的提問，我只能搖頭示意不知。

「我們埃及人認為，肉體只是靈魂的容器。每天早上，我們的靈魂寄居在肉身之中，但晚上則會離開，在天地間浮游。我們認為死亡之後，靈魂並不會消滅，而是於末日重生，然後活在永恆之中。」艾馬納眼神凝聚於櫃中棺木，繼續說道：「但若要復活，則肉身必須完整無缺，因為在死後的國度，唯有靈魂和肉身再次結合，才可以享受永生。所以，埃及人至古以來，皆對屍體保存很講究，而且對屍體也很是尊重。若非有深仇大恨，我們一般都不會破壞屍體，就算是敵人，殺死了便是……但我的村人……他們……」

艾馬納忽然開始嗚咽，一時說不下去，我站在他身旁，感覺到他的情緒開始有了異常波動。我思緒一轉，已隱約猜到他激動的因由，但還是得沉著聲子問道：「他們怎麼了？」

「他們死了！全都活活被燒死了！」艾馬納忽然轉過頭，雙眼通紅的看著我吼道：「整條村子！八十七條人命，無一完屍！」

「燒死了？」我聞言不禁一愕，「發生甚麼事了？」

我的話才問完，只聽得外面中廳突然微微響起「隆隆」一聲，似乎那個自地底而來的升降機已經到達地面。

「就是他們……就是殲魔協會！」艾馬納必地轉身，指著埃及館外的中庭大廳，激動地說：「他們說老子的驅屍術是邪魔外道，想要了老子的命！他們殺老子不成，便把矛頭轉向了我那些無辜的村民之中！」

我先前已隱隱推測到艾馬納的村子遭受不測，但從沒想過下手的是殲魔協會！

「殲魔協會不是第一天知道老子的存在，老子亦知道過去有些單子，是殲魔協會所下的。老子和他們一直互不相犯，但誰不知現在他們卻突然發難！」艾馬納咬牙切齒，恨恨的道：「他們要老子就擒，嘴裡說是因為老子的驅屍術觸禁，但老子心知肚明，他們另有目的！」

「甚麼目的？」我心中一緊，問道。

「小永諾，你還記得三年前，你那朋友鄭子誠，曾替老子解開那個金字塔密盒，取出當中的藏寶圖吧？」艾馬納雙眼瞪得老大，「老子和佩琳依著那藏寶圖的指示，到了埃及對出的深海一岩洞之中，得到了一件奇物。後來回到地面時，我們剛好遇上了殲魔協會的部隊。他們不問因由，便向我們開火，我們為求保命，不得不反擊。本來殲魔協會火力比我們要強大得多，但藉助海底岩洞所得的奇物，我們反將那部隊悉數殲滅。由於無人生還，老子本以為事情會告一段落，但殲魔協會後來還是尋上了，派了一隊又一隊的殲魔士來追捕老子。」

「你的意思是，他們目標是你所得到的那件奇物？」我小心翼翼的問道。

艾馬納所說的事，和楊戩之前提過的幾乎一樣，若是這樣，艾馬納所說的奇物很有可能就是【弱水】！

「難道不是嗎？殲魔協會沒提過被殺的殲魔士，只說是驅屍術而要老子束手待擒。老子想要擺脫他們，想不到他們竟以我村人相脅，最終卻連累了他們……」艾馬納說著，一手忍不抓緊自己的頭髮，雙眼再次紅起來，「他們一直緊緊不放，就像數天之前，他們更派了一些機械蜜蜂，來追蹤老子……」

聽到這兒，我不禁心生疑惑，因為艾馬納口中的機械蜂，顯然是伊卡諾斯製造那些，而我在找尋【弱水】一事，楊戩早已知道，按理他不會派人去奪取。

正當我在懷疑艾馬納是否誤會了殲魔協會時，一陣腳步聲忽自中庭傳來，一道女聲同時由遠至近的響起：「艾馬納，我說過你要敢再來，我定會取你的命！」

我回頭一看，只見一名身材高佻的短髮白人女子出現在埃及館門前。

那女子一身灰黑戰鬥裝，殺氣外露，一雙大眼瞪著艾馬納不放。

艾馬納一時沒有說話，只是緊握拳頭，雙目緊閉，重重的呼吸。

過了半晌，他才抬起頭，看著遠處的桑利亞，沉聲說道：「老子自覺已死，靈魂已隨我的村人而去，眼下只剩下一具肉身。」

「言下之意，這一次來，你是預備送死？」桑利亞朝我們踱著步，雙手自背後腰間抽出一對銀色匕首。

「不錯，老子沒想過會活著離開這兒。」艾馬納頓了頓，淡淡的道：「但我們埃及人的傳統，死時總得帶點陪葬品。」

「嘿，沒見多年，你的口氣怎麼變得這麼大了？」桑利亞步伐依然，雙手舞動了匕首一下，「你忘了十年前是怎樣敗在我手上嗎？難不成你這十年間，功力突飛猛進？」

「老子並沒有忘記，功夫也無甚長進。只是頭兩次來，老子知道自己一定要活下去，不然村人的生活無以為繼，所以一次逃走，一次求饒。今天，老子卻了無牽掛，因此一切已經不再相同。」艾馬納看著桑利亞，語氣冷靜，「老子這次來，只是想問你一句，你知不知殲魔協會把我村人燒死一事？」

「我知道。」桑利亞冷笑一聲，「你村子的位置，也是我告訴協會的。」

「為甚麼……為甚麼你要這樣做？」艾馬納倒抽一口涼氣。

「艾馬納，你我從來就是敵人。我們信奉的神不一樣，所行的事不一樣，守護的東西又不一樣。這些事情，在你我第一次時就該知道了吧？」桑利亞瞪著一雙碧綠的眼睛，散發著銳利目光，「至於我這次供出你村子所在的原因，你猜得一點也沒錯。」

桑利亞的答案，沒令艾馬納驚訝，卻讓我感到詫異，因為我想不到殲魔協會真的是因為【弱水】而去狙擊艾馬納。

「原來真的是為了這東西。」

艾馬納苦笑一下，伸手自懷中取出一個渾圓的事物。

那東西成一球狀，渾體晶瑩剔透，散著令人難以形容的藍光，表面上佈有十多個指頭大小的洞孔，不過那球體最奇特的，是它彷彿由水凝聚而成，表面泛著一波又一波的漣漪。

我站在艾馬納身旁，一直留神，當他取出這個水球時，本來有點昏暗的美術館頓時被藍光所映亮。

我看在眼裡，忍不住深深吸了一口氣，因為艾馬納此刻手中所握住的，顯然就是神器【弱水】！

神器一現，桑利亞頓時止步，雙手兵器握得更緊。

她和我一般，目光皆聚焦在【弱水】之上，相反艾馬納那雙散佈紅絲，充滿疲意的眼睛，卻看著空無一物的天花。

「老子當初深潛海底沉寶，為的就是尋得奇寶變賣，讓村人得以繼續安穩生活。」空洞地看著天花，艾馬納忽然笑了起來，「想不到到頭來，這東西卻要了他們的命。」

「如果你早早束手就擒，也許就能以一命抵百魂。」桑利亞冷笑道：「你村人的死，艾馬納你責無旁貸，唯一能彌補的方法，就是交出你手上的水球，然後讓我們協會潔淨你充滿罪惡的靈魂。」

「桑利亞，你說老子願不願？」艾馬納應道，頭始終上仰。

「你並沒有選擇的權利。」桑利亞雙手一擺，再次緩緩朝我們走來。

「似乎你並不知道老子手中的水球，有多大的威力。」艾馬納繼續微微笑道：「你再踏前一步，老子便真的要動手了。」

聽到艾馬納的威脅，桑利亞沒有停下腳步，只是冷笑道：「嘿，你儘管動手便是。」

艾馬納沒再說話，只是淡然一笑，右手五指同時插進【弱水】其中五個小洞之中，然後輕輕一舉，神器的光芒突地一閃！

藍光閃爍過後，四周卻沒有絲毫異樣，過了半晌，平靜如常。

「哈哈哈，驅屍人，你來這之前，曾付錢給幾個旅客，讓他們在館中暗角留下幾瓶開了蓋的瓶裝水，打算來這一記『出其不意』的攻擊吧？可惜你的招數，我們早就看穿，在你進館前，這些水瓶早已被我們清空。」桑利亞舞動匕首，譃笑道：「既然你動手不了，那就該到我出手！」

一語未休，桑利亞渾身殺氣突現，雙手平舉利刃，朝艾馬納衝去！

不過，桑利亞才踏了一步，便突然駐足不前。

桑利亞臉上笑容依舊，眉心卻多了一個針孔大小的紅點。

但見紅點慢慢擴大，一直變大到指頭般大時，紅點突然湧出鮮血。

鮮血緩緩向下流淌，慢慢劃開了桑利亞俏麗、卻僵硬的笑臉。

「抱歉，老子哭了。」

艾馬納依舊抬著頭，但蒼桑的臉頰，有一道清晰的淚痕。

語畢，桑利亞便像洩氣皮球，整個軟倒地上，竟已死掉！

我一直默不作聲，任由二人對峙，一來希望弄清楚協會滅村的因由，二來其實是想觀察一下【弱水】的用處。

雖是電光火石之間，剛剛桑利亞停步之前，我看到【弱水】輕輕閃爍一下，接著一束泛光般的事物，自艾馬納臉上，像飛針般插進了桑利亞的眉頭正中。

聽著二人的對話，這水球般的神器，作用似乎是隨意控制液體，而剛才艾馬納顯然是利自己的淚水，殺死了桑利亞！

桑利亞倒在地上後，艾馬納的目光終於放回她身上。

這時，他再次舉起【弱水】，只見水球藍光輕泛，桑利亞額頭流出的鮮血，突然像活了一般，飛到半空，散開成近百顆小血珠。

艾馬納語帶悲涼的喝了一聲，小血珠突然同時轟向桑利亞的屍首！

血珠挾勁而飛，像機關槍般掃射桑利亞，教原本俯伏不動的屍首，被射得在地面上不停詭異地彈動。

屍體轉眼間已被射成蜂窩一般，而新傷口流出的血，又被艾馬納以【弱水】轉化作新的血彈，繼續回擊。

艾馬納看著慢慢變成肉漿的桑利亞，臉上毫無表情，雙眼卻淚流不絕。

我默站一旁，卻沒喊停艾馬納的意思，因為我很清楚失去至親之人的感覺。

尤其是，那些重要的人，是因自己而死。

「各位旅客請注意，由於博物館內發生火警，請旅客保持冷靜，依隨工作人員指示離開現場。不便之處，敬請原諒。」

一段廣播突然在博物館內各處響起，引起一陣騷動，亦令艾瑪納停止摧殘桑利亞的屍體。

「嘿，火警？老子可是用水殺人啊。」艾瑪納冷笑一聲，同時自【弱水】中收回力量。

血珠不再受控，成了一場知暫的赤雨，灑落在已不成人形的桑利亞屍身上。

博物館內的遊客聽到廣播後，轉眼間已全部離開，連所謂的工作人員也一併消失了。但表面安靜，我卻感覺到一團團殺氣，正自地底上昇。

這時，艾瑪納忽然單膝跪地，呼吸變得有點粗重。

我看到他臉色蒼白，額頭滿是汗珠，顯然是因為使用神器，耗力過度。

「矮子，若我所猜不錯，你手上的水球實是遠古神器【弱水】。」我看著艾瑪納說道：「使用神器，會大量消耗生命力。你不是魔鬼，壽命有限，再使用下去，只怕有性命之危。」

「小永諾，老子剛才不是說了嗎？今天，老子沒想過要活著離開。」艾瑪納拭了拭額角，強笑道：「就是看看，老子今天能帶走多少陪葬品。現在，至少有一件了。」

「現在從地底上來的至少有半百人，那些戰士實力只會比桑利亞有過之而無不及。你縱有神器在手，但能應付多少個？」我看著艾瑪納，勸說道：「再說，下令的人、動手的人也未必在這批戰士之中。你若不分青紅皂白地攻擊，豈不連累無辜？」

「無辜！你是在說我那些手無寸鐵、一直安分守己的村民嗎？」艾瑪納瞪眼厲聲道：「畢永諾，老子不傻，你出現在此怎可能是巧合？你看中的，也是這個水球吧？」

對於艾瑪納的質問，我只是報以一個微笑。

「小永諾，若你當老子是一場相識，那麼就請先離去，待老子氣絕才回來，拿你想拿的東西。」艾瑪納瞪著我，冷冷的道：「但若然你堅持現在就要插手，那麼休怪老子不念舊情！」

我攤攤手，笑道：「那好吧，我會好好保存你的屍體。」

我和殲魔協會的關係不差，雖然眼下楊戩似乎有意染指【弱水】，意圖不明，但事情還未弄清楚前，我還是不希望和他們有任何衝突

我本想勸退艾瑪納，只是他死意已決，我便只好袖手旁觀，順便多觀察一下【弱水】的神效。

此時，中廳又傳來過百道輕柔卻急速的腳步聲，一道又一道殺氣，毫不掩飾的朝著我們衝來。

「人數比我想像要多啊。」我瞇著眼睛，看著那百名各執奇形兵器的黑衣戰士，朝艾瑪納冷笑一聲，道：「矮子，想不到殲魔協會這般重視你。這下子，只怕你再痛哭一場也不行。」

「老子千里迢迢來到倫敦，並不單單是因為桑利亞。」艾馬納看著那些步伐越來越快的黑衣戰士，同時平舉泛著藍光的【弱水】，「還因為這個城市，雨下不停啊！」

艾瑪納的話一出，我立時看向中庭的玻璃天花，只見外頭烏雲厚重，正下著毛毛細雨。

那些雨點不大，降落不快，但鋪天蓋地，包圍了整個大英博物館。

也覆蓋了，煙兒所在的位置。

「矮子，住手！」

我沒有多想，立時動手想奪去艾瑪納手中【弱水】。

不過，在我動身瞬間，身旁突然傳來玻璃破碎聲，接著一陣壓力奇大的巨風同時刮起。

我還未來得及反應，只覺得右臂一陣劇痛，一股澎湃巨力把我擊開，直往埃及館的另一端飛去！

我錯愕不已，但連忙鎮定，在半空中連翻數圈，把力道盡卸於地，好不容易才站定下來。

我回首一看，卻見艾瑪納先前一直觀察的巨大木乃伊，竟有一隻比常人巨大數倍的手，自當中伸了出來，顯然剛才把我擊飛的，就是這隻巨手！

「小永諾，老子剛才說了的話，你應該聽好了吧？」艾瑪納沒有理會身旁的巨手，只是看著我，淡然一笑，「由這場雨開始，老子只能視你為敵了！」

我知艾瑪納定是想要操縱空中雨水，攻擊那群殲魔戰士，而這樣定必會波及在博物館外守候的煙兒。

我和艾瑪納相距已遠，而他身旁又有怪手守護，我念及煙兒安危，便急催魔氣，手一揮，想要延長【墨綾】，保護遠處的她。

不過，當我魔氣一生，一股讓我渾身一顫的滔天殺意，突然自那副巨型木乃伊中傳出。

憑著本能，我讓剛祭起的黑布，在身前交織成盾，然後把渾身魔力，盡貫其中。

就在成盾一剎，我只見面前強光閃現，同一時間，一道巨力把我連人帶盾，撞穿牆身，飛到博物館外！

這一擊之力，幾如開天闢地，我整個人向後激飛了數十米才能狼狽著地！

就在我著陸之後，原本站立處，竟爆出一記雷響！

我心下一驚，沒有多想，運動體內撒旦力量，進入「獸」的狀態，全神戒備。

我目力一凝，只見那木乃伊已毀，艾瑪納身旁，卻多了一個四五米高、白髮白鬚的赤裸巨人！

那巨人一身精練肌肉，右眼澄藍，左瞳卻是散發著我從未見過的金色光芒！

「金色的眼瞳？難不成……難不成這巨人是天使？」

我呆在當場，感受巨人散發的那一股，類似魔氣、卻又有些不同的力量。

「難怪我覺得氣味有些熟悉，原來是路斯化。」巨人看著我，冷冷笑道：「本來以為還得要花些時間才找到你，想不到你會親自找上門來。」

巨人雖是笑著說話，我卻感覺到話中帶有一股深重的恨意，便即問道：「你……是誰？」

「怎麼連親手囚禁的人也記不起？難道你這傢伙關了太多人嗎？不對，定是因為我被關在那海底的時日太長了，你已經忘了我的存在！」巨人冷笑一聲，恨恨的道：「我是，宙斯！」

語畢，巨人忽地揮一揮右手，一股閃電竟自他指間射來！

第九十四章

——

雷霆萬鈞

第九十四章 雷霆萬鈞

轟隆！

我被閃電擊飛以後，雷聲才轟然響起！

巨人道出的名字，教我一時分心，幸好我一直提著墨盾，又已進入「獸」態，才能及時擋下這快捷無倫的一招。

我借勢後飛幾米，勉強定住身子，心中卻震撼不已。

布盾傳來的震盪，使我手臂一時麻痺，若沒了【墨綾】，我這身刀槍不入的黑暗皮膚，定必被雷電擊穿。

揮出一束閃電後，宙斯沒再攻擊，只是站在艾馬納身旁，散發金光的左眼，瞪著我不放。

「這傢伙……真是希臘神話中的萬神之神宙斯？」我壓下心中震驚，聚精匯精的提防著，「他左眼散發金光，顯然不是魔鬼。但若他是天使的話，理應在天國之中，怎麼會現身於此？」

我回想起剛才宙斯的話，似乎撒旦曾經把他囚禁於海底之中；艾馬納又說過，他是依從寶藏圖，在海底深處取得【弱水】。

依兩者所言，似乎【弱水】和宙斯已深藏於海底過千年，而困住他們的人，正是撒旦。

宙斯突然破棺而出，雙手又能放出電殛，不但教我驚訝，亦令本來殺意騰騰的一眾殲魔戰士，呆於當場，紛紛停下腳步。

至於一直蓄勢待發的艾瑪納，自然沒放過這大好良機。

「天，請你哭吧。」

艾瑪納手舉【弱水】，語帶悲痛。

只見水球藍光一盛，表面泛起陣陣漣漪，縱橫交錯。

就在深藍綻放的一刻，整個博物館上空的雨，突然加快墜下速度。

那速度，快得像子彈一般。

砰！砰！砰！砰！砰！砰！砰！砰！砰！砰！砰！砰！砰！砰！砰！砰！

雨水萬縷千絲，瞬間擊碎了中庭的玻璃天花！

那些殲魔戰士雖被宙斯嚇呆，但在頭頂天花碎裂時已有反應，不過雨水在【弱水】加持下，已成液體子彈，殺傷力驚人，十多名身手較差的戰士閃避不及，便被無數雨珠自頭頂貫穿身體，瞬間斃命！

那些躲過了第一波攻擊的殲魔戰士，立時四散，紛紛匿藏在有磚石覆蓋的地方。

不過，那些因「火警」疏散到博物館空地的遊客，卻在毫無預兆下，全部被雨彈當場射死！

霎時之間，博物館四周屍橫遍野，有些人剛好在艾瑪納的雨彈攻擊範圍邊界，看著身邊人被天上雨珠「射死」，先是一呆，然後無不放聲驚叫，逃散開去，慌亂間卻又有人意外走進了攻擊圈，被雨水擊斃。

我頭上本也毫無遮攔，幸能及時催動魔氣，以【墨綾】作傘，抵擋彈雨。

我放眼看去，盡是被雨彈擊得支離碎的屍體，心下大是擔心獨自一人的煙兒。

整個倫敦的天被雲雨所蓋，替艾瑪納源源不絕的補充彈藥，不過雨彈雖然下個不停，但那些戰士躲在磚瓦之下，雨珠攻擊頓時失效。

這批殲魔戰士畢竟身經百戰，保住性命後，便打算轉守為攻，那些距離艾瑪納較近的戰士，幾乎在同一時間，拿出武器向艾瑪納開火！

面對銀彈自四方八面射來，艾瑪納依舊半步不移。

因為子彈快雖快。

但宙斯的閃電，更快！

槍火乍現，天上厚重的烏雲裡，同時閃過強光！

近百銀彈快要飛到艾瑪納面前時，一道道紫電從天而降，打落在他身前數米處！

強光過後，艾瑪納絲毫無損，地上留下數道焦痕，那些銀彈，已全然不見。

那些殲魔戰士見到宙斯有如斯神力，無不驚呆當場，停下手上槍火。

「掙扎也是無用，上天所流下的淚，你們以為可以逃避得了嗎？」艾瑪納含淚大叫，十指插著【弱水】的手勢，忽然一變。

接著，只見中庭地上的水漬忽地集中成直徑足有一米多的水球，飄浮於空。

「給老子跪下！」

艾瑪納猛喝一聲，水球突然爆散，四散成上千迴旋碟片，分朝躲藏各處的殲魔戰士射去！

千片水碟貼地迴飛，目標顯然是戰士們的腳部。

水片雖不過巴掌大小，但飛射時發出「滋滋」聲，足見旋速之快，要是被其削中，定必血肉分離！

本蹲在地上的殲魔戰士反應神迅，眼看水片激射而至，便在千鈞一發之際，蹬腿躍起，同時猛扣機板，擊散腳底水片！

火光現，水片散，那些飛碟悉數被子彈擊成細小的水珠，散落地上。

艾瑪納此時，卻冷笑一聲。

「嘿，水本無形，你們子彈再多，也打散不了氧化氫粒子吧？」

艾瑪納冷冷笑罷，雙手握球一旋，本被打散的水珠，突然扭合成一根根液態粗針。

接著，只見他把【弱水】一舉，水針便直插進那些猶在半空的戰士腳板，貫穿整條小腿，再自他們膝部，帶著鮮血與碎骨飛出來！

殲魔戰士回到地上，但所有人雙腿盡被水針所傷，紛紛無力跪倒在地。

他們有好一些人是魔鬼，此時便即催動魔氣，想要令傷口癒合再戰；那些沒有魔瞳的，則躺在地上，但還是拼命提起槍，想要瞄準艾瑪納。

不過，他們全都沒有留意得到，剛才粗針穿過他們雙腿後，並非就此飛走，而是拉成一條絲般幼細的水線，向外延伸。

水線自各人的傷口開始，一直伸展到半空之中，匯聚成一個拳頭大小的小水球。

「又要麻煩你了。」

艾瑪納忽然淡然說了一聲，他身旁的宙斯則微微點頭，

接著，宙斯打了一個響指。

一束紫電，自宙斯雙指之間閃現，射向小水球中。

小水球只要一觸電，電便會透過水線，傳到各人身上，把一眾戰士電斃。

不過，紫電最終並沒有射中水球。

因為在水電交觸之前，一柄巨劍，橫空飛至，搶先擊碎水球！

轟！

強光一現，閃電正好擊中了巨劍寬闊的劍身。

巨劍顯然由精鋼所煉，紫電只是在將其擊飛，並沒轟碎。

被電雷擊中後，巨劍在半空中翻了數圈，忽有一道人影躍至，一把抓住了巨劍，飄然落地。

來者留著絡腮鬍，一身白色修身戰鬥裝，胸前印有一個偌大的赤紅十字，身上又掛了數柄長短不一的劍，正是子誠！

「『七刃』來了！」

一眾殲魔戰士看到子誠出現，大為鼓舞。

「你們都退下，別作無謂損傷。」子誠單手握住巨劍，淡然說罷，忽然以『傳音入密』，跟我說道：「小諾，煙兒沒事，我及時趕到，掩護了她到安全之所。」

聽到子誠的話，我向他報一個眼神，以表感激。

「老子記得你，就是你替老子解開那個金字塔密盒。」艾瑪納瞪大了佈滿紅絲的雙眼，「你叫……鄭子誠！」

「我也記得你的名字，」子誠微微點頭，說道：「驅屍人艾瑪納。」

「哈哈哈，原來你也加入了殲魔協會，還得到了甚麼『七刃』的名號，看來你功力大進不少。」

艾瑪納冷笑一聲，道：「今天，恐怕老子得會一會你這七柄刀。」

「我的刀，向來不喜歡向朋友相對。」子誠稍微把巨劍垂下，正容說道：「驅屍人，我只是剛到此地，不明明白你為何和協會衝突，但這基地裡的人，大多時候只駐守歐洲。協會裡若有人真的冒犯了，不如由我把他找出來，讓你們當面對質？」

聽到子誠的話，艾瑪納忽然笑問：「鄭子誠，你為了甚麼加入殲魔協會？」

「為了替妻子報仇。」子誠沒有多想便答道。

「那麼你知道是殺死你妻子的兇手是誰嗎？」艾瑪納又問道。

「我知道。」子誠語聲一沉，眼神閃過一絲恨意。

「那麼，你殺死他了沒有？」

「沒有……」子誠神色一黯，語帶自責的道：「本來我有機會將親手手刃他，可惜他在最後關頭給人救走了。」

「你殺不了殺妻仇人，」艾瑪納看著子誠，冷笑一聲，再問道：「那麼你的七柄刀，可染有其他人的血？」

艾瑪納此話一出，子誠登時語塞。

「你的揮刀之時，何有想過被你砍死的人，與你妻子之死有沒有甚麼關係？那些鮮血飛濺出來時，你又有沒有想過那些死者的血脈之親？」艾瑪納越說語氣越是嚴厲，「別跟老子說一些連你自己都沒理會的道理！」

艾瑪納聲色俱厲，子誠一時沒再說道。

看到子誠的模樣，艾瑪納冷笑道：「嘿，怎麼了，是不是決定不再阻擋老子？」

「不，我還是不希望你傷害他們。」子誠濃眉一揚。

「哼，這一次又有甚麼道理想說？」

「沒有。」子誠搖頭苦笑，「我只是不想這裡有太多鮮血。」

「不是難事。」艾瑪納冷笑一聲，說道：「這水球，連血也可以控制得到！」

說著，艾瑪納微一運功，【弱水】藍光一爍，只見地上的鮮血，迅速凝聚成埃及彎刀狀。

十數柄血刀浮昇於空，團團圍住了子誠，刀尖虛指著他身上各處要害。

「說起來，當初要不是你解開密盒，老子的村人便不會枉死。」艾瑪納忽然瞪大眼睛，恍然說道：「老子殺了你，也不算濫殺無辜。」

「既是這樣，你就找我一人報仇吧。」子誠說著，一手提著巨劍，另一手則自腰間，抽出刃槍，同時打開魔瞳。

但和以往不同的，是子誠此刻雙眼眼瞳，竟皆鮮紅如血！

子誠作為殲魔協會其中一名重要戰鬥力，被分配多一顆魔瞳並非奇事。

不過，當他打開一雙魔瞳，渾身邪氣暴發之時，我在當中感覺到一股熟悉的氣息。

那是，屬於「窺心之瞳」的氣息！

正當我心下驚詫之際，有人終於出手，把劍拔弩張的氣氛打破。

只是打破氣氛的，不是子誠的槍劍，不是艾瑪納的血刃。

而是，宙斯的閃電！

「路斯化，先顧好自己吧！」

宙斯狂吼怒叫，雙手虛空一握，憑空捏出兩束錐型電光，然後向我擲來；至於一直相互對峙的子誠和艾瑪納，亦在電光閃現一剎，同時動手！

子誠得到「窺心之瞳」雖令我意外，但強敵在前，我並沒有絲毫鬆懈下來。

在宙斯揮電瞬間，我已催動魔氣，讓【墨綾】在我面前交織成透明輕薄、卻能抵擋電流的牆。

噗。

一記沉實的聲音響起，兩束電光打中布牆，電力卻如泥牛入海，只能輕輕撼動牆身，卻沒將其擊穿。

宙斯見攻擊無效，忽地冷哼一聲，雙手成拳，貼著平舉，然後慢慢橫向拉開，竟就此拉出一柄巨形矛狀電光！

「這樣的話，你能接下嗎？」宙斯猛聲一喝，雙手奮力一投，電矛去如流星，朝我射來！

我沒有片刻猶豫，立時催動魔氣，讓黑盾增長，編成一個大黑球，牢牢包住自己。
就在巨球成形一刹，電矛已然飛至。
不過，這一次【墨綾】並沒有把閃電擋住！
電矛輕易刺破黑球，直接貫穿到地，而在電光消失一刹，雷聲這才轟然響起。
被電矛刺穿後，黑球無力散落，只是布束鬆開後，我的人卻不在其中！
看到黑球裡空無一人，宙斯雙眼閃過一絲意外，雙腿卻忽地一蹬，躍到半空。
恰恰躲過，從地面然出現的巨蛇咬噬！

我從沒想過正面抵擋電矛之鋒，因此黑球只是一個幌子，在巨球成形一刹，我已把魔氣盡數抽回，再驅動【萬蛇】，將自己蛇化，遁入地面，從地底襲擊他。
只是宙斯體型雖巨，反應和動作卻極其靈敏，輕易躲過我這無聲無息的一擊。
「路斯化，千年未見，想不到你還是那麼陰險！」
宙斯躍騰半空，見狀冷笑，雙手一揮，一團閃電便向巨蛇射去！
巨蛇中電，瞬間化成灰燼，但閃電並沒有傳到藏在地底中的我，因為灰蛇咬不中宙斯那刻，我已當機立斷，以魔氣將蛇身切斷，遊走到別的地方。
「老大，你怎麼惹上了這麼麻煩的傢伙？」在我蛇化遊行時，【萬蛇】的聲音忽然自我腦中響起。

由於我每一次只能控制一樣神器，所以先前操縱【墨綾】抵擋雷電時，【萬蛇】一直處於沉睡狀態，直到剛才遁入地底，它才甦醒過來。

「似乎是上一代撒旦惹下的恩怨。」我在思想中無奈回話，「我這次目標只是【弱水】，卻沒想過會有一個如此強橫的人殺出，看樣子還似乎是天使。」

「嗯？神器？」【萬蛇】頓了頓，續道：「的確有【弱水】的氣味……但老大，我也嗅到另一神器，【雷霆】的味道啊！」

聽到灰蛇的話，我立時晃然大悟，宙斯放出的閃電，並非他的瞳力所致，而是由神器產生。先前在撒旦教青木原總部時，我已見識過【雷霆】的威力，但那時神器乃在雷公和索爾身上，用以守護約櫃，不被他人所碰。

雷公和索爾被薩麥爾解放後，便引動天雷，離開了現場，以後不知所終，卻不知何故，【雷霆】此刻竟在宙斯手中。

「他們有【雷霆】和【弱水】，我們則有【墨綾】和【萬蛇】。」我向灰蛇傳話，「這樣倒是打一個平手。」

「嘿，但老大你每一次只能使用其中一樣，這樣子很是吃虧啊。」灰蛇冷笑一聲。

灰蛇的話並沒有錯，我現在不能把魔氣一化作二，變相也只是以一件神器作戰。

「看來我得把其中一件神器，交給子誠。」我心中想道。

「嘿，老大，你不會是要把我交給老傢伙吧？天底下可只有你才配驅使我啊。」灰蛇感應到我的心意，冷笑道。

「不會，子誠從未用過神器，又不像我有一身鐵皮保護，【墨綾】對他來說較易操縱。」

「但老大，先別說那傢伙正忙得不可開交，那巨型裸男可不會如此輕易讓你成功啊。」

【萬蛇】分裂出一些繩線般幼的小蛇，暗藏在戰場四周角落，觀察各人情況。

我透過小蛇的視覺一看，只見子誠正與艾瑪納鬥得難分難解。

艾瑪納遠遠操縱著十多柄血凝彎刀，團團圍著子誠，以不同角度，向他迴旋斬擊；而子誠此刻七刃盡皆出鞘，以抵擋滔滔不絕的血刀攻勢。

但見子誠右手握著巨劍，餘下四柄劍刃，則被他悉數抛在半空之中，而他空出來的左手，則提著刃槍，不斷在四柄刀劍之間轉換。

血刀飛斬的角度，極其刁鑽，但子誠每一次都能在千鈞一髮之際，把左手兵器切換成最適合的劍，或大小太刀，或西洋劍，時長時短，恰恰抵擋住血刃的奪命攻擊。

子誠雙瞳盡開，七刃翻飛不停，縱被血刀陣所困，寸步不移，但顯然遊刃有餘；反觀艾瑪納雖手執【弱水】，卻未能佔到甚麼優勢，一張怪臉神情緊張，汗如雨下，看來難以一直困住子誠。

宙斯似乎也察覺到艾瑪納支撐不了多久，可是他由始至終，並沒介入二人之間的戰鬥，只是深測著我的氣息，雙拳不斷撼擊地面，似是想隔地打擊。

「那傢伙看來是不把老大你逼出來不心息啊。」【萬蛇】在我的思想中說道。

我心中卻感疑惑，宙斯這法子明顯難有成效，先不說我能一直往下深潛，輕易避過拳力，他這般拳擊地面，每一拳不論力道多巨大，傳到地底時已消散大半，就算拳力傳到我身，也難以對我做成多大傷害。

正當我萬分不解之際，皮膚忽地傳來一點異樣。

那是，流水的濕潤感覺。

「他目標不是我，而是地下水管！」我心中一詫，旋即醒悟。

就在我察覺到宙斯真正目標時，一直猛攻子誠的血刀，忽然不再凝團，變回血珠，散落一地。艾瑪納突然不再理會子誠，只是雙手握著【弱水】，朝地面猛砸一下！

子誠見狀，立時轉守為攻，提著巨劍，一個進步，劍鋒直指艾瑪納手中神器，但巨劍才送到半途，一道電光突然自艾瑪納身後閃出，搶先射向子誠頭顱！

閃電神速，子誠驚覺有異時，渾身攻勢已成，只能勉強抬劍，及時以劍尖擋住閃電。

電劍交擊，青光一爍，卻見子誠手中巨劍，竟就此給閃電擊飛！

沒了子誠阻擋，艾瑪納順利把【弱水】擊向地面，就在神器觸地剎那，身處地底的我，感覺到周遭壓力倏地暴增。

憑著早已放出的小蛇視覺一看，我只見大量流水，沿著地層裂隙，四方八面的朝我襲來！

剛才宙斯不斷擊地，顯然已經把博物館的的水管盡數震碎，又把地底打得裂縫處處。

我雖然能藉著【萬蛇】在地底遊走，但每次移動，其實得先得把地岩蛇化，才能繼續向前；相反流水無形，只要有一絲空隙，便能流竄而入，此消彼長，我就算移動得再快，在地底裡也沒可能快得過流水。

我的黑膚堅硬勝鐵，艾瑪納所操縱的流水該不可能傷我分毫，但若我繼續在地底四竄，待得艾瑪納把地底裡的流水匯合為一，我便會被他困在其中！

當我想通宙斯的策略，四方流水已越逼越近，漸成合攏之勢；我自知已無他路可取，沒有猶豫，便即扭動蛇身，全速上昇。

「嘿，你終於肯離開那蛇窩了嗎，路斯化？」

就在我弓著身子，躍出地面一刻，宙斯洪亮的聲音已然響起。

緊隨其聲之後的，自然是一記威力無窮，自宙斯一雙巨掌吐出的紫電！

我早知宙斯必以閃電「招待」，所以當我脫離地面，蛇身化回人形的一剎，便即把魔氣悉數轉移至左手【墨綾】之中，讓那薄布極速增長，包裹我身。

可是，黑布纏裹的速度再快，也快不過【雷霆】，就在我大半身已被【墨綾】牢牢包住之際，紫電已然閃至，直擊中我毫無防備的右手！

強光一現，我整條右手瞬間沒了知覺！

劇痛使我張大了口，卻又因被閃電所擊，渾身一陣痲痺，難以呼喊出來。

我藉著眼角餘光一瞥，驚見整條右手，竟被【雷霆】硬生生轟斷，焦了一大半的掉在地上！

在我斷臂以後，右眼【地獄】頓時生出一股陰柔邪力，湧向我右肩傷口，但被閃電所擊中的傷口，卻沒有立時長回手臂，只是以極緩慢的速度重生。

「這【雷霆】威力實在非同小可！」看著地上斷臂，我心下駭然，「縱有這身黑暗皮膚加強防禦力，但若正面抵擋宙斯的迅雷一擊，雖不致死，也必重傷。而且【雷霆】製造的傷口回復如此之慢，每吃一記攻擊，只會讓我多添一分劣勢。」

就在我盤思之際，我只覺眼前被一大片陰影籠罩，卻是宙斯撲殺而至！

如山似嶽的宙斯躍到我面前，一雙巨掌挾勁左右夾擊，我受了電擊之後，活動有些遲緩，不敢硬接，只得雙腿朝地連踢數記，急忙往後躲過。

宙斯見一擊不中，頓時停住雙掌，同時十指屈曲虛握。

我和宙斯相距甚近，留意到他掌心之中，分別烙有一對圖騰。那對圖案狀似水滴，又像是游魚，左黑右白，竟是一對分開了的太極圖！

就在此時，宙斯輕叱一聲，掌心一對黑白游魚突然活了一般，極速轉了一圈，接著只見一絲絲電芒自圖騰中射出，然後在宙斯虛合的雙手內，形成一個渾圓的紫雷電球！

「難道這雙黑白圖騰，就是神器【雷霆】？」我見狀心下大奇，此時只聽宙斯猛喝一聲，雙掌前推，把電球朝我射來！

電球來勢甚急，我仍在半空後躍，進退不得，只能集中魔氣於左手【墨綾】，舉臂格擋，接著只聽得「噗」的一聲，卻是電球撞上黑布後，一觸即破，但電球所產生的巨力，竟把我整個人轟向後飛，直接撞陷進牆身之中！

宙斯得勢不饒人，雙手一捏一拋，迅速擲出兩束閃電，但我早料到他會乘勝追擊，在陷入磚瓦的一剎，便即把魔氣轉移，渾身化蛇遁入牆身之中，兩束雷電威力雖強，也只是在牆身多轟出兩個焦黑的洞。

「可惡，【雷霆】怎麼如此厲害？雖然攻擊力比【火鳥】稍遜一籌，但速度卻遠在其上。」我化蛇遊走，心中暗道，「這宙斯也非等閒之輩，雖然體型龐大，但反應敏捷之極，不論正面進攻，或旁敲側擊，他都能及時察覺，還伺機反擊。這下子我要奪過【弱水】，可真不易。」

「老大，怎麼不繞過大個子，直接向矮子下手？」灰蛇的聲音忽然響起，「我能化出一條極幼小蛇，自地底進攻，那可不是神不知鬼不覺？」

「不行。宙斯感觀敏銳，就算你遁地時能隱沒氣息，但只要稍微蛇化艾瑪納，他定必察覺。那時你就算全速搶奪，也快不過他手中閃電。」我向它回話，「再說，你能同化艾瑪納，也同化不了同為神器的【弱水】吧？因此我們要是搶不到【弱水】，便立時暴露地上，任其攻擊。」

灰蛇聞言，只是「嘖」了一聲，便沒再說話。

我在牆身遊走，打算謀定後動，這時宙斯竟沒再狙擊，只是環手而立，朝我藏身之處發聲說道：「路斯化，別再藏頭露尾了！數千年前，你使詭計借我天雷毀塔、斷我左右手、奪去【雷霆】又把我囚於深海。這些事情，我倆今天得算清楚！」

「借天雷毀塔？甚麼塔子？」我聞言心下疑惑，「我所吸收的撒旦靈魂之中，並沒有關於宙斯的記憶，不過撒旦當初既要借助【雷霆】來摧毀，那麼宙斯口中的塔子，定非尋常。」

宙斯喊了幾句，見我依舊毫無動靜，忽地冷哼一聲，轉頭朝艾瑪納說道：「輪到你了。」

艾瑪納聞言點頭後，忽地皺眉凝神，他手中【弱水】同時閃起藍光。

就在藍光閃起不久，地底開始傳來異樣，過不了半晌，只聽得「砰」的一聲巨響，一條粗大水龍突然破土而出，朝一直戒備的子誠衝襲而去！

水龍足有三人抱粗，勢頭兇猛，子誠不敢硬擋，魔氣一發，連忙提升身法，閃避過去。

不過，水龍只是由流水匯集，並非實物，子誠恰恰閃過，他身旁的龍身突然橫生衝出一張巨口，朝他噬去！

子誠應變迅速，刃槍扣上了大小太刀，雙手一錯，硬是把龍頭擊潰成水珠。

艾瑪納見狀冷笑，握住【弱水】平旋一圈，水龍突然繞著子誠轉了一圈，首尾交接，成了一個大形水環，接著，只聽他輕叱一聲，水球藍光閃爍，整個水環突地朝站在中央的子誠噴射出十多條張牙舞爪的水龍！

水環和子誠相距甚近，龍頭數量又多，子誠難再以劍格擋，只能提氣上跳，躲過群龍夾擊。

忽地「轟」的一聲巨響，卻是水龍盡數撞在一起！

水龍攻擊落空，撞散成一團水球，艾瑪納卻不怒反笑，同時催動【弱水】，那團水球倏地分成十多條臂粗水柱，向上急升合攏，似要形成一個水籠，困住子誠。

此時，一直袖手旁觀的宙斯，右手食中兩指忽然一彈，吐出一團閃電，貫進了水柱之中！

「這下子，你還能躲過嗎？」艾瑪納手握【弱水】，朝子誠冷冷一笑。

原本流水急速如刃，已極具殺傷力，這下子加上電流，威力更甚；子誠此刻人在半空，無從借力，只要上昇之力耗盡，便不得不墮進籠中。

子誠見狀，奮力擲出西洋劍的劍刃，但劍刃碰上水籠，不但沒有將之擊穿，反而被帶電的急流彈開！

挾電水籠轉眼已然成形，把子誠困在其中，子誠這時亦已力盡而墜，眼看便要撞向水籠之際，一頭絲幼灰蛇，突然自水籠底下地面吐出，越過水柱，咬住子誠，將其蛇化帶到水籠之外！

「抓住你了！」

宙斯怒目一睜，雙手平伸，十指指頭電光大作，朝我所在位置射出十束迅雷！

十道雷電交錯成網，把牆壁完全擊潰，沒了磚牆掩護，我一時間不能再蛇化遊竄，只能狼狽的變回人形。

眼看我於瓦礫之中，從灰蛇變回人狀，渾身盡是破綻，宙斯便即催動氣息，金瞳閃爍，猛朝我急射出一束巨大紫雷！

我此時正在轉換狀態，動作有所遲緩，察覺有異時，只得急急舉起獨臂格擋。

噗。

一聲沉響，我的手臂被電光擊成焦黑一片，宙斯見狀，忍不住勾起嘴角。

不過，在同一剎那，宙斯天花的牆壁，突然發生猛烈巨爆，無數大型磚瓦急速散落，壓向宙斯！

艾瑪納以水籠囚住子誠，顯然是受了宙斯指示，用意就是逼我出手救他，緩下動作，同時暴露自己位置。

面對兩件神器的合力一擊，子誠不死也得重傷，所以我沒片刻猶豫，出手便將他蛇化救出電水籠。

但與此同時，我卻另延伸出一條絲幼小蛇，悄悄收回先前被宙斯擊落的右臂。

我知道宙斯定會在我蛇化子誠一刻，出手攻擊，逼我現身，於是我便將計就計，變回人形，不過我故意不把原好的左手復原，而是以右手殘肢作掩飾，再用以擋格宙斯的雷電急攻。

當雷電擊中根本沒有連住我本體的右手時，電流便依循斷肢上一條隱密小蛇，一直傳導到宙斯頭頂牆身內的一節水管之中。

一般來說，就算水管被電中，並不會產生能炸開厚石地板的爆炸。

不過，當電流同時觸及水管內，有我預先讓伊卡洛斯安排的數十頭機械探測鼠，自然另當別論！

出奇不意的引爆機械探測鼠，教宙斯一時錯愕，他體型高大，頭部距離天花甚近，因此爆炸之時，他閃避不及，不免被巨石塊所濺中。

只是石塊再巨，爆炸再烈，也只能稍損宙斯皮毛，但趁他注意力被分散，我便立時反守為攻，握緊僅餘的左手，身法提升，以極速朝宙斯頭顱轟去！

待我飛身到他面前之時，宙斯這才驚覺我的存在。

不過，面對我那蘊力非凡的黑拳，宙斯絲毫不見慌亂，巨頭向後一仰，金瞳閃過光芒，口中同時咀嚼甚麼。

半晌過後，他忽然張嘴，我只見他口中沒有舌頭，但同時多了一個比常人手掌要大的赤裸小人來！

小人渾身赤裸，一身精練肌肉，體形雖小，神態卻勇猛非常。

宙斯此時用力把小人吐出，小人雙拳齊舉過頭，挾著宙斯吐勁，直挺挺的向我飛來，竟要硬接我的一擊！

我這一擊聚勁而發，力量霸道無匹，拳到盡處，直接把小人轟成一團肉骨難分之物！

看到小人被我擊成肉碎，宙斯並沒有絲毫婉惜之意，卻只張大了口，把那團被我擊飛之肉，整團吞下！

經過小人如此一擋，我的拳力被卸掉一點，速度稍慢，原本閃避不及的宙斯便乘此機會，在吞下小人後，硬是把頭顱挪開半分，讓我這一拳只能在他臉上刮出一道血痕，卻沒擊個正中。

宙斯閃過我一拳後，嘴角一勾，冷笑說道：「路斯化，就只有這點伎倆？千年不見，你的功力退步很多啊！」

我沒有立時反駁，因為宙斯說話之時，我看得清楚，他的舌頭竟是完好無缺！

正當我心感詫異之時，宙斯再次閉口咀嚼，然後吐出一物，卻又是適才那個壯碩小人！

小人挾勁而飛，雙拳直取我面目，此時我一擊剛盡，手還未抽回來，和宙斯相距又近，眼看便要被小人擊中。

不過，就在此時，一團事物突然自我和小人之間橫生而出，把小人緊緊包住，卻是【墨綾】，而驅動神器的人，正是剛剛脫困的子誠！

剛才我以【萬蛇】把子誠救走的同時，亦把縮小了的【墨綾】，一同交在他手中，所以面對小人突襲，我依舊不閃不擋。

因為，我有信心子誠能及時替我擋下這一擊。

小人被困在【墨綾】裡，不斷掙扎，但神器繩結一成，唯有縛結者才能解開。

宙斯看到小人被困，勃然大怒，氣得白鬍亂揚，但見他雙手一揮，左手朝遠方子誠射出一道急雷，右手紫電，卻是向我衝來！

我早有防備，看到宙斯雙手發光，已然看準路線，閃避開去；至於子誠，我只見當雷電快要射中他之時，他才發動身法，恰恰躲過。

「子誠動身之前，他發出的魔氣之中，屬於『窺心之瞳』的氣息明顯增強。」我看著剛閃躲過雷電的子誠，心中想道：「看來他是在宙斯動念頭攻擊的瞬間，與其目光相接，閱讀了宙斯的思維，這才能於千鈞一髮之間，躲過雷擊。」

子誠雖然在這兩年間攻力大增，但【雷霆】閃擊，速度快捷難測，若沒了「窺心之瞳」料敵先機，子誠定難以擋下宙斯的攻擊。

不過，子誠才剛躲過宙斯的閃電，一道流水刃忽無聲無息的自旁滑出，砍斷了子誠握住【墨綾】的左手！

被斷手以後，子誠立時以另一原好的右手抓住神器，但沒了魔力維持的瞬間，囚住小人的結，頓時解散。

「嘿，別總是不把老子放在眼內！」艾瑪納握住【弱水】，看著子誠喘息說道。

經過一番混戰，艾瑪納顯然力量快盡，一張怪臉蒼白如紙，站起來也甚是勉強。

宙斯向我和子誠各射出一記閃電，將我們逼開後，巨體一躍，便逕自跳到艾瑪納身旁，伸出兩根粗大手指，將他扶住。

脫困的小人，亦在此時，彈回他口中，任其咀嚼，變回宙斯的舌頭。

扶住艾瑪納後，宙斯看著他沉聲說道：「你別再使用【弱水】，不然你會沒命的。」

「別說笑了。」艾瑪納用力勾起嘴角，說道：「老子今天……只會戰到最後一刻！」

「但我感受到，你體內力量幾乎已乾涸，」宙斯皺眉說道：「再使用一次神器，你便會立時斃命。」

艾瑪納沒有理會宙斯的勸說，只忽然說道：「大塊頭，就像你先前提過的法子般，替老子續命吧。」

聽到艾瑪納的話，宙斯白眉一揚，欲言又止，最終還是點了點頭。

我還未理解到他倆對話內容，宙斯忽然一把將艾瑪納吞在口中，然後身影一閃，躍到博物館外的街道上！

看到宙斯突然把艾瑪納吞下，我不禁呆在當場，但看到他帶著兩具神器離開，我立時呼叫子誠，一同追上。

剛才連番騷動爆炸，已令許多途人紛紛走避，但亦有不少好事之士，留在附近。

除了途人，數隊消防員及警察亦因為接到報告，開始在博物館附近外聚集。

我和子誠緊緊追著宙斯，卻見他幾個蹤躍，一下子跳到一群騎警當中。

看到如此龐然巨物，那群騎警頓時慌亂起來，他們座下馬匹更是嚇得亂嘶亂跳。

此時宙斯沒再走動，他審視了四周一片後，忽然伸出巨手，抓來一匹警馬，然後咬下自己手臂一團肉，再把馬匹一併吞在嘴裡！

我和子誠此時已然趕到，見到他的動作，皆覺驚訝難解，一時沒有出手。

宙斯金瞳閃爍，咀嚼半晌，忽然吐出一團事物來。

我仔細一看，只見那東西有著馬的身軀，但到了馬頭位置，卻長著人的上半身，看樣子就是希臘神話中的人馬，而那人馬長著的樣子不是別人，正正就是艾馬納！

不論是人的部分還是馬的部分，皆長著橫練肌肉，渾身是勁；艾瑪納也一掃剛才的頹靡之色，一張臉滿是精神。

變成了人馬以後，艾瑪納除了散發自身氣息，同時流露著一部分屬於宙斯的氣味。

「這實在太神奇了……」艾瑪納看著自己的半人半獸的身軀，一臉驚喜；我和子誠看到他的模樣，只感詫異萬分。

看到艾瑪納的樣子，以及先前宙斯口吐小人的情況，我心下頓時明瞭，宙斯的異能，該是可以把自身的肉及其他東西，揉合轉化成能獨自運作的個體。

像是艾瑪納的情況，宙斯似是以自己一塊手臂的肉，加上艾瑪納和一匹馬，合成我們眼前的半人馬。

那些在附近聚集的群眾，看到接連出現巨人、人馬以及維持「獸」狀的我，無不目瞪口呆，一時間連逃亡也忘記了。

宙斯看著變成了人馬的艾瑪納，沉聲道：「我給你的力量，只能連續使用一刻，過了這時間，你會再次耗盡力氣。」

「十五分鐘？」艾瑪納用力握了握拳，冷冷笑道：「應該多少能讓老子多取一點陪葬品吧？」

說罷，艾瑪納便舉起【弱水】，但見神器靛光一耀，地上流水自動在身後，聚合成十多柄液態長矛。

水矛成形一刻，宙斯便即扣指輕彈，替它們添上電流。

繞著電芒的流水長矛，在艾瑪納身後浮游不定，使此刻的他看起來殺氣萬分！

艾瑪納冷笑一聲，馬蹄翻飛，便即帶著水矛，往子誠衝去。

不過，艾瑪納只攜了一對水矛，餘下十七柄，則全數向另一方飛，射向躲藏起來的殲魔戰士！

子誠立時反應過來，一手提槍，不斷往射向殲魔戰士的水矛開火，另一手則運動魔氣，讓【墨綾】扭合成一柄「布劍」，格擋艾瑪納帶來的兩柄水矛！

只是變成人馬後的艾瑪納，實力增強不少，除了雙手握住【弱水】，遙控水矛攻擊，自身也靈活躍動，四隻馬蹄或前蹬，或後踢，不停朝子誠攻去。

子誠本來一心二用，一手開火一手格擋，但艾瑪納的攻勢凌厲急勁，他只是勉強將兩柄水矛稍稍緩下，便不得不把刃槍扣上小太刀，雙手齊使，全力應付艾瑪納。

沒了子誠阻擋，十七柄帶電水矛去如流星，直飛進博物館裡！

一時之間，槍火與呼痛聲此起彼落。

我沒有出手阻擋那十七柄帶電水矛。

一來，我不太理會那些殲魔戰士的生死。

二來，就是在艾瑪納出手一刻，宙斯亦已驅動【雷霆】，十指暴射電光！

戰場由室內換作室外，四周頓時多了不少高樓大廈，本該讓我更輕易蛇化遁走，可是宙斯早看穿我的打算，他指頭吐出的十團電光，一束朝我射來，餘下盡封我的去路！

沒了【墨綾】，我只得旋身閃避，只是電光大大限制了我的活動空間，我竭力躲開，最終腰間還是被電光擊中！

吃了一記電擊，我腰部傳來一陣麻痺感，但低頭一看，只見那電擊處正有一個深入見骨、拳頭大小的傷口！

「要不是他十指齊發，分散了【雷霆】的威力，這一擊足以把我攔腰擊成兩截！」我看著那個傷口，心下駭然。

與他交手數回合，宙斯沒有展現超凡入聖的格鬥能力、或施出高深難測的戰略計謀，憑著【雷霆】，他總是能作出簡單卻威力無窮的攻擊，他亦不用憂心防守，因為紫電之快，總能後發先至。

直到此刻，宙斯一直表現得從容自若，甚至眼瞳異能，也只是簡單使用過數次。

縱因與撒旦仇怨，宙斯對我怒火相向，但他沒有龐拿的瘋狂，不像寧錄般陰狠，戰鬥之間一直如淵渟嶽峙，氣度森然。

「這傢伙雖然體形龐大，但粗中帶細，憤怒卻不失穩重，甚少露出破綻。」我看著宙斯，心下盤算，「現在我只有【萬蛇】在手，若再不想法子反守為攻，就算能逃走，也不可能搶過【弱水】。」

不過，宙斯顯然不會讓我靜下來慢慢思考，一擊得手之後，他再次十指吐電，但這一次換成八束電光封我退路，一雙紫電朝我射來！

由於被腰間傷口拖慢身法，我實在閃躲不過這兩道淩厲電光，不得以只能在千鈞一發間，將快要被電中的位置蛇化，開成洞口，讓閃電穿過其中。

我以此方法接連避開了數次宙斯的攻擊，但每閃避一次，宙斯的「電網」便會縮減一分，將我的活動範圍收窄。

終於，在躲閃了幾波攻擊後，我再次被紫電擊中，而這一次卻是我的左腿被擊中！

擊中我後，宙斯的紫電攻勢進一步緊逼，七束封路，三束朝我射來。

每一次擊中我以後，宙斯都會增加攻擊的電光，我盡施渾身解數閃避，活用【萬蛇】，無奈身上傷口每多一道，身法便滯礙多一分。

「路斯化，你退步了許多！」宙斯看著傷痕累累的我，不解的道：「難道這些日子以來，你也和我一般在沉睡嗎？」

這時宙斯已採「五截五攻」的戰術，我一直忙於狼狽躲避，完全沒有餘暇回話。

另一方面，子誠和艾瑪納也在不遠處鬥得火熱，變成人馬以後，艾瑪納的攻擊力大幅提升，子誠縱然雙瞳齊開，又憑藉「窺心之瞳」預敵先機，但還是被附電水矛刺上幾記。

不過，像先前宙斯所言，經過了差不多十五分鐘的激戰，我感覺到艾瑪納體內力量快要再一次耗盡。

宙斯顯然也感覺到艾瑪納快要撐不住，只見他十指電光猛發，把我四方八面的牆壁地磚毀成粉碎後，快速換一口氣，雙手拼合一堆，再吐一團粗大紫電，目標卻是剛好閃避到半空的我！

宙斯先前一擊，擊毀了我四周所有事物，教我人在半空，無從憑藉，要是正面硬吃，紫電定會在我胸口轟出一個大洞！

無計可施之下，我只能在胸前分裂出一條長大灰蛇，然後用僅餘的左手，將其切斷，讓灰蛇替我擋下紫電。

突然之間，我只覺眼前強光大作，灰蛇恰恰趕得及擋住宙斯的一擊。

不過，就在灰蛇中電一刻，宙斯附近數座大廈突然同時爆炸，無數磚石鋼鐵往他飛散而去！

有別於先前以灰蛇引帶，這次大廈爆炸，其實是我讓伊卡諾斯駭進英國國防部，發射了數枚附近軍營的飛彈而造成，因此其威力，自然要比引爆機械鼠要強得多。

面對周遭高樓大廈突然崩塌，走石飛沙，宙斯依然處變不驚，只是冷冷笑道：「路斯化，你技窮了！」

說著，他同時運轉手中【雷霆】，向以磚石作掩護、正握拳朝他衝去的我，擲出一道力量無匹的閃電！

面對閃電，我沒有閃避，任其穿透，但當我被擊中後，並沒有變成焦炭，而是瞬間燃燒成燼。

因為，宙斯所擊中的「我」，實際只是一具由【萬蛇】組成的皮囊！

宙斯見狀一呆，顯然沒料到我會有此一著；就在他錯愕之際，四周突然出現了好數十個「我」，全都作勢向宙斯攻擊！

這些分身，其實皆是我以【萬蛇】，仿效蛇類的脫皮特性所製造。

剛才大廈爆炸之時，我已立時動身，透過飛墮的磚石作掩護，快速移動。

步伐每次稍稍停頓，我便即脫皮，留下分身，再蛇化到別的地方。

每一具脫下的皮，我都以一條絲幼灰蛇連住，讓我能遙距操縱。

面對不斷將湧的分身，宙斯冷笑一聲，掌心紫光閃爍，雙手食中兩指，連環扣彈，朝我的分身群彈射小束閃電。

我的分身僅僅是一副表皮，因此小閃電力量不強，但一碰仍能將分身燒焦。

宙斯四指扣彈不斷，沒有一刻停止，可是分身產生的速度，遠遠比宙斯所消滅的要快。

過不多時，高樓磚石已悉數著地，周遭塵土風揚，而圍住宙斯的分身，卻已累積過百！

過百分身蜂湧而至，幾乎把宙斯淹沒，最接近的更開始朝他揮拳打擊。

分身畢竟只是皮囊，縱使拳頭擊個正中，對宙斯來說連搔癢也說不上。

不過面對像蒼蠅般擾人的分身，宙斯顯然感到煩厭萬分，紫電放得更快更急。

其實，宙斯的攻擊，只是比先前稍為著急一點。

但就是這一點急速，使他的身法，露出一個細微破綻。

而我一直等待的，就是這個破綻！

破綻顯露的一剎，宙斯雙手正在同時放電，我藉著絲蛇，將自己立時傳送到宙斯身邊，一個正在揮拳的分身。

當我的本體，從蛇態變回人形，再次填滿那個表皮時，那一個拳頭，剛好擊中宙斯的臉！

我這拳發力時間雖然不長，但當中蘊含的力量，已足夠擊飛宙斯，直接脫離我的分身群之中。

不過，宙斯倒飛途中，忽地後旋一圈，卸去拳力，但沒立時下降，反是飄浮於半空之中，同時朝我所在，猛射出一記威力強大的紫電！

我雖在遠處，卻看得明白，宙斯之所以能騰空不下，只因雙手手背多了一雙純白羽翼！

「他……果真是天使！」看到那兩雙有如常人手臂長的羽翼，我心中震憾不已。

自成魔以來，我時常聽到關於天使的事，但也是直到此刻，才真正遇見！

就在我震驚萬分之際，眼前強光大作，卻是紫電已然殺至！

轟！

電光過後，雷響貫耳！

宙斯出手太過突然，我完全無法閃避，只能任由紫雷轟飛，直撞進了背後一座住宅之中。

我被雷電擊中後，分身沒了魔氣維持，全都如洩氣皮球般萎縮，而我則倒在瓦礫之內，一時不再動彈。

「不愧是路斯化，如此細微的破綻也能察覺。」宙斯冷冷笑道，手背羽翼同時輕拍，自遠方向我慢慢飛近，「不過，我像如此大意之人嗎？」

宙斯嘴角雖淌著血，但臉上沒有絲毫怒意，反滿有得意之色，顯然他剛才是故意讓我得手，好能抓準我的位置。

我躺在磚瓦之中，沒有回話，只是半睜著眼，怒瞪飄浮半空的宙斯。

「結束了。」宙斯舉起右手，電芒在五指間憑空閃現，「路斯化，就讓我帶著你的屍體回去見『那一位』吧！」

一語未休，刺目紫光乍現，又是一記閃電，劃破長空。

不過，這一次的紫雷，卻是自我的獨臂，朝宙斯射去！

第九十五章

——

眾怒難平

第九十五章 眾怒難平

宙斯壓根兒沒想過我會放出閃電，紫電才剛凝聚於他雙掌之中，我所發射的電光已閃到他的面前！

宙斯滿臉驚詫，電光火石之間只能勉強作出反應，右手電光射向我，左手雷電則朝我發出的電光射去，似是要互作抵消。

不過，我所發射的雷電顯然比他單手所發要強，那團雷光吞噬了宙斯所射出的紫電後，去勢絲毫沒有減弱，更直接轟斷了他的左手和半身！

「這……怎麼可能！」

憑藉右手手背羽翼，宙斯一時間不致掉落地上，但他看到正在墮下的左手和下半身軀，一雙巨目瞪得老大，顯得震驚萬分！

此時，一團黑影自他面前閃過，卻是我伸延出來的大灰蛇，朝他咬噬！

宙斯見狀反射性的用右手一彈，似要彈出一團閃電阻擋，不過他左手斷了以後，掌心一雙游魚沒有相連，【雷霆】頓時失效，宙斯屈指一彈，竟甚麼也沒有彈出來！

宙斯大為錯愕，手勢立轉為握，一把抓住灰蛇，不讓其咬到；只是【萬蛇】本能萬化千變，甫被宙斯抓住，一顆蛇頭頓時絲散成無數小蛇，紛紛撲噬！

宙斯老羞成怒，面對蛇群不閃不躲，張開巨口，一下子把大部分灰蛇吞在口裡！

不過，宙斯吞掉的畢竟只是一部分。

近千頭小灰蛇中，有十數條漏網之魚，繞過了宙斯的巨口，一把咬住了他的臉頰。

它們所咬之處，正好是我剛才拳頭擊中位置。

小灰蛇群在宙斯臉上進行蛇化，融入了他的臉龐之中，還未等到宙斯來得及反應，它們卻已退了出來。

去時空無一物，但離開之時，那幾頭小灰蛇竟自宙斯臉頰中，帶了一顆眼球出來。

那眼球瞳色，鮮紅如血，卻是一顆魔瞳！

這顆魔瞳，就是我手能放電的原因。

炸毀大廈，生產分身，一切目的就是製造混亂，讓我能接近宙斯，揮出切實擊中的一拳。

那一拳的重點，不在打擊宙斯，而是將這一顆魔瞳暗中送到他的面龐之內。

我知道一擊得手，宙斯必定可立即鎖定我的位置，同時反撲，而這反擊定必是以「雷霆」發射紫電。

宙斯的反擊我確實是閃避不了，那團紫電也實實在在擊中我左手。

不過，雷電沒有傷我分毫，它只是依附在我的左手。

當中因由，就是我那一拳送進宙斯臉肉裡的魔瞳，乃是莫夫的「留痕之瞳」！

先前當我聽到宙斯提及撒旦曾借他天雷燬塔，我除了對那塔來歷感到好奇，同時還對「借天雷」這事上了心。

「雷霆」威力之強，足以開山破石，我力量再強也難與之抗衡。以彼之道還施彼身，是眼下其中一個對付宙斯的辦法，但雷電無形，來去極快，「借電」一事極難做到。

不過，撒旦既在數千年曾經「借」過一次，那便證明我定能再借一次！

剛才我想到以灰蛇引導雷電，炸爆宙斯頂上天花，發散了他的注意力，趁機轟出那驚天一拳。那一拳要是打中了，此戰定必立時結束，只是宙斯瞳術異能恰在此時大派用場，教我的必殺一擊落空。

我知道同一方法難對宙斯再次奏效，而且灰蛇引電，不能直接把雷電帶到宙斯身上，效果始終有些落差。

及後跟宙斯纏鬥期間，我一直暗自盤算如何能再次挪借天雷，就在此時，莫夫的聲音在通訊器中出現。

由於實力遠遜於宙斯，所以開戰以後，我一直讓莫夫在暗角戒備，但他看我處於下風，便忍不住請求我，想出手助我一把。

我並沒答應他的要求，不過莫夫的聲音，讓我想起他的「留痕之瞳」。

「留痕之瞳」的異能，乃是讓施術者將「力量」留在觸碰處的表面，成了黑痕，蓄而不發，當黑痕再被觸動時，力量才會真正爆發。

想到此處，我靈機一動，心中頓有計策。

若然能把「留痕之瞳」偷偷安在宙斯身上，那麼當他使用神器時，氣息運行，很大可能觸發「留痕之瞳」的異能。

這樣的話，我便可以真正的借用雷電！

我叫莫夫偷偷接近，把「留痕之瞳」交給我，接著我便製造一連串的混亂，最後藉著那一拳，把「留痕之瞳」送到宙斯臉中。

宙斯中拳之後，果真在瞬間以紫電反擊。

我不知他會否察覺到臉上異樣，將魔瞳挖出；我不知「留痕之瞳」的異能，是否對神器的強電也能發揮作用；我亦不知他會否留意到雷電擊在我身上的黑痕，與我本身的黑色皮膚略有不同，因而避開。

我以僅存的左手接住雷電，其實也只是賭一把。

而這一把，我押對了。

宙斯看著「留痕之瞳」，一臉恍然，明顯已猜到我手中能發電全因這顆魔瞳。

「路斯化你這傢伙，只懂耍陰招！」宙斯勃然怒吼，想伸手把魔瞳抓住，但卻被灰蛇牢牢纏住。

那幾頭小灰蛇用勁一甩，將「留痕之瞳」擲向地面，此時一條黑影突自石堆瓦礫中閃出，一把接住魔瞳，正是莫夫。

「原來就是你這小鬼作怪！」宙斯見狀大怒，此時我放聲朝他笑道：「我說，你應該搶回的東西，不該是那眼睛啊！」

宙斯聞言臉色一變，口中立時咀嚼一下，猛地吐出一個小人；至於小人所飛之處，卻是此刻被灰蛇纏住、帶有一半【雷霆】的斷手！

剛才看到宙斯彈指卻無電放出，我立時明白，一雙黑白游魚唯有互相連結，才能發揮到【雷霆】神效，所以當時我沒有多想，便伸延灰蛇想要搶過斷手，宙斯此刻才反應，可說已失先機。

眼看小人以高速俯衝向斷手，我立時催動魔氣，在斷手上分裂三頭比小人要粗大的灰蛇迎戰。

三頭灰蛇神情兇猛，小人雙目卻毫無懼意，只見他在半途翻了一個筋斗，輕巧地閃過其中兩頭灰蛇的撲咬後，面對餘下那頭，看準時機，竟直接伸手強抱住它的項頸，然後雙手一收，硬生生將之絞斷，然後安然著陸於手臂斷口位置！

我冷笑一聲，再增魔氣，在斷手分裂出更多灰蛇去阻止小人前進。

可是，小人雖然只是宙斯的一點分身，身手卻甚是靈活，不斷於灰蛇群中左穿右插，但見小人一邊閃躲攻擊，一邊出手絞殺，同時步步推進，不過數個呼吸，已然來到巨手手掌之前。

這個時候，小人突然加速，雙手分別抓住了巨手的拇指尾指，然後向後翻旋，把手掌扭斷，再借勁將它朝宙斯擲去。

此時宙斯擺脫了灰蛇，看到斷掌飛來，立時接過，不過當他翻來一看。

那斷手掌心的游魚，已經不翼而飛！

「你在找這東西嗎？」我看著騰天上的宙斯笑道。

一頭自我肩膀分裂出來的灰蛇，此刻額上正印有一條白色的太極游魚。

「路斯化！」宙斯看著我肩上灰蛇，怒極而吼，其聲音響亮得地面也微微震動。

「嘿，宙斯啊，你的聲音真吵耳。」我看著宙斯，咧嘴邪笑道：「你該掩一掩自己的嘴巴！」

我一語方休，宙斯拿著的斷手，五指突變成五頭小蛇，瞄準宙斯的嘴巴而噬！

宙斯臨危不亂，頭立時挪開躲過，但五頭小蛇之後，我另自地面伸延出數十頭臂粗灰蛇，向他襲去！

被【雷霆】的紫雷所轟擊，宙斯的傷口一時難以復原，只剩一臂和半身的他，需能騰空不下，但面對灰蛇群刁鑽狠辣的攻擊，開始應接不暇。

雖然宙斯的氣息強大，足以抵擋住灰蛇同化，只是肢體被灰蛇纏繞，宙斯的身手漸見滯礙。

再過半晌，宙斯整個人便會被灰蛇牢牢包住，完全受制。

但在此時，十數道尖銳的破風之聲，自遠處傳來，迅速靠近。

我聞聲別頭一看，只見天空之上，有十七枚與剛才炸毀大廈的飛彈，破空而至，目標卻非宙斯。

而是地面上的我！

「伊卡諾斯不是控制了附近的軍事基地嗎？怎麼會有飛彈攻擊我？」看著突然出現的飛彈，我心中驚訝不已。

飛彈曳著火尾，朝我極速飛來，我立時催動魔氣，分出部分本來纏繞宙斯的灰蛇，阻截半空中的飛彈。

灰蛇碰到飛彈，立時將其蛇化，但飛彈來得突然，而且速度又飛，灰蛇雖攔下大部分，卻讓其中兩枚成漏網之魚。

我看準時機，運勁一縱，恰好避過了飛彈，只是飛彈擊中地面後，立時猛烈爆炸！

爆炸所產生的烈風和震盪雖不致教我受傷，卻震得半空中的我，橫飛出十多米遠，熾熱的氣流同時亦像一把無形利刃，切斷了連接我與宙斯的灰蛇！

沒了灰蛇纏繞，宙斯立時舉起獨臂，拍翼上昇。

我好不容易站穩下來，看到宙斯作勢欲逃，急運魔氣，獨手一甩，灰蛇猛地朝天暴長。

不過，灰蛇才飛伸到半途，一團東西突然橫飛而至，撞上灰蛇，使它前進的勢頭稍頓。

我定目一看，只見那東西竟是一頭黑鷹！

我心下大感疑惑，此時耳邊聽得不遠之處，傳出一陣嘈吵的雀鳥叫聲，我抬頭放目一看，只見空中有一大團黑物迅速飛近，卻是為數過百的鷹群！

「哪來的飛鷹？」我見狀一愕，手中灰蛇卻不忘追擊宙斯。

不過，那橫空殺出的鷹群，彷彿被人所操控，全都不怕死似的衝向灰蛇！

上百黑鷹神態異常兇悍，或翼拍或喙啄，或爪鉤或頭撞，盡皆拼命力阻灰蛇前進；黑鷹團團圍住【萬蛇】，一時間遮蔽了宙斯的身影。

「艾瑪納他們還有幫手！」我心下一訝，同時貫注更多魔氣入【萬蛇】之中。

得到了魔氣補充，半空中的灰蛇猛轉一圈，把纏身的黑鷹逼開，再像蜘蛛結網般，四方八面地射出灰蛇，反吞噬其他黑鷹！

數十頭灰蛇張牙吐舌，殺意滔滔地把黑鷹直接吞在口中，轉眼便製造了一大片空檔來！

鷹群雖被人所操，但面對灰蛇怒濤狂潮般的反撲，竟令牠們本能地感到畏懼，紛紛拍翼飛散！

霎時之間，黑鷹逃散大半，剩下的亦迅即被【萬蛇】同化，此時我抬頭一看，天上依然烏雲厚積，極高之處，有一道人影，盤旋於高空不下。

我凝神一看，那人並非宙斯，而是一名和我曾有一面之緣，此刻卻不應出現在此的人物。

「你是……羅佛寇！」我看著空中的男子，忍不住張大了口。

男子身型薄弱高挑，原來卻並非像宙斯一般，長有羽翅而騰空，而是腳踏一雙飛鷹，在空中不停盤旋。

男子環手踏鷹，迎風而立，身子始終不搖不動，看得出輕功極好。

但見他頭頂光禿禿的，不長一毛，五官深陷一張瘦削臉龐，神情淡莫，看不出有甚麼情緒。

他在半空之中徘徊幾圈，對我打量了片刻，才以「傳音入密」跟我淡然說道：「不錯，就是羅佛寇。」

羅佛寇本是魔界七君之一，在撒旦被殺後，便追隨薩麥爾，成了他在撒旦教的左右手。按照拉哈伯的說法，羅佛寇本來擁有「傀儡之瞳」，但及後卻不知何故，魔瞳被龐拿所奪，更遭挖目切舌，囚禁於青木原地下基地之中，而我亦是在那兒遇上他。

寧錄首次襲擊青木原地下基地時，羅佛寇應仍被囚禁在玻璃管之中，但我後來再回去，他和另一位前七君別西卜都不見了蹤影。

我本來以為他早在巨爆中身亡，但此刻再次出現，雙目還完好無缺，顯然有人在爆炸中救了他，並給了一顆魔瞳，使他身體復原。

「你是怎樣認得出羅佛寇的？」羅佛寇以「傳音入密」跟我說道。

「我和你曾碰過一面，」我看著他笑道，「只是那時我看得到你，你卻無眼無珠，看我不見。」

「你說的該是羅佛寇被囚禁的日子，那時候羅佛寇的確看不見東西，有怪莫怪。」羅佛寇神情不慍不火，一臉冷漠，「你……是第六百六十六號複製體？」

「還可以是誰？」我仰首看天，咧嘴一笑，「撒旦早已死了兩千年，而若果我是龐拿，恐怕你已經衝下來吧？」

聽到我提及龐拿的名字，羅佛寇雙目閃過一絲複雜的眼神。

當中有怒意，更多卻是恐懼。

半晌，羅佛寇雙眼才回復平靜，說道：「也不一定，羅佛寇向來不喜歡近身戰鬥。」

「可惜，現在你沒了『傀儡之瞳』，不能操縱我周遭屍首。」我冷笑一聲，「要打，你就得下來。」

「羅佛寇不會和你交手，因為羅佛寇自知不是你的對手。」羅佛寇繼續在空中盤旋：「任務完成，羅佛寇便自然會走。」

「嘿，你的任務，就是掩護宙斯逃走？」我冷冷的道。

鷹群出現不久，宙斯便隱藏了自身的氣息，鷹群被滅後他卻始終沒再現身，顯然已不在現場。

「那是任務的一半。」

「另一半呢？」

「奪回神器。」羅佛寇的聲音再次在我腦中響起，聽起來再說一件輕而易舉的事情。

「嘿，換句話說，你也是得下來與我一戰。」我冷笑說著，左手灰蛇張口吐舌，作聲挑釁。

「都說了，羅佛寇不喜歡近身戰，也不會與你交手。」羅佛寇淡淡說道：「只要奪回神器就行了。」

他的語聲剛止，我忽然聽到四方八面的遠處，皆傳來一陣破風之聲，我挑目一看，只見竟是一批比剛才數量要多的導彈，極速飛至！

「羅佛寇，你不會認為這些飛彈能傷害到我吧？」

我冷笑一聲，高舉左手，整條手臂倏地鱗化再蛇，向天暴長十米，再如煙花爆發，分裂成數十灰蛇，主動衝向飛彈。

我本打算搶先一步將導彈蛇化，不過就在灰蛇快要咬導彈群之際，那數十枚飛彈突然之間在半空中爆炸！

「噫？」飛彈突然爆炸，教我心中一詫，因為此時導彈和我相距甚遠，周遭連環爆炸所產生的高熱氣流，甚至不能使我移動半分。

連環巨爆，教四周一時被硝煙所淹沒，目光難展。

我不敢鬆懈，魔氣頓時集中在雙耳之中，只聽得在凌亂的飛砂走石聲之中，一團破風之聲，自天空之中，急速俯衝而下。

我聽得出，那是黑鷹滑翔之聲，但那飛鷹所向，並非我左肩上的半個【雷霆】。

而是飛向戰場另一方的子誠和艾瑪納！

當我察覺到情況有異，左手【萬蛇】連忙也向二人所在暴伸而去，可是那頭黑鷹的飛翔速度異常迅捷，我的灰蛇竟然只能稍稍追近一點兒！

由於煙霧迷漫，我只能放聲向子誠喊道：「截下那鷹！」

一語剛休，我頓時感覺到子誠所散發的魔氣再次增強，顯然想驅動【墨綾】，捕住黑鷹。

不過，子誠顯然阻截不了飛鷹，因為飛鷹破風之聲，始終不絕。

在我發聲警告子誠時，亦已動身朝二人所在奔去。

當我在煙霧之中隱隱看到他倆身影時，忽然之間，我聽到子誠發出一聲驚呼，接著，一團小黑影劃破迷霧，往半空飛去，卻是那頭黑鷹，而牠雙爪還抓住一件物件，卻是【弱水】！

我見狀左手灰蛇，急速猛伸，張著大口直朝飛鷹衝去。

有了【弱水】負重，飛鷹速度顯然慢了下來，灰蛇轉眼趕至，但在此時，那黑鷹突然分體，爪翼繼續向上飛昇，鷹頭和鷹尾卻分裂出來，在灰蛇快要接近之際，猛地爆炸！

爆炸的強光，讓我看得清楚，這頭怪異的黑鷹，並非真正生物，內裡機關零件滿佈，竟是一頭栩栩如生的機械鷹！

被爆炸所阻，灰蛇和飛鷹的距離再次被拉開，帶住【弱水】的半頭機械鷹已經飛到羅佛寇身邊，把神器交在他的手上。

「當局者迷，旁觀者清。羅佛寇還是喜歡這樣子，站得遠一些，看得多一些。」羅佛寇把弄著手中物件，淡淡說道，「【弱水】，羅佛寇就此收下。」

我冷哼一聲，說道：「是我一時大意，沒想到會有此一著。」

「真真假假，本就難分。」羅佛寇看著手中【弱水】，一邊說道：「剛才那頭鷹，外表毫無異樣，但你壓根兒沒想到內裡是佈滿機械零件。其實你身邊的人也是如此，表面和你要好的，肚裡心思，未必一樣。」

「你是在嘗試故弄玄虛，讓我懷疑身邊人吧？」我冷冷一笑。

「羅佛寇只是跟你說一些個人經驗，至於你身邊有沒有『機械鷹』，一直在伺機把你的東西搶走，羅佛寇就不敢保證了。」羅佛寇說得一貫平淡。

「嘿，身邊還有沒有『機械鷹』我就不得而知了。」我冷冷一笑，「我只知道現在你把【弱水】搶走了。」

「不止這樣，羅佛寇剛才還說過，會取回兩件神器。」羅佛寇忽然停止把玩手中神器，眼神一正的說：「你看看你同伴。」

「難道他目標是【墨綾】？」我聞言一驚，頓時看向子誠，卻見子誠安然無恙，只是提著【墨綾】所織成的軟劍，慎重戒備。

「騙你的。」

羅佛寇的聲音突然再次自我耳中響起。

與此同時，我感到手臂忽有異樣，別頭一看，只見臂上多了一個背長羽翼，身高只有一米來長的裸男，正牢牢抓著我，竟是索爾！

看過宙斯的瞳術異能後，我隱約猜到雷公和索爾，應該是宙斯以異能分裂出來的左右手。

我以為宙斯早已逃離現場，卻渾然沒想到他竟偷偷分出索爾回襲。

我看到索爾胸前，正烙有黑色太極游魚，但還未反應過來，我左臂上的白色游魚，像被某種力量所引動，突然活了起來，自我臂上，經過索爾的手，游到他的胸中，與黑魚結合成完整的太極圖！

我心中暗呼一聲不妙，眼前忽然閃起一團極度刺目的強光，接著一聲雷響在我耳旁轟然而起，卻是索爾引動了天雷，把我的左臂整條電斷！

被天雷所轟，我半身頓時麻痺無感，幸好適才千鈞一髮之間，我讓【萬蛇】自手臂轉移進體內，才得以保住一具神器。

一擊得手後，索爾立時拍翼飛走，我此刻雙手全失，心中怒火中燒，仰首張口，舌頭立化成數十頭灰蛇，朝索爾撲去！

十數灰蛇以螺旋狀急速暴長，欲將索爾擒住，卻見索爾渾身拉直，一雙白色羽翅筆挺展開，輕易躲開了灰蛇的咬噬。

我魔氣盡貫於口中【萬蛇】之內，但灰蛇延伸的速度隨著高度增加，而慢慢緩下；反而地心引力對索爾毫無影響，他每次雙羽一振，飛昇速度立增。

不過片刻，索爾已經遠遠抛開灰蛇群。

「休想輕易逃走！」我力貫雙腿，猛地躍起百多米高，一下子拉近距離。

口中灰蛇繼續增長，但蛇群一分作二，一群繼續追擊索爾，另一群則突襲向一直觀戰不語的羅佛寇。

面對灰蛇偷襲，羅佛寇一張蒼白的臉，平淡依然，只是整個人忽向後一翻，腳掌下的一雙黑鷹如箭離弦，分飛向兩群灰蛇，然後快要接近之際，兩頭黑鷹猛地爆炸！

「又是機械鷹！」我見狀一詫，不禁暗罵一聲大意。

羅佛寇計算的甚時精準，黑鷹爆炸阻擋了灰蛇進擊，我這時亦因力盡降下，灰蛇群的血口快要噬中他倆時，卻又被他們再次拉開距離。

索爾在空中繞了一圈，拉住了羅佛寇的手，教他沒了黑鷹承托後，還能臨空不下。

「說到拳腳功夫，羅佛寇絕非你的對手；但在空中交戰，羅佛寇總是有多一點優勢。」羅佛寇抓緊索爾，繼續以「傳音入密」跟我說道；「畢竟你可不像羅佛寇，有過飛行經驗。」

聽到羅佛寇的話，我自知再難追截，便把灰蛇收回，抬頭看著他說道：「我有點明白，當年撒旦怎麼會選你作七君之一。」

「論智論武，羅佛寇也不見得如何高明。」聽到我提及撒旦和七君名號，羅佛寇眼神閃過一絲異樣：「也許，撒旦只是看中羅佛寇的冷淡吧？」

羅佛寇不像孔明般深謀遠慮，不像三頭犬般粗中帶細，亦不像拉哈伯或薩麥爾那般武功超絕，但在短短數回合的交手下，羅佛寇總是冷靜對應，呼吸一直保持平穩之極，面對突發事，也能順手拈來早埋下的伏筆應接。

難怪當年薩麥爾叛變，首先便拉攏了他，而且還讓他協助管理撒旦教，因為在我看來，他是七君之中，最能洞悉全盤大局的人。

「難怪你幾經生死波折，也能活到此刻。」我忍不住輕輕一嘆。因為同為七君，武功比羅佛寇要高強的拉哈伯、孔明和三頭犬，早已不在人世。

「殊途同歸，羅佛寇即便長命，也不見得比他們好。」羅佛寇繼續用「傳音入密」，繼續語氣平淡，「這十多年來，過的卻是沒有五官的的生活。」

「眼下撒旦教已然瓦解，薩麥爾又生死未定。你應該已經是自由之身，」我看著羅佛寇，問道：「怎麼又繼續參這一趟渾水？」

「若非這樣，羅佛寇不會在此刻與你對話。」羅佛寇說道：「若非回到這漩渦裡，羅佛寇又怎可能在那此大爆炸之中活下來？」

「你這次前來，到底是奉了誰的命？」

「羅佛寇不相信你猜不出來。」羅佛寇沒有直接回答。

我沒有多想，脫口便說道：「寧錄！」

眼下薩麥爾重傷在【約櫃】之內，殲魔協會又不可能接納他，因此能讓羅佛寇安然到渡過青木原大爆炸，又能給他魔瞳的人，只有一個。

羅佛寇依然沒有肯定我的答案，但從他眼神之中，我知道自己猜得沒錯。

「先是撒旦，後是薩麥爾，如今又到了寧錄。」我冷笑一聲，道：「羅佛寇，你真的很會生存啊。」

羅佛寇沒理會我的冷嘲，只是淡淡說道：「任務已經完成，羅佛寇是時候走了。」

說著，索爾便開始帶著他向上飛昇！

「你真以為這樣就能平安伴在寧錄身邊嗎？」我放聲喊道：「當日你能被薩麥爾放棄，寧錄也大可如此！」

「那又如何？至少此刻羅佛寇還能呼吸，還能從你手中奪取神器而絲毫無損。」羅佛寇回應道：「六六六，羅佛寇還會與你再見，但你得加強實力，才有機會活到那一刻。畢竟，你還未達到當年撒旦的水平。」

羅佛寇轉眼已經飛進雲層之中，沒有翅膀，我難以追擊半空中的他，只能眼巴巴地看著羅佛寇漸漸縮小成一黑點，然後消失於眼前。

「主人，怎麼不追上去？」莫夫羅到我的身旁問道。

「不是不追，而是追不上。」我攤了攤不存在的手，無奈笑道。

「可是……他們搶走了兩具神器啊。」莫夫皺眉說道。

「沒有，」我看著他，笑了笑，「羅佛寇只是得到了其中一件。」

莫夫聞言一呆，顯然並不明白，我沒有再說甚麼，只是帶著他，走向子誠和艾瑪納那邊。

接連被炮火摧殘，四周只有一片頹垣敗瓦。

子誠和艾瑪納的戰鬥之聲，早在索爾出現時便已停止，我和莫夫走了過去，只見子誠持刀而立，低頭看著躺在地上的艾瑪納。

應該說是，由人馬變回原形，已經奄奄一息的艾瑪納。

「剛才你被那小人偷襲時，艾瑪納便突然打回原狀。」子誠看著艾瑪納，語中帶著愁意，「我想，他支持不了多久。」

此刻的艾瑪納，正氣若游絲地躺在一堆血肉之上，雙眼無神的看著灰濛濛的天空。

「那些骨肉，顯然是剛才宙斯咬掉自己的身體部分，我猜宙斯為了隱藏索爾的氣息，不被我發現，所以並沒有在索爾身上貫進太多魔氣，」我一邊推敲，一邊說道：「一直到他發難時，才直接從人馬中抽出力量，注入索爾之中。」

艾瑪納本來的壽命已所剩無幾，剛才持續使用【弱水】時，雖消耗的大部分時宙斯的魔氣，但畢竟也會用上他自身的力量。

我凝神一嗅，艾瑪納這時其實只剩下百來個呼吸。

「你會救他嗎？」子誠忽然問道。

「你會阻止我嗎？」我看著子誠笑問，同時指向身後本是大英博物館，現只成一堆瓦礫的地方，「他可是殺盡了協會的戰士。」

子誠沒料到我會有此一問，聞言一呆，然後沉默地認真去想，才搖搖頭說道：「不會。」

「為甚麼呢？」

「因為殺了他，其他人也不會復生。」子誠頓了一頓，才正容續道：「坦白地說，更重要一點，是我對他沒有恨意。」

子誠的意思，我當然明白。同為殺人者，他對李鴻威的態度可是完全不同。

那當中的差別，自然就是「恨意」。

「不過說句實話，你若要出手阻止我，也非易事。」

我笑著說道，沒再繼續這個話題，俯身稍稍靠向艾瑪納時，卻聽得艾瑪納忽地虛弱的道：「別……別救老子……」

聽到艾瑪納的反應，我和子誠不期然地對視一下，因為我倆當初在香港相遇時，垂死的子誠亦說過這一句話。

那時候的子誠，和此刻的艾瑪納也是因喪失至痛而心死如灰。

但我感受得到，眼前的艾瑪納，那種絕望比子誠要來得更深更沉重。

我本是想過以三十年的生命能量，換取艾瑪納承諾不再向殲魔協會報復，不過當他說出那一句後，我便知道不論怎花唇舌，艾瑪納也沒有打算活下去。

「老子說過，今天非死不可……」艾瑪納咧開嘴巴，露出染滿污血的牙齒，勉力強笑：「小子，相識一場，老子只求……只求死後留一全屍……」

「矮子，放心，我會帶你回村。」我蹲在艾瑪納身旁，輕輕笑道。

「那……老子可以多有一個要求嗎？」

「你說來聽。」

「替老子剷平殲魔協會。」艾瑪納說道，臉上笑容不減。

「都快死了，就別老是想著復仇吧。」我笑罵道。

「嘿……嘿……說得對……」艾瑪納乾咳幾聲，氣息更見微弱，語氣忽然一軟，「小子……死後是怎樣的世界？老子……還會見到他們嗎？」

「這可是一個很複雜的問題，我也不敢肯定。」我看了艾瑪納一眼，笑道：「不過，我肯定你現在可以一見。」

「現在……？」聽到我的話後，艾瑪納原已枯寂的眼睛，忽然回復生氣。

他張大眼睛，瞳中亮出異樣神采，似是看見甚麼；雖然呼吸越來越不順暢，但他還是用力勾起嘴角，竭力去笑。

因為艾瑪納此刻眼內，看到他一生拼命守護、卻無奈失去的寶藏。

「老子，看見了。」

艾瑪納溫柔地說道，以生命中最後一口氣，發出一記笑聲。

「他走了。」子誠淡淡道，語氣中隱隱有一股唏噓，「你讓他看見他的村人？」

「嗯，這算是我送給他的最後禮物吧。」我微微一笑，看著闔上了雙目的艾瑪納，「笑著走，總比負帶恨意而終好。」

艾瑪納最後一刻，應該是心懷正念，因為他氣斷之後，我沒有感覺到【地獄】力量有所增持。

雖然上天下地，並無分別，但確定他笑著離去，我的心也稍感安慰。

「你不用把他的屍首也帶回去吧？」我看著子誠，笑問道：「我可是答應了他要好好安葬。」

「不用，讓我看一看他的眼球就可以了。」

子誠說著，打開了「追憶之瞳」，然後撥開了艾瑪納的眼皮。

子誠只是看了一眼，便即收回魔瞳，我見狀問道：「有沒有看出甚麼來？」

「艾瑪納兩年前得到了寶藏圖後，便和佩琳依據圖上指示到了深海，找到【弱水】和宙斯，後來回到岸上，便一直被殲魔協會追殺至今。」子誠說道。

「途中有和甚麼人接觸過嗎？」我想了想，問道。

「沒有，他們一直隱藏行蹤，沒有和其他人交流過，」子誠頓了頓，道：「不過在出發前來英國之前，有一頭烏鴉突然出現在他倆面前。」

「烏鴉？」我聞言眉頭一揚。

「那烏鴉找到了他倆的匿藏處，留下一張字條便走。那字條上寫了幾行字，正是提示艾瑪納帶著宙斯來大英博物館，讓他等待雨天出手，還教他如何躲過協會的佈防，把宙斯偷偷運進館中的木乃伊之中。」子誠一邊憶述著艾瑪納的所見所聞，一邊皺眉說道：「那字條並沒有留下署名……但他怎可能會知道這裡的機關呢？」

「可能是內鬼？」

「有這個機會……只是協會內職位稍高的人的筆跡我都看過，無一和那字條上的相似。」子誠低頭沉思半晌，想道：「那字條上的字跡幼細秀麗，像是女孩子所寫一般。」

「烏鴉……女生……」聽罷子誠的話，我暗暗推想，「給艾瑪納指示的人，會是誰呢？」

那烏鴉能尋得出艾瑪納又能傳遞訊息，智力定非閒鴉能及，我遇過的人之中，唯有夜之魔女莉莉絲，曾有過類似的烏鴉。

「但莉莉絲向來與撒旦交好，而寧錄又和撒旦有著深仇，她怎說也不會替寧錄辦事。」我心中暗自疑惑，「究竟寧錄手下，還有誰人呢？」

此刻線索還少，所以我並沒再推敲下去。

我雙手被【雷霆】擊斷，一時還未長回來，所以我便讓子誠把【墨綾】交給莫夫，好等莫夫能好好包裹艾瑪納的屍首。

「矮子，這布可是包過耶穌的屍首，我待你可不薄了。」我看著被黑布包裹得妥當的艾瑪納笑道，轉頭又向子誠問道：「對了，那麼你知道佩琳的下落嗎？」

「艾瑪納不想她被捲入戰鬥，所以早在埃及，便留下一筆錢給她，然後不辭而別。」子誠答道。

「那麼，這消息還是不要流出去。」我瞥了裹屍布一眼，道：「這樣子，便可令少一個人傷心。」子誠聽到我的話，點頭表示同意。

待得莫夫把艾瑪納的屍首處理好後，我便讓他在艾瑪納原本躺下，亦即是宙斯遺下的骨肉裡，找點東西。

雖然這吩咐奇怪，但莫夫想也沒想，一雙手便直接伸進了那堆血肉之中。

如此搜索半晌，莫夫突然「噫」的一聲，臉現驚奇，取出一物。

但見莫夫手上，此刻正握著一個泛著藍光的渾圓透明球體，正是【弱水】！

看到神器突然自血肉中出現，子誠也忍不住驚詫的問道：「我明明看著它被那鷹奪去，怎麼又突然出現？」

「因為羅佛寇奪去的，並不是真正的神器，只是一枚石子。」我邪邪一笑。

早在羅佛寇出現時，我便已猜到他定必伺機出手，奪取神器。

和他稍稍交談後，我便知道羅佛寇並不是一個隨便出手，但發之必中的人。

由於【萬蛇】和半份【雷霆】在我體內，奪取難度屬於最高，所以我推測他會向【墨綾】及【弱水】下手。

於是，我便在和羅佛寇對話之中，故意提及「龐拿」。

羅佛寇雖然冷靜以待，但我肯定這是他心中一道，深刻得難以漠視的的陰影。

果不其然，龐拿的名字猶如一道咒語，我一唸，羅佛寇的精神便出現一道一閃即逝、微不足道的裂縫。

裂縫的大小，不足以讓我向羅佛寇施展強大的幻覺。

但恰能讓我使他眼中的神器和石頭，樣子轉換。

「在羅佛寇眼中，你身上的【墨綾】位置亦和現實有異，所以即便黑鷹來襲，你也可以保住神器。」我解釋完後，忍不住嘆了一聲，自責的道：「只是我沒想到宙斯人走了，還會來一記『回馬槍』，以索爾奪回半份【雷霆】。」

「現在留保住三具神器，已算大幸。」子誠安慰道。

「我可不這般認為，【雷霆】實在太過厲害，若果宙斯真是和寧錄一夥，那麼他們便同時擁有『火』、『雷』兩具攻擊力極強的神器。」我皺起眉頭，憂心的道：「那時候，恐怖我們只能有挨打的份兒。」

子誠聽到我的話，覺得有所道理，也不禁低頭沉思。

「算了，現在想也無用，只能見步行步，或許我們應該把世上其他神器，也找出來，當中說不定有一兩具能與之抗行。」我笑著說道：「對了，其實你怎麼會出現在這兒？」

子誠張口欲語，遠方一道聲音卻搶先答道：「為了奪取【弱水】。」

我聞聲舉目，只見遠處有一頭兩人高的龐然毛物，緩緩走來，正是嘯天犬；坐在其上，自然是現今殲魔協會會長，二朗神楊戩！

剛才搶答的人，就是楊戩，看到他現身於此，我並沒有驚訝，臉上笑容依舊，反是子誠愕然地看著他，問道：「楊戩，你怎麼來了？還有，當初的任務內容，不就是保護倫敦基地嗎？」

「不錯，但現在看來，你似乎沒有保護到其他弟兄。」楊戩騎著嘯天犬走近，俊臉一怔，問道：「所以，現在任務內容變了！」

「我心中一直奇怪，怎麼有這麼多殲魔戰士對艾瑪納沿途窮追猛殺？」我看著他笑了笑道：「下命令的人，果真是你。」

楊戩沒有理會我，只是繼續向子誠追問，「子誠，這是協會的命令，你還要多想甚麼？」

楊戩抬出「殲魔協會」的名頭，子誠的眼神頓時閃過一絲猶豫。

不過，那點疑惑，確是一閃便過，子誠很快便雙目一睜，眼神立定，一對槍刃扣上大小太刀。

然後，雙手一揮，把刀插在地上。

「我拒絕。」子誠看著楊戩，沉聲說道：「我不想背叛協會，但也沒有出賣小諾的理由。會長，別逼我好嗎？」

「這意味，在畢永諾和協會之間，你選擇他了。」楊戩摸了摸嘯天犬，讓牠與我們相距三十步左右停下，然後看著子誠，嘆了一口氣，「子誠，你可知道，畢永諾之所以要得到【弱水】，為的是要保住薩麥爾的命嗎？」

子誠聞言睜目，一臉錯愕的看著我，「小諾，這是真的嗎？」

我沒有回話，只是保持著臉上笑意。

但當中意思，明顯非常。

看到我的笑容，子誠的眼神一下子變得複雜起來。

他雙手微微張開，似欲抓回大小太刀，但手卻一直沒有伸出。

我知道，他在掙扎。

「二郎神，你其實不用逼子誠出手吧？」我看了看莫夫手中的【弱水】一眼，又朝楊戩笑道：「這神器你要的話，怎不自己來取？不算子誠，你和我也只是二對二，公平得很。」

「我沒有逼他。經過兩年相處，我知道子誠是一個重情義的人，早猜到他不會向你出手。」楊戩頓了一頓，說道：「其實，我只是在等待一個時機。」

「一個時機？」我皺起眉頭，暗中運動魔氣戒備。

接著，楊戩沒再說話，只是朝天指了一指。

我沒有順勢抬頭，因為是楊戩聲東擊西之計，可是就在這個時候，四周突然亮了起來，卻是天上烏雲漸薄，陽光得以穿透灑落。

「陽光？」看到地上亮了一片，各人各物的影子盡數顯現，我心中忽有異感。

就在這個時候，背後較遠處有一陣魔氣猛地散發。

那股魔氣，乃是屬於項羽的「弄影之瞳」！

「莫夫！」

當我感覺到魔氣來源時，立時回身口舌，想以【萬蛇】抓住莫夫，但我的頭才轉了一半，只見一直牢牢抓緊【弱水】的他，整個人突然被腳下黑影所吞沒！

下一瞬間，莫夫在遠處一座沒被爆炸波及的大廈天台出現，他身邊站了一彪猛大漢，自然是項羽！

莫夫意識到自己身處之地有異，立時催動魔氣，想藉【弱水】反擊，但項羽早作準備，只見他手中長矛急旋一圈，便把莫夫的手掌，齊腕切斷，然後一把奪過【弱水】！

我見狀勃然大怒，才想趕去營救，身後黑影又有異樣，竟是項羽把茫然的莫夫送了回來。

我還未來得及反應，楊戩和嘯天犬突地朝我方衝來！

我運氣預備作戰，可是嘯天犬四著地以後，楊戩手中的三尖兩刃刀，卻是抵住子誠的背。

變故突生，不單是子誠，連我也大感意外，忍不住問道：「楊戩，你這是甚麼意思？【弱水】既已到手，怎麼還要對付子誠？」

「我不得不這樣作。」楊戩一手以兵刃制住子誠，一手從懷中取出一團事物，向我拋來。

我張口以蛇化的舌頭接住物件，只見那是一具電子螢幕，當中正播放著我和子誠與宙斯及艾馬納的戰鬥情況。

「這是剛才一名途人以手機拍下的畫面。」楊戩說道：「那人是以直播形式，同時把畫面在網路上播放。短短不到一個小時，此刻這片段已在各地熱烈傳播起來。」

「那又怎樣？」我把螢幕向他拋回去，皺眉問道：「這種戰鬥，對人們來說該不是新鮮事吧？」

「經過了兩年戰爭洗禮，人們早已習以為常，只是這一次的戰鬥，卻與以往的有所不同，」楊戩頓了頓，續道：「那差異處就是宙斯雙手所展示的白色羽翼，以及你『獸』化後的形態！」

聽到楊戩的話，我頓時明白這段影片會帶來甚麼影響。

二千年前，為了與薩麥爾為首的一眾魔鬼抗衡，塞伯拉斯故意借用基督宗教的形象及神話，創立了殲魔協會，藉此招攬大量凡人加入。

三頭犬此舉，亦開始令基督宗教在世上盛行起來，而信奉基督宗教者及殲魔協會中人，無不以天使為正，視魔鬼為邪惡一方。

天使以及那純白羽翼的形象，由此極為深入民心；至於我渾身啞黑、頭長雙角的「獸」態，則由兩年前在刺殺偽教宗起，透過全球電視直播公諸於世，再到這些年不斷被蘭斯特洛借用「外殼」作公然廣播，干擾撒旦教行軍，變得為世人所熟悉。

「數千年來，人們皆認定撒旦乃群魔之首，萬惡之源。經過這兩年的渲染，其邪惡形象更深入民心。所以這段影片曝光後，大多數的人都會站在宙斯那一邊。」楊戩說著，看了看子誠，「亦因如此，在片段中子誠身穿殲魔協會的服飾，卻與你聯手對抗宙斯，便頓成了協會的背叛者！」

我看著楊戩，冷笑一聲，問道：「要是如此，你要怎樣對付這個剛才拼命拯救你們會員的『背叛者』？」

「像這兩年來，我們對付所有背叛者一樣。」楊戩淡然答道。

子誠聞言，張大了口，一臉難以置信，我見狀連忙追問：「那是甚麼意思？」

「公開處以死刑。」楊戩看了被制伏的子誠一眼，沉聲說道：「不這樣作，眾怒難平！」

第九十六章

以物換人

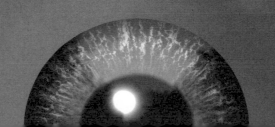

第九十六章　以物換人

幸好與地面還有一段距離，這座建在大英博物館之下的殲魔協會基地，並沒有被適才的戰鬥波及，只是處處皆多了一些灰塵鋪蓋。

我此刻所處乃是基地的主會議室。會議室牆上，掛滿了歷代英國分會會長的畫像或照片，底下列明了其姓氏、稱號，及「真實」事蹟。

從古至今，一個不缺。

「想不到原來亞瑟王也是殲魔協會的人，還曾當過分會會長。」我看著一幅古舊的人物肖像說道。

畫中人神情英偉，腰懸一柄修長武士劍，雖然款式不見特別，但在畫師精細的畫功之下，我還是隔代感受到那股異常肅殺的氣勢。

「不錯。他是一名好人，也是位很英明的領袖。」蘭斯洛特的聲音在我背後響起。

我沒有回頭，繼續凝視畫作：「他腰間掛的是那一柄劍？石中劍還是王者之劍。」

「是世人所認識的『王者之劍』。」蘭斯洛特站在我身旁，一同看著肖像，「那其實只是一柄普通的劍。劍本身並沒有甚麼奇特之處，劍的傳說，也只是亞瑟王師父梅林捏造出來，藉以增強他信心而已。」

「他師父的謊話顯然成功，不然那畫師亦沒可能把劍畫出如此氣派。」

「誠然如此。在亞瑟王手中，那劍成了無堅不摧的兵器，為他帶來無數勝仗。」蘭斯洛特憶述道：「一柄再普通的劍，嘗了上萬人的血後，便變得不再普通了。」

「那麼，你和他王后的事呢？」我話題一轉，看著蘭斯洛特笑問：「是捏造的還是真有其事？」

蘭斯洛特聞言眉頭一揚，接著搖頭說道：「我們還是點談別的吧。」

「那麼談談，為甚麼你們要奪走【弱水】吧？」我冷笑一聲。

「自保。」蘭斯洛特還未開口，會議室的門便被人打開，然後楊戩便率先答道。

我回頭一看，只見除了楊戩身後，還站了嘯天犬和項羽。

「抱歉讓你久等。」楊戩走了進來，淡淡的道：「你和宙斯的戰鬥，教我們多了許多事情得處理。」

「抱括囚禁子誠？」我瞪著他冷笑，「還有，請記住宙斯和艾瑪納是因為你們屠殺了艾瑪納的村子才會來尋仇！」

「那是埃及分會的錯，他們誤以為艾瑪納是撒旦教的，才會發動襲擊。」楊戩頓了頓，正容說道：「至於子誠，我也是逼不得已。那段影片已在世界各地流傳，全世界的教徒已經認得那位和天使對抗的人，是協會的『七刃』。作為會長，我只能這樣才能平息眾憤。」

我瞪著楊戩，語氣滿是質疑的道：「以殲魔協會的實力，怎可能阻截不了這影片？」

「這次情況十分奇怪，我們的技術人員試盡千方百計，但所有動作皆被不知名的駭客無效化。我們也嘗試追查對方訊息來源，多番轉折，最後竟被引回這地下基地裡，可見對方技術極其高速。」楊戩說著，看了我一眼，道：「而根據手法看來，那駭客就是剛才你與宙斯剛戰鬥中，發動第二、三次飛彈群的人。」

楊戩強調「第二、三次」飛彈攻擊，顯然已知道第一次飛彈發射，炸燬附近建築的主使是我。

「嘿，我也是逼不得已。」我攤了攤還未長回手掌的雙手，故作無奈。

「我知道，也沒怪責你的意思。」楊戩看著我說道：「所以，你也別怪我搶走【弱水】。」

我聞言忍不住冷笑一聲，道：「我看不出兩者有甚麼關係。」

「你手執【萬蛇】、【墨綾】，還得借用我的飛彈去對付宙斯，」楊戩語帶無奈，苦笑一聲，「但我只有飛彈，面對【雷霆】或是【火鳥】，你說該如何應付？」

聽到楊戩的話，我頓時明白他剛才說「自保」的意思。

「十二神器，眼下現世有八。【靈簫】繼續在美猴王手上；【赤弓】、【明鏡】下落不明；寧錄身懷【火鳥】，而宙斯很有可能帶著【雷霆】投靠於他。」楊戩看著我，淡然一笑，道：「至於你畢永諾，作為撒旦轉世，獨佔【萬蛇】、【墨綾】二具神器，我為了殲魔協會，取這【弱水】也不算過分吧？」

「嘿，不過分，我只是想不明白，你既然想得到【弱水】，怎麼還要提示我如何找到它？」我皺眉問道。

「一，那時【雷霆】還未出現。」楊戩說道：「在你出發尋找妲己後，埃及分會的殲魔戰士繼續追殺艾瑪納，只是悉數被艾瑪納反滅。英國分會察覺事情有異，便向我報告。當我查看那些戰士死狀，發現有一部分人是被電死時，便猛地醒起義父說過的神器【雷霆】。為此，我便改變了主意，決定搶先奪得【弱水】。」

「他跟你提過【雷霆】有多厲害？」

「有，但義父要我留神的，卻不是神器，」楊戩頓了頓，道：「而是宙斯。」

「宙斯確實是一個厲害人物，剛才要不是有莫夫的魔瞳，我也幾乎要栽在他手上。」我說道。

「他手執【雷霆】固然厲害，但義父要我提防的，卻是他的眼瞳異能，『吞吐之眸』。」楊戩說道。

「『吞吐之眸』？」我聽著不禁皺起眉頭。

「義父說過，天使和魔鬼皆擁有瞳術異能，因為那是他們被天上唯一製造時，所附帶的獨特能力。只是有別於魔瞳在使用時會散發赤紅之光，天使的瞳孔透射出來的卻是有如陽光般的金芒。至於這些帶有異能的眼睛，義父說，它們本來的名字，是『神眸』。」楊戩頓了頓，續解釋道：「亦是『神的眼眸』這個意思。」

「神眸……」我口中小聲反覆唸著這名字。

「天國曾流傳一種說法，就是天上那位，可以隨時觀察每一顆神眸所看到的景象。不過這個傳說，連撒旦本人也無法肯定。」楊戩說道：「在被貶成魔，墮落凡間以後，這些異瞳所透出的光便成了赤紅，撒旦為了斷絕舊有關係，便將眼睛的名字，改為『魔瞳』。那時天下群魔，皆以撒旦馬首是瞻，便紛紛把眼瞳名字改了。」

「難怪你稱宙斯的眼瞳作『吞吐之眸』。」我恍然說罷，接著追問：「但你義父怎麼要你提防宙斯的神眸？」

「義父說過，他所見過的瞳術之中，唯有其中兩顆，其能力可說是接近『創造』。」楊戩豎起兩根手指，看著我道：「一顆是你現在擁有的『鏡花之瞳』，另一顆，就是『吞吐之眸』！」

「創造」，亦即是無中生有。

「鏡花之瞳」，能讓受術者產生幻覺，而幻覺的內容可說是毫無限制。只要我想得出來，魔氣支援得到的，就可以讓受術者的腦海之中，感受到如幻似真的景象。

至於「吞吐之眸」，據我觀察所得，就是可以透過自身的肉，混和別的物質，製造一種新的生物形態。像是他以左右手製造雷公與索爾，以及把艾瑪納改造成希臘神話中的人馬。

先前交手，儘管宙斯大多時候也使用【雷霆】進攻，但每每到危急關頭，還是可以藉著「吞吐之眸」，化險為夷。

「正因為『吞吐之眸』擁有如此獨特性質，應用起來可說是變化萬千，靈活之極，教人甚難抵抗。義父說過，宙斯擁有【雷霆】，某程度令他依賴神器，減少了對神眸的應用，攻擊方式亦因而變得單調，防避起來也比較容易。」楊戩頓了頓，續道：「當然，這只是相對而言。光憑【雷霆】，宙斯幾乎難找敵手。所以，當我得知【雷霆】重現，宙斯大有可能在人間，便改變初衷，想搶先得到【弱水】。」

「好，宙斯是第一個原因。」我看著楊戩，問道：「那麼你要搶奪【弱水】的第二個原因呢？」

「太陽神教。」楊戩說著，同時伸手按了按會議室正中的觸碰型屏幕大桌子。

楊戩修長的手指在桌上碰了幾碰後，桌面突然浮現出一個世界地圖，當中有一些像熱能般的紅色影子，或濃或淺，分佈在世界各地。

「這是被我們發現到的太陽神教活躍圖。」楊戩看著桌子，同時解釋：「這兩年，我們一直專注和撒旦教的戰鬥，卻想不到太陽神教在戰亂之中，藉機傳道。單單是我們發現到的教徒，已有近三千萬人。」

「三千萬！怎麼短時間內，會多了這麼多信徒？」我聞言大感詫異。

「因為戰鬥。兩派相鬥，雙方雖本身各有大量支持者，可是兩年期間，炮火橫飛，死傷無數，不少人因此對兩教萌生退意，而更多本來不屬兩教的平民，因此而厭惡兩派，太陽神教就是乘此空檔，迅速發展起來。」楊戩嘆了口氣，道：「其實義父在生之時，已經多次提過要提防太陽神教，因此每每有太陽神教徒加入協會，我們都會記錄下來，暗中觀察，並把教徒分派都各地不同部隊，不讓他們聚集生事。我們卻沒想到，原來真正的滲透，不在戰場，卻是在民間各處。」

我皺眉問道：「怎麼莫夫沒跟我提過？」

「莫夫雖是你的親信，但對於太陽神教，卻沒有過問太多。自從你把教主一職交由那個『天火』長老摩耶斯替代後，莫夫更是鮮少回島，一直與協會征戰。」楊戩枱頭，看著我解釋道：「我們曾經也懷疑過莫夫，只是多番觀察，才發現他實在是名單純少年，對太陽神教傳播一事，並無頭緒。」

「那麼你找到誰是幕後主使人嗎？不會就是摩耶斯吧？」我想了想，問道。

「這一層我們還未查清楚，因為我們也只是三個月前，亦即你出發尋找【弱水】後不久，才察覺到太陽神教的異常活躍。」楊戩說著，又按了按桌子。

但見桌面屏幕場景悠地一轉，變成了一個閉路電視的拍攝畫面。但見畫面正映著一所會議室，當中有一群殲魔戰士展開著圓桌會議，看樣子似乎是某個殲魔協會的基地。

那十來人神色輕鬆，互相討論著甚麼，但在忽然之間，他們全都站了起來。

接著，十多人同時轉身，臉向閉路電視的鏡頭，口型一致的唸了一句話，然後紛紛微笑。

十來個，天真燦爛得詭異的笑。

接著，這些殲魔戰士突然全部自爆！

畫面在此時變成一片黑，我回想著剛才那詭異的場景，一時不語。

「剛才你看到的是協會俄羅斯分部的常務會議畫面，那幾個人都是瑞士分部的要員。」楊戩說著，同時把畫面換回之前的地圖。

「但似乎已經變節了。」我看著他說道。

「徹底變節。」楊戩嘆了一聲，道：「那十多人爆炸威力之巨，讓基地整個地基塌陷大半，死傷不少。這場襲擊顯現是一種警告、示威……」

「……而示威的人，就是太陽神教？」我問道。

楊戩沒有立時回答，話題忽轉：「『荊棘被火燒著，卻沒有燒燬』。這是剛才那十幾名殲魔戰士爆炸前唸的一句話。」

「這句話，好像是源自聖經某一卷的……」我稍稍回想，旋即拍掌說道：「對了！是『出埃及記』，摩西在野外看見異像的描寫。」

「出埃及記第三章第二節。」楊戩點了點頭，續道：「起初，我們對襲擊毫無頭緒，但順著這句話，我們查到了他們家中的聖經，每一本皆有許多關於『火』、『光』的句子給圈起來，且在旁邊寫了許多異樣的注解。我們再深入調查，發現這些注解，是源於太陽神教，而這十幾名人，早在年多前，已經暗中信奉了太陽神教。」

「你們竟然完全察覺不到？」我語帶詫異的說。

「因為太陽神教率先下手的，並非這些殲魔戰士，而是他們的家人、伴侶、朋友。」楊戩解釋道：「太陽神教的手法，是先拉攏他們身邊的人，再轉折的傳道。或許是閒談間提到太陽神教，或許是故意留下線索，讓這些戰士主動追尋關於太陽神教的事蹟。後來多番調查，我們發覺那十幾名自爆的戰士，皆曾多番出入我們的藏書館，而所看得盡是一些，和古代太陽神教有關的典籍。」

我記得在梵蒂岡時，曾經在教宗的指示下，看過許多君士坦丁大帝與波斯拜火教的來往書信。

除了得知君士坦丁大帝本為無敵太陽教大祭司外，還知道基督宗教和無敵太陽教曾作合併，不少無敵太陽教的教條和規律，也因而透過基督宗教流傳下來。

「以我們查究所知，太陽神教其中一樣手法，就是把聖經中，本是屬於太陽神教的經文點出，再告知目標該經文本來的面目或意思，藉以取得他們的信任。」楊戩看著我說道：「這就是為甚麼我們在他們的聖經裡，看到如此多被圈起的經文。」

「剛才你提到的那句經文，當中的『荊棘』，指的就是太陽神教的神？」我想了想，「雖被火燒，卻不焚燬。那就是永恆不滅的意思吧？」

「不錯。同時也代表他們這些太陽神教教徒，肉體雖滅，精神依然長傳。」楊戩說道：「瑞士基地只是其中一宗自殺式爆炸襲擊，我們這陣子接連遇到了五次同類事件，每一次那些戰士自爆前，皆會唸出這一句經文。」

「他們本是虔誠的基督宗教教徒，怎麼會短短時間內，便如輕易改變信仰？」我皺眉奇道。

「人的信念，本來就十分脆弱。就算有一些信仰維持了許多年，只要有一點裂縫，便很容易被擊破。」楊戩說著，眼神忽然閃過憂傷。

我一時沒有答話，因為知道他想起了宮本武藏。

楊戩沉默了半晌，才繼續說道：「也許是這兩年戰爭所流的血、所付的命，實在太多太多，多得讓他們對協會的宗旨產生動搖。所以只是短短時間，太陽神教已能收歸海量的信徒。」

「可是，這些信徒也已被你們撲殺了吧？」我低頭凝視那滿佈紅痕的地圖，忽問一句。

楊戩沒有猶豫，淡然的說了一句：「對，我們不想有第二個『撒旦教』冒起。」

「野草燒不盡，何況你現在要燒的，本來就是『火』？」我看著楊戩笑問。

「所以我才需要【弱水】。」楊戩語氣認真的說這一句，「畢永諾，這就是我的第二個原因。」

「所以你的意思，是沒打算將【弱水】交給我吧？」

我瞪著楊戩，冷笑一聲，怎料他卻搖了搖頭，道：「非也，【弱水】我給你也可以，只是有三個條件交換。」我聞言一詫，沒有答話，讓楊戩把說下去。

「第一，以神器換神器。」楊戩豎起食指，說道：「我搶奪【弱水】，目的只在與寧錄和宙斯抗衡，所以若有別的神器，我可以用【弱水】與之交換。」

聽到楊戩的話，我一時默然不語。

我現在手執【墨綾】、【萬蛇】，兩者變化多端，一攻一守，對我來說頗為重要；可是薩麥爾現在胸口的傷，唯有【弱水】才可以治好，而救他一事，我是志在必行。

如此一來，若真要和楊戩交換【弱水】，我便需要另找神器。

「這事可以考慮。」我看著楊戩，問道：「第二個條件呢？」

「太陽神教教徒名單。」楊戩豎起第二根手指，「這名單需要包括烈日島的所有島民，以及這兩年新加的教徒。」

「這名單你要來幹什麼？」我冷笑一聲。

「這還需要問？」楊戩淡然說道：「自然是斬草除根！」

「沒想到你不單繼承了三頭犬的會長之位，還繼承了他的狠辣。」我笑了一聲，道：「二郎神，我自然知道你想作的事，只是有點意外而已。」

楊戩還想再說，他身後的項羽忽然搭了搭他的肩膀，截了他的話，跟我說道：「你要知道，兩教二千年來的鬥爭實犧牲了太多無辜性命，若然讓太陽神教成長起來，只會令戰火無窮無盡的延續下去。更何況，我們的敵人不該是太陽神教，而是即將來臨的天使軍，對吧？」

聽到「天使軍」三字，我不禁心中一凜。

「宙斯的出現，雖然未必與天使軍有關，但他若真的投靠寧錄，那麼太陽神教，更是不得不除。」楊戩一臉認真的看著我，「你應該明白箇中關係吧？」

若然【地獄】和【天堂】的靈魂數目一樣，天使大戰便會一觸即發。

我不知道寧錄是否知悉這個觸發條件，但薩麥爾對【地獄】的結印，日漸變弱，實在維持不了多久，天使下凡，也只是時間問題。

宙斯作為十二大天使之一，在天使軍之中自然有著莫大的權威，若然他和寧錄合作，那麼天使軍和太陽神教聯合起來，殲魔協會肯定難以與之匹敵。

唇亡齒寒，我作為撒旦轉世，在那個情況也不可獨善其身。

太陽神教雖是程若辰留下給我的東西，但寧錄有【火鳥】在手，要施行太陽神教經典裡的神蹟，實在是易如反掌。

若然他的勢力繼續壯大，那麼太陽神教倒真成了一大隱憂。

我沒有立時答應楊戩，反問道：「你怎知道有這麼的一份名單？」

「我們調查初期，發現到那些叛變了的殲魔戰士，曾不止一次記錄了他們成功招攬的人員名單，並把這些名單，交到了各地的太陽神教聯絡點，所以我們頗肯定，太陽神教一直有收集各地信徒的資料。」楊戩續道：「我們曾經截獲一些名單，也知道了各地的收集點，最終會將資料交到烈日島總部，只是太陽神教察覺到我們的動作後，也不知是暫停收集，還是轉換了方式，突然之間所有線索都斷掉，教我們查不下去。」

此時，項羽把話接了下去，「我們曾想過往烈日島闖一闖，只是他們不知使用了何種技術，竟把島自雷達之中隱藏起來。我們曾派潛艇多番在附近水域探索，曾始終無功而還。」

「那是烈日島的隱形系統，他們島上，有一套特殊的機器，能將島四周的光折射，從而達至隱身效果。」我解釋道：「即便是一般島民，也不會懂得如何進出，唯有指定的領航員帶路，才可以由陸地進入烈日島。」

當初我也是在莫夫帶領下，乘坐太陽神教的艇子登上烈日島。後來我翻閱了程若辰的筆記，得知了這個系統，亦從而獲悉了進出烈日島的方法。

「這烈日島深居多年，卻仍可擁有如此厲害的技術，實非等閒，我想這張名單，就算我不要，你也會想得到吧？」楊戩濃眉一揚，認真的問道。

我沒有答楊戩的話，只是繼續問：「第三個條件是甚麼？」

「讓子誠，看一下薩麥爾的記憶。」楊戩正容說道。

「為甚麼？」我皺眉問道。

「撒旦教雖被我們擊得支離破碎，但殘餘勢力還有不少。」楊戩解釋道：「我們雖透過薩麥爾的記憶，將撒旦教連根拔起。」

「原來如此。」我聞言點頭，卻旋即瞪著楊戩，冷笑一聲，「二郎神，你不會真的認為這話可以騙倒我吧？」

聽到我的話，楊戩俊秀的臉，忍不住微笑起來，「這的確是其中一個原因。」

「對，但似乎是最不重要的原因吧？」我冷哼一聲。

「那你認為還會有甚麼原因？」楊戩不慍不火，淡然笑問。

「魔瞳。」我向楊戩瞪眼，「撒旦教近幾十年來，收集到的魔瞳！」

撒旦教近幾十年來，明搶暗奪，幾乎搶了天下大半的魔瞳。

一些有利用價值的魔鬼，或會被薩麥爾收編旗下，但絕大多數，卻是被殺或被冷藏起來，而他們的魔瞳，則悉數被挖出，另作收藏。

我和楊戩他們首次闖進撒旦教青木原基地時，便已在其中一所密室見過那些被特別處理的魔鬼與魔瞳。

「在大爆炸後，撒旦教將那些魔鬼與魔瞳都移到別處，我知道你們一直在找尋這些魔瞳，但苦無結果。」我看著楊戩，問道：「你讓子誠看薩麥爾的記憶，就是想尋出魔瞳的下落吧？」

「果然瞞不了你。」楊戩一邊拍手，一邊笑道：「不錯。我們需要那批魔瞳，若有了數千魔鬼，我們便有更大的把握來對付天使軍。」

聽到自己所猜不錯，我心思卻不禁飛轉起來。

眼下我和殲魔協會雖非敵人，也能勉強稱作戰伴，但若然他們真的手執數千魔鬼，那麼對我來說，亦非好事。

殲魔協會和撒旦教皆成立了二千餘年，勢力遍佈全球，且根深柢固；相比起我獨來獨往，成魔也不過是數年的事，縱背負撒旦轉世之名，卻始終難與兩大教相比。

「眼下龐拿失蹤，薩麥爾重傷，或許我應乘機吸收了撒旦教的勢力，」我暗自思量，「但若是如此，我也得先救回薩麥爾，才能作進一步行動。」

我默默盤算了好一陣子，才抬頭看著楊戩，說道：「三個條件，我都可以答應。」

看到我如此爽快答應，楊戩顯得有點意外，但旋即點點頭，說道：「那樣子就成，立血契吧！」

我應了一聲，想要咬破舌尖、吐出血點之際，項羽突然問道：「畢永諾，那些魔瞳，你是打算參一腳吧？」

「如此寶藏，很難令人不插手吧？」我笑著反問。

項羽聞言冷哼一聲，還要再說，楊戩卻揮一揮手截住，說道：「這沒關係，公平競爭，誰先找到誰擁有！要是我們整個殲魔協會也快不過你畢永諾一人，我楊戩也敗得心服口服！」

「一言為定。」我笑了一笑，也不多話，張開了口，化成灰蛇的舌頭延伸至楊戩面前，蛇頭微凹處，則有一滴鮮血凝聚其中。

楊戩咬破指頭，擠了一滴自身的血，便和我達成血契。

「你說要讓子誠看一看薩麥爾的記憶，但你不是要將他處死嗎？」我把蛇舌收回，向楊戩問道：「還是，你打算一直關住子誠，直至他看畢了薩麥爾的記憶為止？」

「那片段已在各地鬧得沸騰，群情洶湧，子誠的公開審判很快便會開始，他上刑台的日子，也不會遠。」楊戩說著，卻頓了頓，「不過，我們並沒有打算真的處決子誠。」

對於楊戩的話，我並不詫異，因為子誠成魔不過短短兩三年，但憑著過人天分和復仇之心，已迅速成為僅次於目將的戰鬥力。

縱然撒旦教已潰不成軍，但新敵初現，未來戰況難以預測，楊戩不會白白將一柄鋒利的「七刃」，輕易折斷。

「子誠必需一死，但要同時保住他的命的方法有許多。像是培植一個複製人，或者以蘭斯洛特的『畫皮之瞳』，找一個替死鬼，也非難事。」楊戩說著，看了我一眼，「甚至乎，有人要劫獄救他的話，我們四人也未必能攔住。」

「你怎知道我有這個打算？」我語帶玩味的笑道。

「我不是你肚中的蟲，你有甚麼心思，我可不知道。」楊戩淡淡笑罷，忽又皺眉凝重的道：「不過，現在不是我們不救子誠，而是他不想被我們救。」

楊戩說著，伸手按了按桌子，但見桌面畫面一轉，變成一間囚室的直播情況。

囚室一片純白，當中有一張小牀，牀上有一個盤膝而坐，閉目入神，正是子誠。

「我們向他說過好幾個脫身之法，但子誠皆一一回絕。」楊戩看著畫面裡的子誠，說道：「也許，是艾瑪納那一番話，讓他覺得自己雙手，沾了太多鮮血。」

子誠背對鏡頭而坐，但看到他微弓著背的身影，一把頭髮比以往要凌亂如草，隔著屏幕，我也感受到他的心灰意冷。

「可是，他放得下殺妻之仇嗎？」我轉過頭，看著楊戩問道。

「我們也問過這問題，但子誠似乎覺得，再找到李鴻威的機會，著實不大。」楊戩解釋道：「眼下撒旦教教眾四散，『七罪』過半已亡，餘下的我們還在一直追殺，勉強也可追尋到他們行蹤的蛛絲馬跡，但唯獨是李鴻威像是人間蒸發一般，完全沒有半點下落。這三個月來，其實子誠也日以繼夜的追尋李鴻威下落，可惜連一丁點頭緒也沒有。」

「所以他決定放棄了？」我問道。

「我只知他現在完全沒有逃避行刑的打算。」楊戩頓了頓，看著我續道：「或者，你可以勸一勸他。」

「不，我不會。」我轉頭看回畫面中的子誠，「現在的子誠，已不再是當年那個初進魔界的新手，我的話對他也許還有影響用，但他眼下更需要的其實是清靜。他需要想一想。」

子誠若真失去鬥心，那麼對於殲魔協會來說，留下也是無用。

雖然楊戩他們想觀察薩麥爾的記憶，但真正留閱讀記憶的，乃是「窺心之瞳」，他們四目將中隨便一人安上了，便可以窺看記憶，只是未必有子誠觸及到的那般深層而已。

「既然你也是這般想法，那麼公審如期進行。」楊戩伸手把監視畫面收回，同時向我說道：「一星期後公審，兩星期後行刑。若果半月之內，你能達成那三個條件，我們便會偷天換日，以替身代子誠受死，反之……」

「沒有反之。」我打斷了楊戩的話，笑道：「十四天內，神器、名單、薩麥爾的記憶，皆會到手。」

「那樣，半月之後見。」楊戩看著我微微一笑。

離開了會議室後，一直在外頭等待的莫夫，立時上前詢問，我並沒有跟他說太多，只是著他盡快收搭行裝，稍後再在伊卡諾斯指定的接送點集合。

莫夫雖滿腹疑惑，但也只好聽從我的吩咐。

我倆分頭而行，各自回到殲魔協會為我們預備我房間。

不過，當我打開門時，只見房中早已有人，卻是林源純。

看到林源純，我微感愕然，同時眼光瞥見房裡有二十多枚銀色雙頭錐子，深陷於四周牆身之上。

我還未開口，四方八面突然傳出輕微的機關運轉聲音，卻是那些銀錐彈開成半，一半繼續插在牆裡，另一半拖住銀絲朝我噴射而至！

林源純顯然早作精確計算，二十多條銀絲剛好在我身體周遭劃過，卻沒有觸及我身，而直接插在牆身或地板裡。

轉眼間，銀絲形成了一張網，完完全全的圍住了我。

我沒有半分動彈，因為那些銀絲顫動時發出的低沉嗚響，足證其鋒。

「看來你等了我很久啊。」我看著滿臉怒容，一身灰色戰鬥裝束的林源純，自若笑道，「但這算是哪門子的慶祝方式啊？」

林源純雙眼似欲噴出火來，瞪著我恨恨的道：「畢永諾，我為甚麼要和你慶祝？」

「你忘了我們之間立下的血契嗎？你用身體留住子誠，而我則全力扳倒撒旦教。」我看著林源純笑道：「眼下撒旦教已潰不成軍，你大仇得報，我倆的血契可說是完成了，難道不是值得慶祝嗎？」

「嘿，你說得對，我很高興。」林源純瞪大雙眼，用力勾起嘴角裝笑，「所以，我要用你的鮮血作賀！」

林源純說罷，渾身魔氣湧現，左眼瞳色倏地變紅！

「兩年不見，想不到連你也成魔。」我微微一笑，「可是，你當初不是對魔鬼恨之入骨嗎？」

「若我不裝上魔瞳，恐怕熬不過這兩年的戰火，今天更不可能站在這裡，取你性命。」林源純冷冷說著，體內魔氣一直提升。

「為甚麼要取我的命？」我皺眉疑惑的道：「我可沒有印象傷害過你。」

「那張血契……你利用我身軀留住子誠……這些難道不算傷害？」林源純說著，忽然渾身一抖，似是想起甚麼不快回憶。

「是有人修改了我的記憶嗎？」我冷笑一聲，「怎麼我並不記得，立血契之時，我有拿刀架住你的脖頸？」

「別再巧言令色了，撒旦！」林源純咬牙切齒的道：「要不是你一直在耍手段，我……我怎會落得如此地步！」

「嘿，當初立契，你情我願，怎麼現在都怪在我頭上呢？」聽到她強詞奪理，我也懶得爭論，只冷冷笑道：「不過，我此刻雖然缺了雙手，但也不見得你有甚麼能耐，可以取我的命。」

「就憑我的魔瞳。」林源純瞪著我沉聲著，雙手分別自護臂中，拔出八枚尖錐，緊扣於十指之間，然後慢慢向我走近。

「『笑笑之瞳』？」你著林源純所散發的魔氣，我頓時認出她此刻左眼該是先前屬於「妒」的魔瞳。那顆魔瞳的異能，就是當持有者笑的時候，任何人也不可以對其產生半點殺意。

「它真正名字是『笑顰之瞳』，不過多解釋也是無用，今天我只會用上其『笑』的功效，」林源純腳步不徐不慢，殺意不斷上昇，臉上卻強顏而笑，「因為我要親手劃破你的喉頭。」

林源純說著，已經走到我面前，鋒利的銀錐，轉眼已抵在我咽喉上。

「我勸你最好不要插下去。」我自若笑道：「不然，你會很痛苦。」

「在『笑顰之瞳』的異能下，你又能作出甚麼？」林源純說著，蒼白的臉一直保持笑容。

「但若果你笑不出來呢？」我頓了頓，笑問：「若果你看到你亡夫被殺的經過，你還可以笑得出來嗎？」

「你在胡說甚麼？」林源純聞言渾身一顫，笑容立時變得僵硬。

「別忘記我親眼目睹你丈夫是如何被人擊殺，而且還利用『追憶之瞳』看過那兇手的記憶。」我看著林源純，淡然笑道：「早在立血契之時，我已在你腦海中植入了林源雄彥被殺時的片段，只要你傷害我，那些畫面便會自動釋放出來。」

聽到我的話，林源純的臉頓時變得煞白，嘴角卻依然勉力勾起，手中銀錐卻不自禁停頓下來。

「哈哈，騙你的，我怎能預知你會得到『笑笑之瞳』呢？」我放聲大笑，看到林源純眼神變得疑惑，卻似乎稍稍放鬆，我便即接著笑道：「不過，就在剛剛，你精神鬆懈的一刹，我已將幻覺，加進你的腦海之中。」

「你這個……魔鬼！」林源純憤然說道，嘴角只能勉強勾起。

「對，我是魔鬼，和你一樣。」我看著林源純，邪笑說道，「還有，別以為這幾條線，就可以困著我。」

說著，我便即催動體內【萬蛇】，讓自身散成無數幼小灰蛇，輕易地穿越銀線網，再在網外迅速重組回原形。

林源純見狀大吃一驚，向後急躍，慎防我會偷襲似的。

「別緊張，你忘了你的魔瞳嗎？」我歪著頭笑道：「只要你保持笑容，我是不可能傷害你的。」

我一邊說著，一邊向林源純走近，但林源純此刻像是驚弓之鳥，我每向前踏一步，她便不自由主的向後退一步。

終於，林源純的背碰上了牆身，再也後退不了。

情勢一下子逆轉過來，本來殺意騰騰的林源純，此刻渾身只剩驚懼。

「你剛才說，你的魔瞳真正名稱是『笑顰之瞳』。以我看來，魔瞳的另一功效『顰』，就是當你憂心忡忡，皺起眉頭時，便會讓人產生殺意吧？」我一邊微笑，一邊繼續向林源純迫近，「不過，現在看來，你還是繼續保持笑容好了。」

林源純勉強笑著，聲音開始顫抖起來：「畢永諾……你到底想怎樣？」

「我只是想你知道，面對著我，要哭要笑，其實你沒有選擇的權力。」我靠在林源純的耳邊，輕聲笑道：「我觀察過你丈夫的記憶，你和他之間的喜樂哀怒，我一清二楚，而這些我都統統以魔瞳烙在你腦海之中。只要我想，就能讓你隨時回憶起來。」

聽到我的話後，林源純一下子像洩氣皮球，無力跪在地上，甚至連魔瞳也關上。

「殺了我。」林源純臉如死灰，雙眼無神，「畢永諾，殺了我。」

「我沒有殺你的原因。」我笑著後退一步，稍微和她保持拒離。

「我也沒有生存的理由。」林源純瞪著地板，語氣呆滯。

「怎麼你和子誠都一個模樣？不過你的生死，我沒興趣。」我半俯身子，看著她說道：「迄今為此，這世上能與我一戰的人雖然不少，但以你資質，這一輩子也難以傷我分毫。」

林源純聞言，全無反應，只是繼續呆跪在地上。

「就這樣吧。」我朝她笑了笑，「要生要死，你自己決定。這次慶祝，就到此為止。」

說罷，我轉身而行，蛇化穿過銀絲網後，便離開了房間，任由林源純自己一人獨留其中。

我沒想過林源純會在這兒埋伏，不過只打一個照面，我便知道她雖然得到魔瞳後，實力提升不少，卻遠遠沒有到一個能威脅我的地步。

當日和林源純立下血契，藉她留下子誠，我早已料到林源純會有反噬的一天；而當殲魔協會攻陷日本時，我便知道她來找我報仇的時候不會太遠，只是這段時間，我一直忙於尋找【弱水】，所以才會沒有打聽她的狀況。

子誠被捕以後，我也曾想起過她，但在出關後和子誠相處期間，我察覺到他甚少提及林源純，似乎林源純對他的影響力，已遠遠沒三年前那麼多。

也許，這是因為子誠的精神力在這幾年間突飛猛進，當初我在他身上施展的「斷腸」，效果已大大減弱。

不過，這並不代表林源純毫無作用。

我雖凌厲地阻止了林源純的伏擊，但剛才說的最後一句說，卻提示了她復仇的希望。

林源純應該明白，以她一人之力，終這一生也沒可能對我復仇成功，但若然她從我話中得到啟發，她應該會立時想到，世上還是有可以傷害到我的人。

林源純最先想到的，應該是殲魔協會，畢竟當初她為了對付撒旦教而加入協會，而她在會內也待了好一段時間。

四名目將的實力和我相約，四將合力的話，更是世上少人能抵擋。不過，林源純該同時也會想到，四人和我關係不差，要使計挑撥兩方對立，實非易事。

第二個她會想到的人物，自然是子誠。

林源純既得知我來了倫敦，還能預先埋伏，自然也該知道子誠被協會囚禁一事。

對於她來說，要讓子誠向我倒戈，縱然不易，卻非不可能之事，畢竟子誠曾侵犯過她，對林源純極至愧疚；只是殲魔協會的囚室固若金湯，林源純要劫獄的話，便需費一大番功夫。

至於最後一個她會聯想到的可能性，則是太陽神教。

太陽神教對協會發動的自殺式襲擊，早已驚動了協會上下，而寧錄兩次強攻青木原樹森，林源純亦不會不知。作為協會中較高級的戰鬥人員，林源純該已知悉太陽神教正在發展勢力，而那些殲魔戰士的自爆，亦明確指出太陽神教同時向協會中人下手。

因此，若她投誠太陽神教，便會有一個強援去對付我。

我剛才所作種種，就是希望引導林源純去後兩者。

若然她決定找上子誠，至少能令子誠重搭生機，不致尋死；而若她投靠太陽神教的話，則可以成為我在太陽神教的線眼。

當然，前提是她、或者太陽神教的人，沒察覺到我以【萬蛇】藏在她耳蝸中的竊聽器。

此番出行，伊卡諾斯為我準備了不少工具，而納米竊聽器則是其中之一。

剛才進房以後不久，我便盤算該如何利用林源純，而當我想到利用她反竊太陽神教的情報時，我便暗中運用【萬蛇】，在行囊中取出竊聽器，再故意貼著她耳邊說話，將竊聽器暗暗裝上。

這納米竊聽器體積極小，一般時候只會錄音，每七天才會發射訊號一次，內容經過伊卡諾斯特別加密，頻道亦是特殊處理，所以不會輕易被人發現。

離開房間後，我逕自到了地面，不久莫夫亦收拾妥當，和我一起出發去烈日島。

林源純並沒花太多時間，作出選擇。

不過，她的選擇，卻不是先前提及的三個可能性。

在飛往埃及途中，楊戩傳來訊息，說林源純在我房間內，以銀絲割下自己的頭顱。

我並不意外，因為我心中早就預算過這第四可能，只是我並不希望它會發生。

這證明了，林源純對我的恨，遠不及她對亡夫的愛。

「別把消息告訴子誠。」我對著通訊器中的楊戩說道：「我怕他承受不了。」

「可以。」楊戩點點頭，又問：「要燒掉屍首嗎？」

「好。」我毫不猶豫地應道。林源純的眼珠若然留下，也是後患無窮。

「那麼，祝你一切順利。」楊戩在屏幕中，捧住【弱水】，「因為子誠和你，世界各地開始出現更多質疑協會的聲音。我不可能把事情拖得太久。」

「三件事物，無一缺漏。」我語氣堅定的說罷，便把通訊器關掉。

飛機之外，目及無雲，極遠之處正是太陽西下。

雖只是夕陽，依舊金光萬道，鋪天蓋海，其光芒刺眼得令人難以直線。

忽然之間，我有一種錯覺，彷彿那些光線，是故意向我射來。

「嘿，難不成我要對付的，真是太陽神？」我以手掩擋陽光，心中冷笑，「這個太陽，有點教人討厭了。」

第九十七章
——
烈日當空

第九十七章　烈日當空

我沒有關於我父母的記憶。一點也沒有。

自我有意識以來，我已經在開羅的街頭上行乞。

那時候，我以為飢餓、寒冷、疼痛是正常。因為一直到後來遇上主人之前，我沒一天試過溫飽。

我不知道我怎麼會進入了那行乞集團。也許是因為父母沒錢將我賣掉，或者是我被行乞集團擄走了。

總而言之，我最初始的記憶，應該是我大概三四歲時，陪伴一些年老的乞丐討食討錢。

那時我每天只有一餐，每一餐只有一塊餅；餅的大小則視乎那天乞討或偷竊的成果而決定。

而不論甚麼天氣，也只有一件薄薄的衣服。那件衣服，其實對那時瘦骨嶙峋的我來說有點大。

聽說，那衣服的上一個主人，是一名雙腳斷掉的，因為想偷走，而被集團活生生打死。

所以，那時候我們都學會了，一定要聽集團的指示行事。

行乞集團其實是由當地一個勢力極大的黑幫所成立，但真正管理的人，卻非黑幫本身。

集團本身主要在開羅活動，該黑幫又將開羅劃分成不同區域，每個區域再由不同的隊目去看管。

那些隊目，其實只是一些年質較深、但十分順從集團的乞丐。

隊目們得到的物質和待遇，雖沒常人好，但卻已比他們當乞丐時要好太多，因此，這些隊目認為黑幫對他們恩重如山，極其落力地去替他們管理集團，監督我們一言一行。

對隊目們來說，上級的命令是不容置疑。我們稍有不滿或疑惑，皆會被嚴懲，而相比起沒有收獲，或是逃跑失敗，質疑集團的懲罰可是嚴重得多。

輕則傷，重則亡。

人命，始終不是太過珍貴。

不過，我們在街頭行乞的，畢竟常常接觸到其他的人與事，而好奇心，是人與心俱來的本質。集團裡越年輕的乞丐，越容易產生質疑，而每次他們有疑問，那些隊目便會抓起他們，然後在一眾乞丐面前，公開執行「石刑」。

集團的石刑，每次都會在一間廢屋中舉行，而執行刑罰者，卻是除了被罰者以外的每一個人。

那廢屋有一片大空地，每次行刑前，隊目都會搬來許多石頭，大大小小、或尖或圓的，在空地中堆成一個大圓陣。

他們會綁起受罰者，將其鎖在圓的正中，而集團其他人則沿著石陣而立。

那些隊目會放聲宣讀受罰者的「罪行」，譬如是質疑集團的決定等等，然後便會開始擲石。

隊目們會先擲首一輪，他們因為在集團待得久了，挑的石頭不會太尖銳，也不會太圓滑，而擲石更是技巧十足，每一擊都可以擲得受罰者頭破血流，卻又不中要害。

首輪擲過，隊目便會要求其他乞丐輪流行刑。那個時候，任何人也沒有退卻的權利，因為你拒絕的話，隊目便會把你也推到圓中，一起接受石刑。

隨便擲也不行，若然擊不中或力度太小，隊目便會要求你重新投擲，直到他們滿意為止。如此數百人輪流投擲，刑罰才算完結。

運氣好的話，受刑者還可保住一命，但我在集團待了那些年頭，超過一半受刑者都會被活生生擲石而死，即便留下來的，也只能成為殘廢。

我參與過這石刑不下百次，而每一次把手中的石頭拋出去，我的心跳彷彿停了下來，渾身被一陣恐懼所襲。

我後來明白到，我是害怕我擲出的石頭，會成為了結受刑者生命的那一顆。

設立這石刑的人，也是想將這種恐懼心態，植根在我們每一名乞丐心中。

集體施刑，除了能作殺一儆百的效果，還逼使我們全部人成為施刑者，因為每次有人死於刑罰，最後下手的人必不是那些在首輪投擲的隊目。

若有人追究起來，石陣裡的人，皆是兇手。

久而久之，有些乞丐便會漸漸盲目、漸漸習慣這種刑罰，彷彿擲石成了例行公事，違規被擲死成了理所當然的事。

參與石刑的次數多了，這些乞丐開始懂得如何挑選石頭，懂得如何控制出手輕重；他們也漸漸明白到只要遵從集團的每一條規例，奉行集團的每一個決定，便能在集團中繼續存活。

這些習慣了的乞丐，便會開始對集團產生歸屬感，視所有質疑者為敵，每次聽到有其他乞丐對集團有所不敬，便會馬上將其供出。

而這些乞丐，也是活得最長久的一批，不少後來也成了集團裡的頭目。

當然，並不是每一個人也會習慣這種酷刑。

我是其中一人，我那時一個朋友拉麻也是。

拉麻比我年紀稍大，在集團的日子比我久。

和他認識，源於某個冬天夜裡，我因連續幾天討的錢太少了，集團不給東西和衣服我吃，飢寒交迫，我得了重感冒，那個夜裡渾身燙若火燒。

集團裡的乞丐，早習慣了這種狀況，但無一人會出手幫助，一是因為他們連自己也照顧不了，二是集團的規定，任何討回來的東西必須上繳，而集團分配的物質亦不能轉讓他人。

可是拉麻沒有理會這個規矩。

那夜，當我獨自瑟縮街角，餓得渾身連顫抖的力也沒有時，是他把衣服脫下來給我披著，把他當天獲分配的餅子給我吃。

其時我病得迷迷糊糊，也不知道是誰在給我送暖贈吃，只是本能地拼命把東西還嘴裡送，將衣服牢牢抓住。

但翌日當我醒來時，我便知道是誰救了我。

因為，拉麻被人告密，抓了去接受「石刑」。

那天適逢時每月行刑的日子，隊目按照慣例，將犯人們圍在石陣之中，逐一宣讀「罪狀」後，便開始行刑。

拉麻，自然是其中一人。

當我見到他時，他的人已在石陣中心，滿頭污血，顯然在被捕前曾經反抗。縱使受傷了，但拉麻一雙怒目，不斷瞪著石陣外圈的所有人。不論是那些隊目，還是其他乞丐。不過，當他的目光掃到人群中的我時，那雙眼神，一下子變得溫暖無比。

我從別的乞丐口中得知是他救了我，心裡百般滋味，和他對望良久，我卻始終沒有勇氣去救他，反而越退越後。

他似是明白我的舉動，眼神沒有絲毫怪責之意，反而微微點頭。

那天天氣很冷，大家都很想快點結束，所以大部分人都沒有猶豫，投擲的速度快得很，過不多時，幾乎所有人都已向犯人擲過石頭。

我退在最後，本想蒙混過去，但那些隊目顯然早已料到，在刑罰差不多完成時，故意抓住我，將我推到拉麻面前。

而且，還給了我一顆尖若小刀的石頭。

「殺了他。」其中一名隊目冷冷的道。

我捧著石子，只覺它沉重無比，看著奄奄一息的拉麻，我一時間不知所措。

「殺了他。」隊目再次重複，「不然今天要多加一名犯人。」

石陣外圍其他乞丐聞言，紛紛不耐煩的叫囂：「動手吧小子！」、「媽的，別拖拖拉拉，礙著我們休息！」、「你不動手他還不是要死？動了手你還可保住一命啊！」

他們不斷叫喊，我的手便一直在抖，淚水在眼眶在不住凝聚。

「動手吧……」

拉麻看著我，勉強吐出這一句話。

他一生，最後一句話。

接著，我手中的尖石便往他喉頭送去。

只是，那一刺，卻是旁邊的隊目抓住我手所推出。

「現在的年青人真是不聽話。」那隊目瞪著我冷冷的道。

熱騰騰的鮮血，由拉麻的咽喉傷口如泉般湧射，噴得我整臉也是紅。

我呆呆地看著不住抽搐的他，只懂張大了口，即便鮮血往口中濺，也只毫無反應，看著眼前，算是我在集團中唯一的、亦只僅僅認識了半天的朋友。

不過，儀式還未完結。

那隊目顯然對我的舉動很不滿意，他忽然取過我的尖石，然後跟我說道：「張開口。」

那時我還因拉麻的死而震驚萬分，只懂隨他吩咐張開了口。

就在此時，那隊目突然一手抓住我的舌頭，用力拉了出來，然後用尖石粗暴地割斷！

我雙手慌亂地掩住了口，想要把血留在口中，但鮮血還是不斷從指間滲出。

我跪在地，痛得只能發出「嗚嗚」聲，下手的隊目「嘖」的一聲，忽然一腳把我踹翻，冷冷的道：「垃圾。」

其他人見狀，也嚇得呆了，但又迅速回復平靜。

我口中的血，越湧越多，身體開始冰冷起來，這時，隊目們宣佈儀式完結，好幾個受刑者保住性命，得以離開，剩下的屍體，則被統統帶到郊外垃圾堆中棄置。

我也是被棄的其中一個。不過，那幾名負責運送屍體的乞丐，看到我一直還存有一口氣，便在拋下我在垃圾堆中後，慎重的道：「你記住，若然你沒有死去，記得回來集團報到。我們七天之後會回來，如果看不到你的屍首，而你又沒有回去，你知道……下場會有多嚴重吧？」

那時的我，已經氣若游絲，而且還沒了舌頭，自然不懂回應。

那幾名乞丐重複了這幾句話幾遍後，便逕自離開。

最終，月降日昇，我終究沒有在那一天死去。

不過，那不代表我生命力頑強，我只是運氣太好。

因為在那一夜，我遇上了我的主人，程若辰。

主人那一天剛好從烈日島到開羅去收集情報，然後在城中感覺到廢屋中傳來異樣的負能量。

他在一旁窺探，目睹了整個行刑過程，憑著魔鬼的過人耳力，很快便弄清楚我和拉麻是甚麼一回事。

他一直暗中觀察，及後又跟隨那幾個乞丐來到郊外，看我被棄於屍堆之中，幾要氣絕之際，主人最終決定出手相救。

主人將一顆魔瞳塞在我身上，那顆魔瞳，自然是「留痕之瞳」。

然後經過數天沉睡，我終於甦醒過來，身上傷口亦完全復原。

經過主人多番解釋，我終於明白自己被他所救，撿回一命。

不過，那時我舌頭雖長回來，卻始終不敢和主人說一句話。

不說話，只因我仍然驚恐於拉麻的死、畏懼於集團的勢力，生怕說了一句，也會讓主人或自己受罰。

另外一個原因，是因為覺得內疚。

沒有拉麻，我本來便活不到那場石刑，可是面對拉麻被亂石擲死，我始終沉默，還不斷後退。

雖然作聲未必可以改變甚麼，但我選擇了沉默，最終活了下來，這讓我感到悔疚無比。

所以，我選擇了不響一聲，因為我覺得自己已失去發聲的資格。

主人並沒因此怪責，反留我在身邊，帶我回烈日島，讓我吃得飽，穿得足。

從那時起，我才真正知道甚麼是「溫暖」，甚麼是「飽滿」。

當然，那只是一開始的事。

在我逐漸了解、適應所謂「正常生活」之後，主人很快便讓我開始接受屬於魔鬼的訓練，亦和我講解更多關於魔界的事。

訓練雖艱辛無比，可是相比起當日在開羅街頭行乞、在集團監管下苟活，我倒覺得訓練來得輕鬆得多。

如此訓練三年，我始終沒吐過隻言片語。

主人也沒催逼我，慢慢更和我形成了「他發問，我點頭」的溝通方式。

主人後來跟我解釋過，當天之所以會救我一命，是因為看到我，令他想起兒子。

他說，他為保妻兒安全，不得不遠離他倆，多年不見，無一天不想念兒子和妻子。

主人見我年紀和他兒子相約，便心生憐惜，將我自屍堆血泊中救回來。

「另一個原因，則是我在你身上嗅到常人應有的情感。」主人解釋道：「那天刑場裡，拉麻被殺的一剎，你身上發出了無比強烈的疚意，反觀場內其他人，絕大多都冰冷如霜，即便有情緒波動，都是輕微。」

我聞言似懂非懂，只得呆呆點頭。

在這三年間，我主要留在烈日島中生活。偶爾主人會帶著我回到內陸，不過每一次的目的地，皆不是開羅。

一直到某一天早上，主人把我召到火鳥殿，說我已經準備好，可以回去開羅。

他沒有再多說甚麼，但那時我已非當日無知稚童，主人讓我回去開羅，自然是讓我去算清和集團的帳。

當了三年魔鬼，我自知實力比常人要高，雖然還只不過是名十四、五歲的少年，可是要板起整個集團，亦非難事。

這三年來，我一直默不作聲，但在集團的苦況、拉麻的死狀，不停在我腦中浮現；每夜入睡，我都會夢到在街角快要冷死、在屍堆中失血至幾乎氣絕的情況。

我知道，唯一斷絕這些惡夢的方法，就是回去開羅，算清血帳。

憑著當初的記憶，我很快便溜進了集團又一次行刑的地方。

不過，在刑場上，當初的隊目，我一個也見不著。

石頭還是那樣多，刑罰依舊殘酷，執行時大多乞丐仍然冷漠如霜。

但偏偏，當初的隊目們都轉了人。

我大惑不解，輾轉調查下，才得知原來那些隊目或因恃勢凌人，或互相批鬥，在這三年間陸續，被敵對者向集團告發，統統受那石刑而死。

這些隊目當中，有些真的對集團出言不善，不過更多卻只是被人誣告陷害。

在集團裡，證據實在不太重要。因此最後結果，就是隊目的人選，不斷轉換。

當我得知真相以後，我知道拉麻的仇，總算是報了，但心裡始終有一陣惘然，揮之不去。

我茫然若失，漫無目的地亂走，走著走著，一陣惡臭突然湧著我的鼻裡，刺激得我回過神來。

我環視四周，原來不知不覺，我竟走到了郊外那個垃圾堆前。

那亂堆仍舊是垃圾如山，陣陣惡臭，好一些腐爛的肢體顯露在外，顯然有些屍首被埋葬在垃圾堆中。

看到眼前情景，我忽地想起拉麻。

忽地想起，他的屍體其實仍在我眼前這垃圾堆中。

想念及此，我突然發瘋似的向垃圾堆衝去，徒用雙手，不斷往內挖掘！

我一邊挖，心裡自責不已：我怎麼可能……怎麼可能讓他的屍首，就此埋葬於垃圾之中！

我不斷挖，不斷挖。眼睛同時開始滲出淚來。

垃圾堆的面積少說也有數千平方米，加上我離開了整整三年，雖不算一段長時間，但對於一個城市來說，已足以製造數量驚人的垃圾，而集團亦在這段日子，拋下了無數屍體。

不過，這統統都不成障礙。

我忘了在那兒挖了多久，但至少過了幾個日出，我最後終於自垃圾堆深處，找回拉麻的屍首。

那時候的他，身上皮肉內臟，所餘無幾。我小心翼翼地將之抱起，縱使眼前只剩一副森森白骨，我心頭卻感到一陣溫暖。

溫暖得，讓我忍不住放聲痛哭。

那是三年以來，我頭一次發出聲音。

我之所以認出屍首是他，只因當日主人救我的時候，把我身上衣物一併帶回烈日島。

那件衣服，正正是拉麻為了讓我保暖而被判刑的那一件。

後來，我得到魔瞳，嗅覺變得靈敏，拉麻的氣味，就此烙在我腦海之中。

找回拉麻的屍體以後，我心頭像是放下心頭大石。

自那天起，我終於開始重新說話。

我將拉麻的屍骸帶回烈日島安葬，之後我曾回到開羅打聽，到底他當日為甚麼會甘於冒生命之危去救我。

是純粹出於同情心？還是像主人那般，因為我讓他憶起親人？

可惜，我多番查問之下，集團裡始終沒一人能解答我的問題。

因為他們連拉麻這一號人物，也全沒印象。

死於石刑的人，實在多不勝數，集團裡的乞丐，又怎記得盡那些臉孔？

也許每次行刑，他們都會暗暗感到不安，但每一次的沉默，使他們變得越來越麻木。

也許同樣的畫面，重複了太多次，也許是他們不敢承認自己的懦弱。

久而久之，他們便變得善忘，選擇忘記。

那麼，我也會變成這樣嗎？

離開倫敦以後，主人並沒有和我一同前往開羅，因為楊戩定的日期實在太短，他決定與我分頭行事。

我去烈日島取那人員名單，而主人則去尋找神器以交換楊戩手上的【弱水】。

往烈日島必需途經開羅，我因為這段往事，暗暗打探一下集團的情況，但甫進城，便發現街頭上一片頹垣敗瓦，放目卻盡是討食的乞丐。

雖然幕後換了別的黑幫，但兩年的戰爭，原來摧毀了許多人的家園、奪去許多人的性命，卻並沒有讓集團消失，反而越見壯大。

看著街頭上無數幼童，身上滿佈不知是因戰火而成，還是集團故意弄出的傷口，聽著他們發出痛苦的嚎哭聲。

我曾有一刻想過，把整個黑幫和集團連根拔起，去拯救他們。

但想了幾遍，我最終也沒行動。

「今天的陽光很猛。」

開羅的碼頭上，一名船伕忽然抬頭，對著烏雲滿佈的天空說道。

那船伕年紀老邁，身材瘦削，外表平平無奇，但衣領內側暗繡了一團火球圖騰，正是太陽神教的領航員。

為了保護太陽神教，烈日島的位置以及前往路線，向來是教中極高秘密，只有教主、一眾長老才會得悉，一般教眾若要出入烈日島，必需由指定領航員帶領，而所有領航員皆是由退休長老所擔任。

由於先主人的關係，我早已知悉前往烈日島的路線，向來自由出入，只是我估計此刻烈日島，應有人在各出入口駐守，為免打草驚蛇，所以我決定暗中潛入。

領航員每七分鐘，便向天輕聲說那句話一次。偶爾說畢，會有人走過去跟他搭話，說道：「沒有太陽，沒有生命。烈日當空，方是自然。」那船伕聞言，便會讓那人上他所在的白色貨輪。

這一番對答，是太陽神教的暗號，答話的人，自然是回島的太陽神教教徒。

我藏在碼頭暗處，一直觀察著領航員。

今天他在指定時間裡說著暗號，期間共有二十多人應話。

說了第七次後，領航員眼見無人應話，便轉頭上船。

沒多久，輪船便徐徐開走。

我在暗處多停留一陣子，確定輪船上沒人注意岸上情況，便迅速跳進海裡，然後潛到輪船底部，緊抓住輪船而去！

輪船的速度頗快，水流不斷往我身上湧來，力道大得像要把我推走一般，但我雙手十指成箕，牢牢抓住船底，不致脫離。

往烈日島的時間差不多有三個小時，雖然作為魔鬼，我的心肺功能極佳，不過頂多也只能閉氣一小時。

所以為了讓自己整個航程也留在水底下，出發前我曾開著「留痕之瞳」，吻了一個街頭上的乞丐額頭三秒鐘。

一秒，一個呼吸。

三個呼吸以後，輪船終於緩緩停下。

我，又回到了烈日島。

時值傍晚，我在船底一直待到天完全黑，這才浮上水面。

我凝神一看，只見岸邊碼頭佈防著比以往要多的守衛，雖已入夜，但那些教眾仍手持槍械，不住往水面看，又設了數盞強光射燈，不斷朝水面照射，防守嚴密得很。

「情況果然有些古怪。」我見狀悄悄下潛，雙手輕撥著水，游離碼頭，來到烈日島北邊的懸崖。

這懸崖連接烈日島北邊的樹林，當中守衛較少。我爬著尖削的岩壁而上，避過駐守崖邊的守衛視線，沒花多少工夫便進入了森林之中。

「摩耶斯當了暫代教主，按理應該住在聖山上的火鳥殿，而教徒名單如此重要之物，也必在殿中。」我心中暗忖。

我摸黑在森林中悄悄而行，如此潛走了一會兒，地勢開始峻斜，我便知道已開始爬上了聖山。

上山以後，樹木數量銳減，遮掩少了，我的腳步不得不放緩下來。

一路上雖偶爾會遇到巡邏守衛，幸好這夜烏雲厚重，視野難展，我放輕腳步潛行，始終沒被人發現。

如此走了一會兒，我計算應該到了山腰位置，便開始繞著聖山再走一段路程。

沒多久，前頭燈光通明，我伏下身子，貼地前行，前方平地，有一座巨型宮殿，成大鳥展翅狀，正是火鳥殿。

烈日島上的居民向來早睡，加上這兩年又有大量教徒離島生活，此刻在廣場和宮殿周遭人煙稀少；加上摩耶斯把兵力都集中在島的周邊，來到聖山上，守備倒和平常沒有兩樣。

雖然守衛數量依舊不少，可是我自幼便在聖山自由出入，對火鳥殿的明棧暗道熟悉無比，掩目能行，輕易便已避過守衛視線，走到了火鳥殿前。

火鳥殿的正式入口在其腹部，我第一次帶主人進來，也是自這入口而進；至於摩耶斯的寢室位於火鳥頭部，若自腹部入口上去，唯一通道乃是一條五層高的迴旋梯。

梯的兩端、寢室大門，皆有重兵駐守。

所以，我最終決定徒手自宮殿外牆，爬上鳥首。

因為，鳥首寢室的頂部天花，其實還有一道鮮為人知的暗門。

這道暗門，僅能容一人出入，本是歷代太陽神教教主口耳相傳之秘，但其實流傳了好幾代後，已然失傳，因為太陽神教避世千年，島上鮮少爭鬥，這道暗門一直未沒有開過，因而漸漸被先代教主所遺忘。

後來先主入主太陽神教，把教中上下秘密一一仔細翻查，才尋回這道暗門。

先主推測，「鳥首」之所以會建這一道暗門，除了是替房間留一條後備通道，以防有人自迴旋梯攻上時有路可退，另一原因，就是太陽神教創教教主，真如典籍記載一般，能飛騰於空，所以此暗門實乃他間常出入通道。

那時候，我對先主的猜測只半信半疑，但直到在青木原遇上寧錄之後，我便知道他的推斷，絲毫不錯。

火鳥殿足有十多層樓高，不過我沒花多少勁，便已爬到鳥室之上。

我沒有立時打開暗門，而是伏在門上，提高耳力去探聽房中情況。

然後，我聽到房中傳來一陣陣低沉的呻吟聲。

「摩耶斯搞甚麼東西？」我聞聲忍不住皺起眉頭。

我取出剛才在林中拾起的一片扁長落葉，然後按壓在左眼上，烙下「目力」，再將其輕輕插進暗門隙縫裡。

待半片葉子穿過隙縫後，我便睜開葉上的「眼睛」，窺探室內情況。

只見寢室之中，有一對渾身赤裸的男女，正在地上激烈交合，呻吟浪叫聲不斷。

我認不出女的，只認得出男的，但那人卻不是摩耶斯，而是他的兒子。

至於摩耶斯，此刻則埋首在二人身旁的書桌上。

「嗄……嗄……」

摩耶斯的兒子格楊使勁地擺動身子，動作粗暴，毫不憐惜他壓住的女子，不過那女子狀似享受，叫聲歡愉，十指在格楊的背上抓出一道又一道幼細血痕。

我稍稍挪動葉子角度，只見那女子容貌艷麗非凡，一身烏黑長髮，如墨水瀉地，渾身肌膚冷白如雪，但雙唇倒是朱艷勝血。

烈日島上不泛美麗女子，可是她們全都崇尚太陽，長期在烈日下活動，皆曬得一身古銅色的皮膚。眼下這女子肌膚雪白得無半點血色，似是長期不見日光所致，顯然非烈日島的原居民。

太陽神教教徒一般只會與島上其他居民結婚。偶爾有些經年在外的教徒想與外地人一起，就先得需要得到長老團的認可，而且還需立誓入教才行。

我記得格楊本有一名原居民妻子，而且太陽神教的教條向來奉行一夫一妻制，除非配偶病喪，否則終生不得分離。

「摩耶斯和格楊向來表現虔誠，難不成格楊的妻子因意外不在了？」我透過葉上「眼睛」看著室內情況，心下同時疑惑，「不過摩耶斯怎麼會任由兒子在這房中幹這回事呢？這房間向來是教中聖潔之地，除了教主之外，一般不容他人進入。」

地上二人忘我交歡，越叫越是激動，可是摩耶斯始終沒理會二人，全神貫注在桌上的事物。我凝神一看，只見他桌上，有一座形狀奇特的機器。那機器由一條金屬柱和一顆半球體機器組合而成。

金屬柱若有人臂粗，表面密麻麻的挖滿一個又一個指頭粗坑洞。那些小坑洞一半是空，另一半則被某些閃著黃光的東西充塞著；至於金屬柱的末端連接著的半球體，其圓形表面則是一個屏幕，顯示著一些數據與文字。

摩耶斯拿著紙筆，口中喃喃不休，低頭不停抄寫著屏幕上的字。

我凝聚葉上視力，只見他手寫著不同東西，有人名，有地點，有時間。有些像是紀錄，又一些唸起來像是命令。

我邊看邊咀嚼那些東西時，一團小東西忽然自窗外飄進室內。那東西渾身閃爍著黃光，卻是一頭螢火蟲。

那頭螢火蟲一飄進寢室，摩耶斯立即停下手中的筆，神情恭敬的看著螢火蟲。

螢火蟲不徐不疾地飄向那座機器，最終依附在金屬柱其中一個空坑裡。

螢火蟲整個身子塞進小坑以後，身上發出的黃光頻率頓時改變。那閃爍的節奏，時快時慢，看起來像是某種特殊暗號。

此時，那半球體屏幕又顯示了新一輪資料，摩耶斯見狀，表情又再次嚴肅起來，繼續俯首抄寫。

「我明白了，這就是他們和外界的秘密通訊方法！」看到這一幕，我心下一亮，「這些螢火蟲該像是伊卡洛斯那些小玩意般，外表平常，內裡卻是機械構造，而它們尾部閃爍的光，其實是暗碼，而摩耶斯桌上的機器，則是解碼器！」

我曾經學習過各式各樣的加密碼，但無一種和這些螢火蟲尾部相符，而且我再次凝視下，發覺那些黃光其實每一秒間的閃爍速度極快，即便我以魔氣聚集於葉上的眼睛，我也難以跟得上其閃動頻率。

「難怪殲魔協會完全找不到那些叛變者和太陽神教的聯絡之法，原來他們用上了如此奇特的傳訊方式。」我心中暗忖。

摩耶斯抄著抄著，過不多時便抄好了滿滿的一張紙，接著，只見他出右掌，五指按在桌上一個小鐵盒的表面，那小鐵盒掃瞄了他五指一下，便「啵」的一聲打開。

摩耶斯小心翼翼把紙張捲好，然後便將之放在本已載有不少紙卷的鐵盒之中。

「這盒中所放紙卷，應該就是摩耶斯和那幕後黑手的通訊紀錄，楊戩想得到的教徒名單，應該就在其中。」我以葉上「目力」，瞪著鐵盒子，「這盒需要摩耶斯的掌紋來打開，但除此之外，也許還有別的機關，我得趁他還未關上鐵盒之前動手。」

正當我在盤算該強攻還是暗奪之際，格楊的呻吟聲突然變得粗重，越喊越響，像是要把渾身力量都發洩出來一般。

但見他猛烈搖晃身子，沒搖得多久，略為瘦削的身軀忽地一陣顫抖，接著便無力軟伏在那雪白女子身上。

那女子看著氣喘不已的格楊，眼神滿是鄙視，如雪的臉卻依舊掛著笑容：「嘻，真沒用！」說著，一把將格楊推開。

格楊雖然身材不甚健碩，但好歹也是名壯年男子，那女子不過隨手一撥，卻竟然輕易將格楊整個人，推開一米有餘，而且著地平穩，沒怎作聲！

「有古怪！」看到此幕，我立時警戒起來，屏息以待，不敢輕舉妄動。

聽到女子語氣有異，本來還在收拾紙卷的摩耶斯見狀，馬上放下手上的東西，急忙地走近，視線一直瞪著地板，恭恭敬敬地說道：「聖姑，是否我兒服侍不全？我兒若有得罪，請多多包涵！」

「嘻，他的表現實在太不濟了，不過算了吧，看在他今天為我抓了幾名小孩來玩玩，就放他一馬吧。」女子說著，一邊從地上站起來，一邊伸手取過長椅上的黑色大衣，披在身上。

摩耶斯聞言頓時鬆一口氣，一邊取大衣，披在格楊身上，同時連連點頭道謝：「聖姑大量！」

「夠了，夠了！」女子揮揮手，打斷了摩耶斯的讚嘆，只問道：「那邊又有新消息嗎？」

「是的，連同剛剛那頭，今天總共有十一頭『螢使』來了。」摩耶斯語氣依舊恭敬，「根據『螢使』的資料，這個月我們有多了十萬左右的信徒。」

「不！我不想聽這些！」那女子雙手掩耳，嬌嗔道：「除了這些悶人的數字，蟲子沒有其他訊息了嗎？」

「有的，有的！」摩耶斯連忙說道：「『螢使』還提到一個名字，說是『聖日重燃』的關鍵人物，那人就是……」

「等等！」

女子忽然伸出玉白的食指，按住了摩耶斯的嘴唇，「我們有一位客人呢！」

女子說著，一頭原本在金屬柱上的機械螢火蟲，倏地脫洞而出，極速飛向我所在的暗門底下，然後自爆！

機械螢火蟲體積雖小，但爆炸起來威力卻不簡單，竟就此把暗門炸開！

變故陡生，我腳下一空，只能往室中下墜，半空無力可借，為免被人偷襲，我以攻代守，瞬間擲出三柄飛刀，分向三人射去。

三柄飛刀眼看面要插進三人臉龐時，卻聽得女子嬌笑一聲後，突然化作一團黑影，極速在三人間走了一圈。

當她婀娜的身子再次站定時，纖纖玉手，已挾著三柄沒有沾血的刀。

「有趣有趣！」女子看了看手中飛刀，又朝我笑道：「小朋友，你是誰？怎麼在偷聽我們的話呢？」

我沒有回答她的話，只是雙手自雙臂刀甲中，各取一柄飛刀戒備。

我此刻雙手穿戴著的護甲，乃是由過數十柄人掌大小的飛刀組合而成。

這百柄飛刀是殲魔協會研製，物料和四位目將所穿戰甲相同，堅韌難摧卻甚是輕巧。

當然，輕巧是以魔鬼的角度而言。

這些飛刀刀身暗藏特製磁石，使刀片能組合成護甲，使我雙臂具有一定抵抗能力，同時不礙活動；在攻擊的時候，則需以微量魔氣貫注其中，使磁石短暫失效，讓飛刀脫落。

兩年前開始與撒旦教的戰鬥，起先我還以為自己擁有「留痕之瞳」已然足夠，但當我遇上一些魔鬼高手，或人數較多的殺神小隊，便頓時發現自己的攻擊力並不足夠。

為此我潛心鑽研，加上鄭子誠等人的指導，最終便研發了這雙「飛刀臂甲」。

「嘻，很強的殺意呢，可是那是屬於自衛式的殺氣。」女子單手把玩著飛刀，饒有趣味的看著我，笑道：「你不是來殺我，也不是殺他們倆。那麼小朋友，你的目標是甚麼呢？」

我雙刀交錯胸前，依舊沒有回話，只是全神戒備。

眼前女子沒有流露半點魔氣或殺意，但光是她剛才連接三刀，足證其實力之強。

「小朋友不可以這麼沒禮貌啊……還是說你是個啞巴呢？」女子拋玩著飛刀，眼神滿是謔戲之意的看著我，「嗯……還是讓姐姐試一試吧！」

她的話才剛說畢，本被拋到半空中的三柄飛刀突然憑空消失。

然後瞬間在我前方不遠處出現！

「嗞！嗞！嗞！」

三道刺耳的破風之聲同時響起，三柄飛刀以極速，分左中右三路朝我飛至。

我身後已是鐵牆，無路可退，只得搶踏一步，以手中飛刀把左右兩柄擋開，接著瞬即矮身前滑，一口將中路那柄本射向我咽喉的飛刀咬住。

中路那柄飛刀所含勁力實在太過強勁，我不得不在千鈞一發間打開魔瞳，集氣於齒，才能勉強將之咬穩，免被破喉！

「原來是頭魔鬼呢，這樣的話，那麼你就不是啞巴了！有趣、有趣！」看到我打開魔瞳，女子一雙妙目頓時亮了，神情變得甚是興奮，「嘻，既是如此，不如就陪姐姐玩一玩吧！」

說罷，女子身形一閃，便要去取其中一柄插在牆上的飛刀。

雖然不知這女子來歷，可是她定必與寧錄脫不了關係，因此看到她背對著我時，我心知機不可失，兩柄飛刀頓時脫手而出，朝她背後要害飛去！

「嘻，看來你也想玩呢！那我們就玩一個……鬥快刺中對方的遊戲吧！」

飛刀飛至半途，女子突然嘻笑一聲，接著只見她身上黑袍突地在半空張開，阻擋了她的身影。

「噗！」布破聲起，兩柄飛刀在黑袍上貫穿兩個洞孔，但藉著洞孔看去，我卻完全看不到女子的身影。

至於本插在牆上的飛刀，同樣不翼而飛！

「嘻，別擔心，我還在啊！」

正當我疑惑她怎可以憑空消失之際，女子的聲音突然在我腦中出現，竟是用上了「傳音入密」！

與此同時，黑袍突然從中斷裂，一分作二，然後各自像被一股怪風推動，以不尋常的速度向我飄襲而至！

看到此狀，我心下頓時明白，她只是捲縮起來，躲過我的視線，此刻定是在其中一塊黑布之後！

我立時催動魔氣，提高感官敏銳度，卻依然找不到女子隱身在哪一塊黑布之後。

「怎會來了如此厲害的高手？竟能完全藏起自身氣息！」我心中驚愕之際，兩塊黑布已然以高速飄近！

黑布飄飛的速度越來越快，轉眼已飛至我身前不遠。我一雙飛刀才剛脫手，雙掌空物一無，若要伸手自護甲上取刀再擲的話，一是時間來不及，二是女子絕有可能乘機偷襲。

幸好，我嘴裡此刻還咬住一柄飛刀。

我急提魔氣，發勁一吐，飛刀頓時朝左邊的黑布激射而去！

就在飛刀快要刺中黑布時，女子調皮的笑聲再次在我腦中響起：「嘻，竟給你猜中了！」

一語未休，飛刀同時刺中黑布，但刀的去勢俐落，顯然沒有刺中女子。

由於我在吐刀時故意用上旋勁，因此飛刀便把黑布將之捲起拖走，露出了女子赤裸雪白的身軀。

「這一刀射偏了一點哦！」黑布被捲，女子臉上沒有絲毫怒意，反滿是興奮之色，「但我，可不會射偏的！」

我只見面前銀光一閃，卻是女子向我擲出先前自牆上取下的飛刀！

飛刀挾著急勁，直取我胸前要害，由於距離實在太近，我沒有多想，立即交錯雙手，將飛刀挾住。女子手勁甚是驚人，我雖以雙臂挾刀，手臂仍是震得一陣麻痺，飛刀被我挾住後更是繼續推進了好幾分。

一擊剛過，女子沒有讓我有喘息的意思，只見她輕笑一聲，同時玉手如電吐出，一把抓住剛掠過她身旁的黑布，反手一甩，將布束拖連著的飛刀，反向我擲回來！

這一刀的勁力顯然比適才一刀要大得多，我只見銀光一閃，眉心之間一陣寒意，飛刀已現飛到我的眼前！

我雙手正挾住剛才女子所投飛刀，無暇擋格，匆忙間只能轉腰側頭，恰恰避開。

「嘻，小朋友你反應倒快，但這一記，你應該避不過吧？」

女子調皮的聲音在我腦中再次響起時，我忽感到背後一陣涼意，藉著眼角餘光一看，卻是本被我避開了的飛刀，竟詭異地掉了頭，朝我頸椎射去！

我驚詫不已，同時察覺到半空之中，隱約有一條極幼細的線，連接著女子的手指，以及我背後的飛刀。

我看得清楚，那條細線其實是一條幼長黑髮，而飛刀之所以會突然掉頭，該是女子在甩布擲刀的剎那間，將自己的頭髮繫上了飛刀，她在我閃過飛刀之後，便以長髮將其拉回來！

能在電光火石間，擲刀同時將頭髮綁於刀身，還可以單以一絲幼髮，將高速飛射的刀拉回，這一手功夫，絕非等閒之輩能夠使出來。

飛刀掉頭時與我的距離甚短，待我察覺有異之際，刀尖與我的皮膚只有數指之距，加上我適才閃避，難以在半途再次發力，這一刀眼看無論如何是避無可避．

不過，飛刀在最終一刻，忽地飛偏，貼著我頸項皮膚滑過！

女子對這一奇招顯然胸有成竹，渾然沒想到刀會飛偏，當她看到尖刀朝她飛去時，臉上得意之色，頓時凝固。

女子雖是名絕頂高手，眼中錯愕也只維持了一瞬間，可是她反應過來，動身閃避之際，飛刀還是割掉了她幾根黑髮。

以及在她的臉龐上，留下一道幼細的血痕。

「你輸了。」我淡淡的道，雙手再次扣起兩柄飛刀戒備。

鮮血不斷自傷口流出，女子卻毫不理會，任由雪白的臉被朱紅沾滿。

「嘻，真好玩，真好玩！對，我是輸了，但你也終於開口！」女子興奮得不斷拍掌，一雙明目以熾熱異常的目光，不住對我上下打量，瞧得我心裡一陣發毛。

「你是怎樣做得到的？等等……不要說，讓我猜猜，是你的魔瞳能力吧？」女子說著，手中一反，變出了一柄飛刀，正是剛才割破她臉龐的那一柄，「嗯……讓我看看，嘻，秘密該是刀上這個黑色唇印吧？」

我沒有回話，不過女子所猜，絲毫不錯。

剛才我以口接刀，然後吐刀反擊，這當中的時間，其實我暗暗以「留痕之瞳」的力量，在刀身上烙下「唇痕」，以備不時之須。

當飛刀自我身後迴擊時，我著實閃避不及，千均一發間只能透過刀身唇印，猛吐一口真氣，以改變飛刀的飛行軌跡。

這一著雖險，幸好最終還能保住我的頸椎，亦在女子臉上，留下刀痕。

「依我看來，剛才兩匹黑布同飛，你選其一出刀，也非瞎猜，而是藉著同樣的伎倆吧？」女子說罷，飛刀突然脫手而出，不過目標並不是我，而是房中角落裡的一片葉子。

那片被飛刀貫穿的葉子，正是我起先烙下「眼力」，以窺房中情況的那一片。

剛才她藏身黑布後，我正是以這葉子去悉破她真正位置。

女子雖表現得極其好玩，但我沒說一句，她卻能單憑飛刀上唇印，推敲到我魔瞳能力，其心思之細，教我不得不更加謹慎。

「嘻，不要顯得那般凝重，姐姐我今天玩夠了。」女子掃理一下黑亮的長髮，又以徒手抹拭臉上鮮血，「雖然……你的魔瞳有趣得令我想據為己用……」

女子說這句話時，身上情不自禁的顯露殺氣，我察覺有異，立時雙刀交錯胸前戒備。

「都說今天已玩夠，你就別一副作勢欲戰的樣子吧，」女子一邊舐著手上鮮血，一邊看著我笑道：「這樣的話，我可會忍不住再出手啊……」

說罷，女子雙眼突然睜得老大，魔氣瞬間如潮湧現！

女子的魔氣極其精純、極其澎湃，那股魔氣之強，直逼得我反射性的退後數步，直到背貼著牆身為止！

我雙刀緊握，體內魔氣亦提升之極至，以抗其勢；女子雙瞳依舊黑亮如夜，她的魔瞳顯然裝在身上別處。

她一直以平常身與我交手，鬥了數回合後也只稍落下風，足見其強橫，但我從沒想過，她打開魔瞳以後的實力，竟是強得如此深不可測。

一時之間，我只覺渾身受壓繃緊，也不知該進攻還是撤退。

就在我心中猶豫之際，女子身上的魔氣及殺意，忽然消散無蹤；我還未反應過來，女子突地在我面前，憑空消失。

接著，我忽嗅到身邊多了一道異樣香氣，左耳則傳來一陣冰冷的質感。

「嘻，小朋友，雖然你大有潛質，但眼下和我還是差距甚遠，」女子一雙軟唇，貼著我的耳朵，嬌聲笑道：「我要是認真出手，只怕你最多能抵擋三招。」

我雖然一直打開了「留痕之瞳」，可是卻完全看不到女子怎麼自我眼前一下子來到我身後！

我又驚又羞，臉龐不自禁地發燙，卻始終不敢亂動，因為我看到房間角落裡，本來插著葉子的飛刀，已然不見。

「嘻，別害怕，今天我不會傷你分毫，」女子臉貼著我的臉，笑道：「但前提是你得告訴我，你的名字。」

我皺著眉，不太甘願的應道：「莫夫。」

「嘻，很高興認識你，莫夫。」

女子說畢，忽在我耳邊輕吹一口氣，我只覺渾身一麻，接著身旁香氣變淡，卻是女子一下子閃到了寢室的露台上。

「你到底是誰？」我看著露台上的她，冷冷問道。

「嘻，我叫……」女子輕笑一聲，「還是不告訴你！」

我聞言一愣，這時女子向後翻身，躍離露台，卻竟沒墮下，而是浮於半空之中。

我還以為她懂得飄浮，但稍看清楚，但見她一雙玉足，此刻正並踏在一頭烏鴉身上。

「莫夫，你應該是畢永諾的人吧？我們應該很快會再見面。」女子踏住烏鴉，身形輕靈，「下一次，我卻會盡全力要你的命啊！」

說罷，她足下烏鴉倏地一聲怪鳴，接著便拍翼帶著女子離開！

我站在原地，看著她的身影遠去，沒入黑夜之中，這才敢鬆一口氣。

我沒有追上，一是我不懂飛翔，二是自知實力相距太大，追上也是無用。

反正，我此行目的不在她。

「聖姑……聖姑怎麼走了？」摩耶斯神情錯愕地看著空無一人的露台，他兒子格楊則仍昏睡在地上。

「這個不應該是你要問的問題，摩耶斯。」我揮動一雙飛刀，同時向他走近，「你該問的是，怎麼你和你兒子還未死？」

摩耶斯聽到我語氣不善，突然動身，衝向那個放滿文件的機關箱！

我早料到他會有所動作，一雙飛刀脫手激射，不偏不倚的插中他雙腳腳掌，直貫地板。

摩耶斯被我釘在原地，卻能勉強忍著，沒有放聲呼痛，我看在眼裡，心中微感佩服。

「你這王八蛋！」摩耶斯竭力忍痛，一張臉漲紅如血，「你憑甚麼對我不敬？我好歹也是太陽神教的教主！」

「是『代教主』，而且還是得我推薦，主人才會讓你暫代此職。」我自臂甲再取出兩柄飛刀，冷冷的道：「不過，你讓我倆都失望了。」

被先主帶回島上，我一直以他侍從的身份，伴隨左右，亦因此和島上眾人早已認識。

那時先主給我的訓練五花百門，其中一項，就是要我以「留痕之瞳」，暗中觀察所有長老的一言一行。先主此舉，其一是為了讓我熟練魔瞳異能，其二自是想確保這批長老之中，沒有離異之心。

眾長老之中，絕大部分皆是生於烈日島、長於烈日島，對太陽神教可說毫無二心。

不過對於作為神教教主的先主人，則是另一回事。

我曾仔細地調查過每一名長老，不論是原有還是新提拔的，我都瞭若指掌；而所有長老之中，摩耶斯算是對先主人甚為忠心尊敬，這也是我推介給主人，讓他暫作教主的原因。

只是沒想到，他的忠誠，並沒有因教主之位，父業子承，一併帶下來。

「嘿，莫夫，你這個外來者，從來都沒當我們太陽神教是一回事，還說甚麼失望不失望！」摩耶斯瞪著我罵道：「先教主的兒子也是，他接位以後不到數天，便把東西交下離島，一走便是數年，多年來更是音訊全無！我聽你們的吩咐，派了一批又一批優秀的戰士去協助殲魔協會，但這些日子以來，我們死了那麼多壯丁，他可有關心過？」

「主人這兩年一直閉關，對外頭的事情一無所知。他知道情況以後，不就是派了我來嗎？」我頓了頓，續道：「我們只是沒想到，會看到一個叛徒而已。」

「我只是背叛你們，並沒背叛太陽神教！」摩耶斯挺直了身子，眼神一無所畏，「我摩耶斯終其生，只奉烈陽為神！」

「是嗎？那麼剛才那女人是甚麼一回事？」我冷冷問道，「我可不記得烈日島有過此號人物，我卻聽到你稱呼她作『聖姑』。」

「莫夫，你離開陽光，活在陰暗太久了。你當然甚麼也不知道！」摩耶斯忽放聲大笑，然後看著我認真的道：「聖姑，就是我們聖主的妹妹啊。」

「哼，哪來甚麼『聖主』？火鳥早已失蹤二千年，怎麼會突然出現？」聽到「聖主」二字，我心中頓時便聯想起寧錄，口裡還是忍不住冷諷道：「我看，你是被誰迷惑了吧？」

「『看不見光明卻又相信的人，最為有福』。」摩耶斯說著，雙眼眼神開始變得熾烈，「我一直相信我神，而我最終，真的看見了！」

太陽神教的經典之中，曾提及過天地萬物，始於烈日。烈日創世以後，便化身火鳥，在地上創立太陽神教。因此，太陽神教的經典裡，皆尊稱創教者作「聖主」。

「聖主」渾身是火，風吹水撲不熄，能化作人形，不過亦可任意遨翔於空。種種描述，皆與主人提及過，擁有神器【火鳥】的寧錄外形一致；而觀乎摩耶斯的言論，他顯然曾經見過寧錄。

作為一名虔誠的太陽神教教徒，若果親眼目睹【火鳥】，很難不會對之拜服。

「即便『聖主』再次現世，但經文裡可從不提過甚麼『聖姑』。」我冷冷的道。

「聖姑何時出現豈是我等凡人所知。但她乃是聖主親口所承認的，豈能有假？」

摩耶斯每提及二人稱號，語氣都特別敬畏，「聖主再現，聖光重臨大地，實是本教之福；聖姑臨幸我兒，更是我族之光！」

「這樣子便感到光榮，榮譽感對你來說也太過容易得到吧？」我忍不住冷笑道，「摩耶斯，我知道你其實早已經投靠那個『聖主』，亦知道你一直替他們管理著新加入的教徒名單。可是那『聖姑』到來，所為何事？」

「嘿，你認為我會告訴你嗎？」摩耶斯沉聲冷笑。

我沒有回話，只是手一揮，一雙飛刀不偏不倚的貫穿他一雙腳跟。

摩耶斯仍在忍著不喊出聲，但痛得雙眼反白，雙拳緊握得十指滲血。

「我還有九十四柄。」我冷冷說道，雙手又各扣一柄飛刀。

摩耶斯沒有回應，只是閉上眼，忍著痛楚，同時口中喃喃唸誦：「『主啊，求你帶領我們離開無盡黑夜，走過荒山幽谷。求你照耀我們的前路，致我們不至迷途』……」

「經文不會減輕你現在的痛苦。」我冷笑一聲，又是一雙飛刀貫進他的腿中，「你高聲痛呼，或許比較有用。」

這一次摩耶斯終於忍不住呼喊出來，只見他咬牙切齒的向我怒道：「莫夫！就算你將飛刀盡數插在我身上，我嘴裡也不會吐出半個字！」

「我本就沒這個打算。」我又扣一雙飛刀，看著面紅耳赤的摩耶斯，淡淡說道：「因為有一半會在你兒子身上。」

語畢，我雙手一揚，昏睡在地上的格楊便因雙掌掌心被貫穿，痛醒狂嚎！

「啊！發……發生甚麼事？」格楊痛得死去活來，但雙掌被飛刀釘在地板，只能雙腳亂踢，始終動彈不得。

看到兒子如此痛苦，摩耶斯的眼神顯然閃過一絲痛惜，不過他雙眼很快便回復堅定，提聲朝格楊喝道：「別叫！像個男子漢，堅強一點！我們忠貞不二，能蒙受聖光恩澤，必得救贖！」

「嘿，若是如此，你們的『聖姑』又怎麼會拋下你倆而去？」我冷聲嘲諷，「只怕我臂上飛刀全數擲出後，你們的『聖主』『聖姑』，也不會出現。」

「嘿，我說的是死後得救。」摩耶斯睜開眼睛，瞪著我，喘著大氣說道：「人終須一死，痛苦地死，安祥而逝，又有甚麼區別？你與我之間的差異，就是肉體死後，靈魂去處。」

「你說【天堂】、【地獄】？」我冷冷說道：「這世上確有這兩個空間，但它們的真實情況，與你奉信的經典所記載，完全不同。」

「你為何如此肯定？」摩耶斯搖搖頭，看著我笑道：「難不成，你去過了嗎？」

我頓了一頓，這才續道：「沒有，但主人親自去過，還告訴過我當中情況。」

「嘿，我不也是嗎？」摩耶斯冷笑道：「那麼你憑甚麼認為聖主說謊，你主人所描述的才是真相？」

摩耶斯的話，讓我一時語塞，半晌以後才應道：「他沒有騙我的必要。」

「那不過是你一廂情願。」摩耶斯笑道：「他難道從未撒過謊？難道從未耍過手段嗎？」

「就算他有，也不代表他要在這事上跟我說謊。」我皺眉說道。

「當然需要！若不是他撒謊，教你誤入歧途，今天你也不會與太陽神教為敵啊！」摩耶斯瞪大了眼，說道：「你主人不過是凡夫俗子，他此刻說得多正氣凜然，但若有一天危機突現，你和他之間只能存活一人。你認真想想，他會放棄自己生命，還是選擇讓你犧牲？」

「這世上，總有一些人，願意犧牲自己，成全別人。」我沉聲應道，心裡忽地想起拉麻。

「但你的主人會嗎？」摩耶斯勉力勾起嘴角，笑著反問。

「嘿，這個問題你怎麼不問問自己？難道你認為你所信奉的『聖主』，也會自我犧牲嗎？」我冷笑道。

「不會，因為聖主是天下唯一，根本沒有任何人與事，會是聖主解決不了！」摩耶斯提起「聖主」，語氣再次虔敬起來，「所以，聖主的話，才會是永恆之道，絕非你們任何一人可比。」

「夠了，別盡說這些狗屁話，你只需回答我，那女人上島所為何事？還有，將你知道關於那『聖主』的一切都告訴我。」我一雙飛刀，分別遙指摩耶斯和格楊，「不然，你和你兒子都得以咽喉呼吸。」

摩耶斯聞言，忽地放聲大笑，接著問道：「你沒覺得奇怪嗎？聖姑和你弄了這麼多聲響，怎麼整個火鳥殿沒一名侍衛，前來察看異樣？」

我聞言一愕，同時間，我感覺到書房內的空氣，突然急速升溫！

我察覺有異，頓時沒再理會摩耶斯，轉身便衝向鐵盒，想要取出當中紙軸，但我腳步這才踏出，只見鐵盒裡的紙張，突然全部燃起來！

與此同時，房間的所有出入口，全都落下厚重鐵板，牢牢封鎖！

「讓聖火，洗淨我們的靈魂吧！」摩耶斯張開雙手，閉目寬容說道。他身上的衣服，此時亦突然燃燒起來。

一直躺在地上，痛苦哀鳴的格楊，在房間察生異變後，竟一下子安靜起來，和他父親一般闔眼而笑，彷彿那不斷提升的高溫，並不存在。

我走到鐵盒面前，想要將火弄熄，可是那紙軸顯然極之易燃，不過數秒之間，盒中所有東西已化作灰燼！

房間的氣溫越見熾熱，許多事物已經自燃起來，我身上衣服乃殲魔協會的特製戰衣，耐熱性高，不過若溫度繼續提升，我相信很快亦會燃燒起來。

我走向房間露台，催動魔氣，奮力轟向那鐵板，可是也僅只能擊出一個半深不淺的拳印。

要是我持續轟擊，定可將鐵板擊破，從而離開，不過按照房間溫度提升的速度看來，我才擊出一個小洞，已然會被活活烤死。

「別掙扎了，在聖火面前，任何人都不能逃避！」摩耶斯的皮膚各處開始燒焦，但語氣依然平和安寧，「莫夫，趁這最後時刻，誠心悔改，投入我聖主懷抱吧！」

他說得真摯誠懇，顯然在生死關頭，他仍緊堅信死了以後，靈魂會被「聖主」拯救，對我說的一番話，也是由衷而發。

可惜，我絲毫沒有動容。

「抱歉，現在是你倆的最後時候，」我冷冷說道，同時催動魔氣，「卻不是我的。」

接著，一團黑色布束，忽自我衣領之中飛出，快速交織，將我整個人牢牢包住。

布束薄若蟬翼，但被它包圍以後，所有熱力頓時被隔，我渾身只覺涼爽一片，毫無不適。

此布能阻隔極熱，任意伸長，正是神器【墨綾】！

這次我獨自回島，主人怕我會遇上高手，便將【墨綾】給我傍身。

「不過，若有人得知你身懷神器，恐怕你的處境隨時比沒有神器，來得危險。」分別之前，主人一臉認真的跟我告誡，「如非必要，便不動用，知道嗎？」

我明白主人的憂慮，畢竟神器雖強，若我如此實力遠超於我的人，神物被奪走也非不可能，因此剛才我和那神秘女子交鋒數次，始終沒有亮出【墨綾】，就是怕她會將之奪走。

此刻房間被封，溫度不住提升，我無法可施，逼不得已才動用神器。

轉眼之間，房中已變成火海一片，摩耶斯經燃燒起來，

摩耶斯雖不知神器底細，只是看到我被包裹以後，不適之意全消，應已猜到【墨綾】能替我阻隔高熱。

不過，他看著我的眼神，並沒驚訝，只有可惜，「到了最後關頭……你還是要拒絕聖火感動。」

「我只是拒絕死亡。」我隔著薄布說道。

「死亡，並不可怕。」摩耶斯說道：「只要你知道自己為了甚麼而活，又為了甚麼而死。」

我聞言，沒有回話。因為摩耶斯說完這句，身體亦猛烈燃燒起來。

他和格楊沒有呼痛，只有興奮，瘋狂的大笑，同時高呼：「我看到了！我看到了！」

如此叫喊幾遍後，整個房間，只剩下物件燃燒的聲響。

有了【墨綾】護體，我沒花多少功夫，便破穿鐵壁，離開密室。

不過，我並沒有立時離島，而是藏在林中暗角，遠遠觀察那被烈火包圍的火鳥殿。

整座火鳥殿皆由精鋼打造，這一場火只燒掉了殿中雜物、佈置，但整座鳥形宮殿，絲毫無損。

此刻滔滔之火佈滿整個宮殿，倒令它看來像一頭活生生的火鳥。

我不知摩耶斯有否把訊息傳出去，不過島上居民看到火鳥殿起火，並沒嘗試撲救，反而全部集合在廣場之中，對它遙遙跪拜。

縱然熱風將他們撲得面紅耳赤，唇乾欲裂，可是他們反倒越走越前，看到那被火焰覆蓋的宮殿，他們眼中更流露出我從未見過的狂熱。

眼前景況，忽讓我想起小時待過的那個乞丐集團。

那時集團裡的乞丐，絕大部分皆沒見過背後操縱的黑幫。可是憑著流傳下來的駭人事跡，以及久經發展、犯者必拿的一眾規矩，集團上下，皆對黑幫心生無比敬畏之意。

許多乞丐皆認為，有吃的喝的，甚至乎能夠繼續生存，全是黑幫的恩賜。

黑幫對他們來說，或許跟「聖主」於太陽神教教眾心中地位，相差無幾。

就在此時，一片響徹高亮的歌頌聲，打斷我的思緒，卻是因為火鳥殿的火燃稍有轉弱之勢，眾信徒便齊聲頌唱教中聖詩。

我多看幾眼，便離開了原地，逕自摸黑，往岸邊走去。

穿梭密林途中，我伸手按著耳根位置，又以微量魔氣，貫進其中。

過了半晌，一道聲音突然自耳窩中傳出，「名單到手了嗎？」

聲音的主人，此刻身處百里之外的撒旦故居之中，正是伊卡諾斯。

為方便聯絡，伊卡諾斯在我的耳中安裝了一個微型通訊器，不過以防被人悉破行蹤，通訊器只有我以特定份量的魔氣貫注，才會啟動。

「沒有，都被燒了。」我淡然應道。

「那現在怎麼辦？」伊卡諾斯問道，聲音聽起來倒沒怎麼擔心。

「燒了不打緊，再抄寫一遍就行。」我說著，看了看手中以【墨綾】包裹的事物，「不過，要花你一點時間，破解當中密碼。」

那團事物，便是剛才書房內，摩耶斯和外界用作通訊的機械螢火蟲及解碼器！

第九十八章

佛魔之間

第九十八章　佛魔之間

「別阻擋我！我只是想見他最一面！」

一名衣著稀奇古怪，渾身污穢，滿頭白髮，皮膚卻潔淨光滑得像幼童般的老者，不住朝一名中年漢吼道：「你我皆知他時日無多，我今天得解決積存心中多年的這許多疑惑！不然……我一生難以安寢！」

「我說了不行，就是不行。」中年漢踏前一步，眼神毫不退讓，臉上始終掛著祥和的笑容，「我知道你是誰，你就是須跋陀羅吧？」

那老者年紀不輕，但一雙眼睛滿是精神，聽到中年漢的話，雙眼又是一瞪，「既然知道我是誰，那麼還不放我進去？」

「老先生，他時日無多，身心俱疲，你我既非同道中人，這一見面，只會徒增紛爭，那又何苦？」中年漢收起笑容，嘆了一聲：「何不，就讓他安安靜靜的入滅？」

「道理是越辯越明，若他說的是正道，那你就更該放我進去吧！」老人說著，又看了看中年漢身後不遠處的草舍，「說到底，我只是想問幾句話而已。」

「老先生，你應該心中明白，你不會真的只問幾句吧？」中年漢笑著說道。

「你一直在這兒跟我磨磳，還不如讓我進去一見？」老者越說越是氣憤，一把花白長鬚隨聲飄揚，「我求你足有三次之多，小朋友，別要得寸進尺！」

說罷，老者踏前一步，提氣一喝，一股怒濤般的氣勢突然自他瘦削的身軀湧出。

與此同時，他本來深棕色的眼瞳，一下子變得鮮紅如血。

紅眼一現，本來在旁邊圍觀的一眾信徒，頓時被老者驚人的氣勢，逼得後退數步。

不過，中年漢一步未移，臉上笑容，平和依舊。

「你讓，還是不讓？」老者雙手屈曲成箕，神態張狂。

「恕難從命。」中年漢微微一笑。

老者聞言怒吼一聲，十指直取中年漢的臉門！

中年漢看著老者進攻，完全毫無閃避之意，反而向前踏進一步！

老者十指眼看便要直抓中他的頭顱之際，中年漢的眉心，忽地筆直裂開，露出一顆和老者一樣的紅眼！

老者的手，此時硬生生擱在中年漢的頭頂上，沒有抓下去；不過，此舉並非老者所願，他其實想立時撕破中年漢的腦袋，但不知何故，雙手就是不聽使活，不管他如何發力，十指就是按不下去！

「別浪費力氣了。」中年漢一臉笑容，三隻眼睛和善地看著老者，「只要我笑，你就不可能攻擊我。」

老者怒吼一聲，一臉赤紅，不過任他如何發力，始終碰不到中年漢分毫。

突然之間，老者收回雙手，後躍數丈，神色平和的看著中年漢。

「想通了嗎？」中年漢看著老者，不敢怠慢，笑容依舊。

「想通了。」老者淡然說著，微微點頭，「傷不到你，那就傷別的人吧！」

中年漢聞言臉色頓變，還未反應得及，老者身影已然一閃，竟轉攻向旁邊一名嚇呆了的幼童！

「住手。」

一道平和溫厚，聽著讓人心悅氣靜的聲音，忽然自草舍中響起。

聲音一起，本來嚇得臉無血色的幼童，眼神懼意竟倏地一掃而空；那道聲音，同時亦令老者的手掠在半空不下，回身向去草舍。

廣場上的眾人，此刻全都屏息靜氣，一同往草舍方向瞧去，眼神之中，無不充滿敬誠之意。

「阿難，讓他進來。」草舍再次傳來那平和的男聲，「他只是有疑問而已。」

那名叫阿難的中年漢聞言，眼神閃過一絲憂慮，一臉欲語又止的樣子，最終並沒反駁，只是散去渾身氣勢，讓眼瞳變回原狀，然後側著身子，示意老者繼續前行。

自那祥和的聲音響起，老者殺氣全無，雙眼一直瞪著草舍不放，完全沒把其他人放在眼內。

他沒看阿難一眼，逕自走向草舍。老者步伐徐緩，但呼吸開始有點急促起來。

老者好不容易來到草舍之前，看著面前門口，他猶豫了半晌，最終還是伸手將之推開。

木門一開，老者只覺舍內陰暗異常，外頭明明還是大白天，可是草舍之中並無半點光芒。不過，老者畢竟並非凡人，目力一凝，眼前情況頓時一目了然，他只見草舍正中，有兩人一坐一臥。

那躺臥地上的人，氣息薄弱，臉色蒼白如霜，似乎命懸一線，老者卻認不得他；倒是病人旁邊，正盤膝而坐的一名僧人，正是老者此行要找的那位。

那僧人身穿寬身大袍，但可見其骨骼體形比常人要大，雖正坐著，唯比老者站著時要高；僧人體態略瘦，樣子甚是祥和，還長有一雙大耳，只見他耳垂甚長，耳珠厚圓，甚為觸目。

老者看著大耳僧人，神情開始變得激動，僧人只是淺笑一下，瞇著眼睛，神態溫和地與老者對視。

「我……我終於見到你了！」老者語氣激動，雙手忍不住輕輕顫抖，「釋……釋迦牟尼！」

「我也在等著你，須跋陀羅。」大耳僧點頭微笑。

大耳僧欲要繼續回應之際，一道低沉聲音，忽在老者腦中響起：「只看到眼前『佛』，察覺不到身旁『魔』，你的道行還差了一點啊。」

老者聞聲一驚，再度聚氣於目，這才驚覺大耳僧身旁，原來還坐了一人！

那人渾身漆黑如夜，完全融入陰影之中，而且身上沒透出半點氣息，這才教須跋陀羅剛才完全察覺不到。

須跋陀羅好不容易抓緊那人的位置，卻隱隱看到，那人除了一身黑啞異膚，頭頂還長有一雙向天巨角！

須跋陀羅見識雖廣，卻從未見過如斯長相怪異之人，一時之間呆在當場，過了半晌，才喃喃問道：「你是……？」

「『魔』。」黑膚異人邪笑一下。

「『魔』？」須跋陀羅聞言一呆，「這是你的名字？」

「不是我的名字，只是在世上眾多稱號，其中之一。」

「那你的名字是？」須跋陀羅追問。

「啊，名字重要嗎？」黑膚異人笑著問道。

「重要。」須跋陀羅看著黑膚異人，眼中充滿著赤子般的好奇，「人的靈魂複雜之極，但名字卻或多或少，記錄了靈魂當中一部分的面貌。」

黑膚異人一直留神聽著須跋陀羅的話，面露微笑。直到須跋陀羅把話說畢以後，他才冷冷一笑，道：「撒旦．路斯化。」

「撒旦……路斯化……？」須跋陀羅低首皺眉咀嚼，半晌才抬頭，看著黑膚異人，「你的名字，屬於哪種語言？我怎麼未聽過？」

「你雖然學貫古今，但那是一種很古老，而且屬於一個遙遠國度的語言。你是不會認識。」黑膚異人滿有耐性的笑著解釋，然後彷彿知道須跋陀羅必會追問搶先說道：「『撒旦』，是墮落的意思；至於『路斯化』，側代表『晨星』。」

「墮落的晨星……」須跋陀羅口中反覆唸著這名字，似是要從這遠古名字當中，嘗試稍稍了解眼前這名異人。

釋迦牟尼一直在旁看著二人，臉露微笑不語，倒是撒旦以手支頤，臉色略帶不耐煩的看著須跋陀羅。

眼看須跋陀羅似是陷進了沉思之中，撒旦忍不住皺眉疑惑道：「小子，你這次前來，到底是研究我的名字，還是找釋迦呢？」

須跋陀羅顯然多年沒聽過別人喚他作小子，一時之間呆了一呆。不過撒旦雖面貌輪廓看來雖像是名三十多歲，但喊這一句時，語氣甚是自然。

須跋陀羅自知人不可貌相，憑撒旦的氣勢與說話態度，以及能與釋迦牟尼相對而坐，便知對方絕非等閒之輩，所以他只是應道：「於我來說，只要是有趣的事物，對我來說並沒甚麼優次之分。」

「你倒真是一個充滿好奇心的人。」撒旦微微笑道。

「這乃是人之常情，若非好奇心，人與走獸豈有差異？」須跋陀羅說著，頓了一頓，然後看著那個躺臥在地上的病人，「而且我乃聽聞釋迦壽命將盡，所以才急於求見，但依眼前所見，似乎又有是另一回事。」

「眼前所見，未必為真，一切皆是虛幻泡影。」釋迦牟尼看著須跋陀羅，淡淡說道：「消息是我親自放出，我的確命不久已。」

「我聞說釋迦牟尼自得道以後，未說過一句謊話，但此刻看來，並非如此。你氣息平穩如山，臉色溫潤如玉，完全沒有任何不適之象。」須跋陀羅皺著眉頭，同時打開了紅眼，不斷朝釋迦牟尼上下打量，又瞧了那病人一眼，「倒是這個人，應該熬不過日落。」

「你看得甚是準確，不過，這不會是我與他的果。」釋迦牟尼淡然說道：「日落西山時，斷魂的人，將會是我。」

須跋陀羅聽出話中意思，皺眉問道：「你要捨身救他？」釋迦牟尼沒有作聲，只是微笑點頭。

須跋陀羅見狀，樣子並不驚訝，只是低頭思索一會兒後，問道：「你是怎樣做到的？」

釋迦牟尼樣子一愕，顯然沒想到須跋陀羅首先關心的是這件事，坐在一旁觀察的撒旦托著下巴，笑道：「小子，你倒也有趣。」

釋迦牟尼淡然一笑，一直在胸前打著期克印的左手，忽地張開，一抹比紅寶石還要鮮麗的赤光同時自他掌心透出，須跋陀羅定神一眼，卻見釋迦牟尼的左掌掌心，也有著一顆紅眼。

「原來你也有這紅眼睛。」須跋陀羅看到釋迦牟尼掌中紅眼，眼神頓時流露出異樣的神彩，「你說要捨身換此男子的命，就是憑藉這顆紅眼的能力吧？」

釋迦牟尼微笑點頭，右手忽地伸出，朝他與須跋陀羅之間的地面屈指一彈，地面上一顆石子倏地彈起，朝須跋陀羅飛去！

釋迦牟尼這一彈指，其實是瞬間催動了高強內力，擠壓氣流，將地面上的小石子彈起來。

須跋陀羅沒料到釋迦牟尼會突然有此一著，臉現驚訝，雙眼更多是興奮之意，顯然是被釋迦牟尼這一手所吸引到。

那石子雖然往他射去，但去勢不急，難以傷人，須跋陀羅伸手一抄，輕易便將石頭接在手中。

須跋陀羅一臉疑惑，不明白釋迦牟尼的舉動，「你這是甚麼意思？」

「把手張開。」釋迦牟尼看著須跋陀羅，微微一笑，「裡頭就是你那問題的答案。」

須跋陀羅依言張手，卻見掌心之中，石子不翼而飛，卻獨有一片枯葉在其中！

「操縱『因果』，就是我紅眼的能力。」釋迦牟尼收回左手紅眼，重新結印，淡然說道：「今天日落之後，只會有一人迎接『死亡』，而那人就是我。」

須跋陀羅剛才十分肯定自己手中抓住的乃是一枚石子，至於那片枯葉，本身該在石子旁不遠處。他此時再次低頭，赫然發現，本是枯葉平放的地方，竟換成了那枚消失了的石頭！

「只要紅眼觀察過的事，當中所蘊含的『因果』，都有可能被我變改。」釋迦牟尼看著身前昏迷的男子，解釋道：「他會在我面前死去，但在他氣絕的一個剎那，我會將他的『死』，轉作『生』。」

「那你怎麼會死掉呢？」須跋陀羅不解地問罷，同時瞪住釋迦牟尼，「我知道使用紅眼，會耗力不少，但你體內力量依然充沛……」

「對，可那只是閒常言之，而這次我卻要顛倒生死。」釋迦牟尼微微一笑，「功成一刻，我便會立時燈枯油盡。」

談到自己生死，釋迦牟尼依然一臉淡然。

須跋陀羅一臉婉惜，但他看到釋迦牟尼眼中的堅定，知他定言出必行，所以並沒多加勸阻，只是看了看地上那奄奄一息的男人，問道：「這個男人，是來自隔村的吧？我看他是染了那村爆瘟疫，他是誰？值得你如此換命？」

「眾生皆是平等，我與他的命，沒有誰比較重要。」釋迦牟尼淺淺一笑，「他是我眾多追隨著之一，至於他的名字，並不重要。」

「那你為甚麼要救他？」須跋陀羅一雙花白的眉頭，皺得更緊。

「因為要解答他的疑問。」釋迦牟尼淡然說道，手指輕輕指了指撒旦。

面對釋迦牟尼一指，撒旦忽地收起笑容，看著對方正容說道：「釋迦，我說過我只是想知道『那裡』的實際情況，只要你願意助我進去，此人定必無恙。」

「你不是說過此瘟疫，刻下無藥可救嗎？」釋迦牟尼淡然問道：「抑或你口中的解藥，就是指『眼睛』？」

「有何分別？」撒旦微微一笑，反問一句，「能給他續命就是了。」

釋迦牟尼聞言嘆了一聲，微微搖頭，道：「路斯化，縱然給你知道『那裡』的光景，又有何用呢？」

「我要擊倒『他』。」撒旦冷冷說著，同時伸手指了指自己的右眼，「而我知道，這就是關鍵。」

「這亦是我和你萬年不見的原因。」釋迦牟尼說著，一雙深邃的眼睛，直瞪撒旦，「你我心知肚明，再多給你萬年的時間，結果亦會一樣。」

釋迦牟尼的話，讓撒旦一時沉默起來。

聽得一頭霧水的須跋陀羅，忍不住問道：「你們究竟在說甚麼？他的疑問，又是甚麼？」

釋迦牟尼沒有回話，撒旦亦沒回答，但他心情欠佳，聽到須跋陀羅發問，忽地瞪了他一眼。

沒有打開紅眼，沒有挪動身子，沒有透露殺氣，甚至連項頸也沒動過，不過撒旦就是如此簡單一瞪，竟瞪得須跋陀羅渾身一顫，本甚紅潤的臉一下子變得煞白！

須跋陀羅本能地腳步後移，雙腿發軟，眼看就要跪向撒旦，此時撒旦眼神終於收斂起來，冷冷的道：「時間無多，你此番進來到底是想增加疑惑，還是解決問題？」

聽到撒旦的話，須跋陀羅頓時往草舍外看。雖然被黑布所蓋，但憑著過人眼力，須跋陀羅還是看到太陽過了半空，距離西下，沒剩下太多時間。

須跋陀羅雖對二人之間的話甚感興趣，不過最終還是開口，向釋迦牟尼問道：「我們，從何而來？」

釋迦牟尼微微一笑，答道：「從我們父母而來。」

「那他們呢？」須跋陀羅一臉認真。

「從他們的父母而來。」

「他們的父母，又各自從父母而來。」須跋陀羅又再問道：「那麼，最初的『人』，從哪裡來？」

「從『大梵天』而來。」釋迦牟尼沒等須跋陀羅再問，便先說道：「而大梵天，則是從『梵』而來。」

「沒想到我會得到這答案。」聽到釋迦牟尼的話，須跋陀羅忽然冷笑一聲，「嘿，這只是個故事吧？」

釋迦牟尼提及的「大梵天」，乃是印度傳說中，創造萬物的神明；至於「梵」則是蘊含在天地萬物，無色無味，卻又無處不在的力量。

印度有著各式各樣的宗教，但大多都信奉「梵天」為創世之主。只是不同宗教，對「梵天」又有不同描述和故事。

「這的確是個故事，一個傳說，卻非虛構。」釋迦牟尼解釋道：「『他』有很多名字，但確實存在。我和他，也是由此而來。」說著，指了指身旁的撒旦。

撒旦沒有回應，卻閉上了眼，把頭別過。

看到二人反應，須跋陀羅的眼神沒像先前般滿是不信，但仍帶著懷疑，又問道：「大梵天自『梵』而來，那麼『梵』又是從何而來？」

釋迦牟尼並沒回話，只是凝視須跋陀羅良久，才緩緩說道：「我不知道。那時候，我並沒想過這些問題。」

「那時候？」須跋陀羅一臉不解。

「我在『他』身邊的時候。」釋迦牟尼說這句話時，眼神不自覺流露出懷念之意，不過瞬間又變回平常的淡然。

「言則，你跟教眾解釋的『輪迴』、『六道四生』，都非真實？」須跋陀羅質疑。

「不全是。」釋迦牟尼搖搖頭，輕輕放開左掌，露出掌心中央那條「線」，「你還記得我這眼睛的功能？」

「觀察事物，操縱當中因果。」須跋陀羅答道。

「每一個『果』，皆由無數『因』交錯結成；而每一個『果』，又會剎那間化作『因』，生出下一『果』。我們的每一個呼吸，每一個動作，每一個念，背後皆蘊含大無量數的『因』。每次透過掌中眼看事物，我也看到一輪串的前因。也許不是每一點都能看得通透，但總無論如何，至少能看到一鱗半爪。」

「唯獨是『他』，近乎空白一片。」

「近乎？」須跋陀羅聽出話中重點，身子忍不住往釋迦牟尼靠去。

「我的眼睛，在他身上只看到『光』，但那種『光』，又有別於烈日或柴燭燃燒之光芒。這本應是正常之事，因為那個『他』，應該是天地之始，宇宙『第一因』。不過，」釋迦牟尼語氣平淡，繼續說道：「獨有一次，我的紅眼在他身上，看到了一點『黑暗』。」

須跋陀羅耐心聽著，至於撒旦則微微皺起眉頭。

「那點黑暗一瞬即逝，不過我還是從中看到點東西。」釋迦牟尼頓了一頓，「那些東西、那些萬千景象，我從未見過，當時亦未能理解為何。後來參悟多年，我才明白到其時所看的，也許便是『終結』。這個世界的，終結。」

「你的紅眼，能夠看到人的『前因』，換言而之，那個『他』唯一的『因』，就是世界終結？」須跋陀羅一臉難以理解，「既是這樣的話，『他』豈非不是『第一因』？」

「也許是，也許不是。」釋迦牟尼意味深遠的說道：「也許，『他』是第一因，又或者，『他』同時是『最終果』。」

釋迦牟尼這一句話，如雷貫耳，教須跋陀羅渾身一震，張大了眼，一時不語。

良久，須跋陀羅才吁一口氣，問道：「這就是，『輪迴』？」

釋迦牟尼沒有回答，只微微一笑，反問一句：「這就是，你這次要找的其中一個答案嗎？」

須跋陀羅忽地跪下，拜倒在釋迦之前，語氣恭敬的道：「請收我作徒！將那黑暗中看到的一切告訴我。」

「我會。」釋迦牟尼閉目說，左手重新結印，「這也是我吩咐阿難讓你進來的原因。須跋陀羅，你會是我最後一名弟子！」

須跋陀羅聞言，神色激動，雙手合十，向釋迦牟尼拜了三拜。

「好了。」釋迦牟尼淡淡說道，「日陽將下，時間無多，我們還是早點兒開始吧。」

釋迦牟尼說著，雙唇繼續微動，但口沒發出半點聲響；須跋陀羅卻連連點頭，似乎一直聽到釋迦牟尼在說甚麼。

「嘿，用不著『傳音入密』吧？」撒旦以手支頤，雙眼依舊緊緊閉著。

釋迦牟尼看著撒旦，微微一笑：「你不是跟說過不喜歡聽那些景象嗎？」

「我知道你在打甚麼主意。」撒旦依然闔眼，冷笑一聲，「你不單在傳道，亦在告訴這小子，【梵音】收藏的地方吧？」

釋迦牟尼不置可否，臉上只是掛著一貫的微笑。

「放心。」撒旦冷笑一聲，語氣高傲，「我此次只有一個目的，就是一窺【地獄】。除此之外的事，皆無甚興趣。」

釋迦牟尼依然笑而不語，撒旦看著有氣，咧嘴冷笑，「神器此刻對我來說，沒甚麼作用，我搶了也只是多添煩事。再說，你隱藏得再好，就算我找不到，我的後人，亦會將它找出來……」

說到這兒，撒旦忽地睜開眼睛，轉過頭看著「我」，笑問：「……對吧？」

被淩厲的眼神一瞪，「我」彷彿瞬間置身寒天雪地，渾身劇震！

在下一剎那，我的意識，便不自禁脫離了「忘我」境界。

「怎麼了？」一道聲音在我身後響起，我沒有回頭，便知那人就是但丁。因為只有他，才和我一樣，能夠在【地獄】之中，隨便進出靈魂記憶。

剛脫離了「忘我」之境，我的意識波伏不定，過了好半晌才能凝聚下來，應道：「撒旦那一瞪，把我都瞪回原狀。」

「果真是地獄之皇，光是一個眼神便有那般威力。」但丁走到我的身旁，嘖嘖稱奇。

「嘿，真沒想到作為佛祖近身弟子，定力如此不濟，隨便給瞪一眼就嚇得魂飛魄散？」我無奈地說，同時瞪了此刻嚇得雙腿死釘在地上不動的阿難一眼。

「別怪他了，沒他當年在草舍外偷看，你此刻怎會有神器的下落呢？」但丁笑了笑。

「所謂下落，只不過是一句話。」我苦笑一下。

「至少是一個尋找方向。你要記得你擁有不少東西，唯獨是時間不多。」但丁說著，便轉身而行。

我見狀知他想離開這靈魂記憶，便問道：「要走了？不想看到自己死時的情況嗎？」

「這種情景，你會想看嗎？」但丁頭也不回，腳步依舊。

「我出生時已死了一趟，亦透過『鏡花之瞳』看過一次。至於下一次死亡……」我頓了一頓，沒再說話，因為突然想起楊氏姐妹給我的畫。

那一幅，描繪著我貌似被「火人」重創的黑白畫。

畫中雖沒明確畫出我生死狀況，但楊氏姐妹明言那是我將面對的未來。那火人十居其九便是寧錄，若我真的躺在他眼前，即便不死，也難有好結果。

我相信那個未來，過不多久，便會來臨。

「阿難要離開了，他們也不會再說甚麼。」但丁的話，打斷我的思緒，「一起走吧。」

果不其然，但丁一語方休，阿難終於驚魂稍定，轉身急步離開。

受制於靈魂主人的記憶，我也不能繼續留下，因此便追上但丁，一起離開這靈魂空間。

剛才我和但丁所經歷的，乃是釋迦牟尼十大弟子之一，後被教徒尊稱「阿難陀」的靈魂記憶；至於草舍裡面，染了瘟疫的病人，自然是但丁了。

數千年前，撒旦得到了【地獄】以後，便想借助釋迦牟尼的「因果之瞳」，透過顛倒生死，窺探當中情況。

不過，釋迦牟尼重視人命，沒有答應，撒旦因此將一種無藥可治的瘟疫，帶到其時釋迦居住地的其中一條村子，逼迫釋迦出手。

釋迦雖全力搶救，但最終只救活最後一個病人。

那人，就是但丁。

為了在限時之內，完成楊戩的條件，離開了倫敦以後，我便決定和莫夫兵分兩路：他回烈日島取那教眾名單，而我則尋找神器下落。

不過天大地大，在這亂世之中要尋找神器，並不容易。

那時我在苦思該如何著手，但丁得知我的煩惱，忽然提到他以前跟隨佛祖時，曾聽到一些弟子提及過，釋迦身上有一件能使神通之物。

那時關於如來的傳說實在太多，所以但丁並沒在意，是後來見識漸長，便推敲到那物件也許是十二神器之一。不過，但丁認為神器在手，禍大於福，所以這麼多年來，也沒想過去追尋它的下落。

但丁的話，猶如霧中一線光，我其時再追問下去，可是但丁實在沒有深究，關於那神器最後的印象，就只有他彌留之際，神志不清之時，在草舍中隱約聽到有人提及過。

亦是這個原因，我跟他才會進入阿難陀的記憶之中，看看有否其他線索，無奈最後也僅得到【梵音】這個名字。

不過，能一睹撒旦和釋迦這番對話，也算不枉此行。

回到白光空間後，我便即向但丁問道：「你說過在【地獄】裡未見過釋迦牟尼的靈魂，可是他別的弟子呢？」

「我在【地獄】流連多年，鮮少遇到。阿難陀是那僅餘少數而又和佛祖較親近的弟子之一。」但丁解釋道：「在現實世界裡，我也嘗試過尋上其他弟子，看看有誰會像我一樣，擁有魔瞳，活了下來，不過至今卻未曾碰過一人。」

「全都含笑而終，去了【天堂】那邊嗎？那這下子可真棘手。」我皺著眉頭，又問道：「對了，剛剛那大吵大鬧的老頭是誰？」

「他叫須跋陀羅，是佛祖最後一名弟子。」但丁抬頭憶述，「須跋陀羅本就是名學識淵博的求道之士，只是一直沒有向佛祖討教。一直到佛祖滅寂在即的消息傳出，他便火速前來，求佛問道，因此佛祖便在臨終前將他收作弟子。」

「佛祖弟子千萬，為甚麼偏要把那【梵音】傳給他呢？」

「佛祖弟子雖眾，但當中擁有魔瞳的人並不多。」但丁笑道：「在眾多子弟之中，卻要數須跋陀羅，實力最高。」

「原來如此。」我聞言恍然。十二神器，各有奇用，不論古今，皆是人魔共求之物。一般凡人，力量有限，難以保護妥當，佛祖將其傳給須跋陀羅，也是合理之舉。

「但撒旦剛才那番說話是早盤算得到我會尋找【梵音】，還是單單事有巧合呢？」我摸摸下巴。

「撒旦目光如炬，又有孔明之助，那時已計劃你的出現，並不奇怪。」但丁頓了頓，續道：「而且，即便你不去找，另一位『撒旦繼承者』，也必會有出手的一天。」

但丁指的自然是龐拿。自從當日與寧錄於青木原一戰以後，龐拿再次音訊全無，不過在大戰現場，卻絲毫沒有找到他屍首的痕跡，也不知他是被擄走，還是安然逃去。

「我們現在要回去現實嗎？」但丁看著我問道：「現實中的我應該在火車上，還有兩個小時才會到達你那邊。」

聽到但丁的話，我只搖搖頭，說道：「不，我得先在這兒，再尋找多一點線索。」

「線索？」但丁一臉不解，「你還可以找到甚麼線索？」

「我是要找尋須跋陀羅的下落。」

「現在我們只知道，須跋陀羅是從佛祖口中，得知【梵音】下落，但他是否在世，又有沒有將神器消息透露給他人，我們實在無從得知。」但丁皺起眉頭說道。

「除非他自佛祖寂滅以後，便一直深居，數千年來從沒和人接觸過，否則在這茫茫魂海，總可以找到一點他下落的蛛絲馬跡。」我笑道。

「你也懂得說是『茫茫魂海』。【地獄】裡的靈魂早就以億萬計，即便像我這般終日流連，也不過觀察過其中一小部分，而且近年戰事頻繁，亡靈數量急增，你要在這當中，找到一個隱世之人的消息，實如大海撈針。」

「不錯。」我看著但丁，自信一笑，「我就是要大海撈針。」

「雖然在【地獄】裡，時間流逝的速度比現實要慢，但要經歷所有靈魂，所需時間至少千年。」但丁皺眉說道，「畢永諾，我不覺得，你有這個本錢。」

「若然一個接著一個地經歷，自然不可，但若可以同時間閱讀大量靈魂，那所需時間便大大縮少。」我笑著說道，看到但丁一臉疑惑，便解釋道：「其實我有這個想法，源於你在【地獄】裡的表現。還記得你和我第一次見面，在我媽媽的靈魂心房裡嗎？那時候我意志動搖不定，幾乎被記憶中的『慾』所擊倒，那時你便出手，將我救走。」

「我自然記得。」但丁眉頭皺得更緊，「不過我還是不太明白。」

「那麼你記得你當時如何出手？」

「用上了『因果之瞳』，讓你和『慾』的傷勢互換。」但丁想了想，答道。

「不錯。就是『因果之瞳』。」我笑著繼續解釋，「此刻在【地獄】裡的你我，本應只是純粹的意識，但你卻可以在靈魂記憶當中使用『因果之瞳』。如此推敲，只要本體已連接上，魔瞳的能力便可在【地獄】裡一併使用。」

「這一點我倒沒怎麼細想過。但你說得不錯，以往撒旦假死進來時，也會用上『鏡花之瞳』。」但丁眼神仍是疑惑，「可是，『鏡花之瞳』怎可以替你加快閱讀靈魂的速度？」

「對，但『鏡花之瞳』不可以。」我笑了笑，道：「不過，【萬蛇】可以！」

「【萬蛇】？」但丁聞言一呆，旋即又問：「它能解構靈魂嗎？」

「起初我亦以為它只是單純的分解或組合物質，但當黑白二蛇合一之後，變回完整狀態時，我發現當它入侵別的生物時，便隱約能夠感受到對方的意識。」我正容說道：「那時，我便禁不住思索，究竟甚麼是靈魂？」

「我開始仔細去研究【萬蛇】的功用，以及回想以往使用時的狀況。【萬蛇】可以隨意分解一切物質，而我曾多番以它將自己或別人，完全分解再重組。重組回原狀以後，不論是誰，意識卻沒有一絲受損。如此說來，在分解的過程中，我除了肉身，還不自覺把人的意識、靈魂，一併給拆解，在重組時亦將之變回原狀。」我一邊看著左手五指，一邊跟但丁說著我的分析，「想到這一點，我便開始了一些小實驗，那就是讓【萬蛇】入侵他人身軀，但不分解肉身，而是單單的剖開靈魂！」

但丁越聽，眼睛瞪得越大，「那……你成功了嗎？」

「還未完全成功。」我繼續凝視左手，微微一笑，「不過，透過【萬蛇】，我已可大概『觸摸』到一個人體內的靈魂。」

「改變靈魂，從不是奇特之事，許多魔瞳能力便和靈魂有關。只是，」但丁頓了一頓，續道：「【萬蛇】若真能任意組合靈魂結構，其效用變化，比任何一顆魔瞳，要多千萬倍！」

「不，不是千萬倍。」我笑著握了握拳，「是不可估量！」

「想不到，【萬蛇】還可以有此種奇效。」但丁嘆了一聲，道：「我和撒旦相交多年，即便他死後在【地獄】之中，亦始終未曾聽他提及過有這功效。看來你想得比他還要深遠。」

「這一層就不得而知了。或許撒旦早已知悉，只是他性格謹慎，向來有秘不宣。又或許，因為撒旦在人世之時，並沒多少時間持有【萬蛇】，所以他一直沒去鑽研。」我不置可否。

【萬蛇】雖本為撒旦所有，但來到人間後曾經失落，接著輾轉被拉哈伯奪回。撒旦讓拉哈伯將其留住，拉哈伯便一直貼身保管，直到他被我殺死，【萬蛇】才落入我手。

「在【地獄】裡，沒有肉體，只有靈魂，在這兒使用【萬蛇】的話，應該能更直接地接觸靈魂。」我再次有看著左手，「若以【萬蛇】作橋樑，那我便可以同時間進入多個靈魂空間！」

「光是進入一個靈魂空間，便得費上不少精神；同時經歷複數記憶，所耗精神之巨，難以想像。」但丁皺起眉頭，語氣有些憂慮，「你可承受得住？」

「這個問題，只容許一個答案。」我看著但丁笑了一笑。

說罷，我便即閉起雙目，收攝心神，感受自身的力量流動。

在【地獄】裡，所有人皆渾身赤裸，一絲不掛，而肉體的外形和現實完全不一，其強壯或瘦弱，只反映當刻靈魂的強弱。

吸收了大量撒旦靈魂碎片後，此刻我的身軀精壯非常，力量甚為充沛。

我凝神聚志，將力量集中在左手手臂，同時想著以往在現實世界裡，運用【萬蛇】，與其連接時的感覺。

就在我冥時的同時，我身體開始出現變化，除了左手持續變得壯碩，肌肉不斷增長，身體其他部位則萎縮、瘦弱起來。

一直到我渾身變得瘦骨嶙峋，獨是整條左手，肌肉長得如老樹盤根時，突然之間，我感覺到左手內，產生了一股不屬於我的力量。

那力量在我臂內不斷增強，蠢蠢欲動。

「出來吧！」我看著此刻壯健得誇張的手臂，笑了一笑，便將自己的力量收回，任由那股外來力量破臂而出。

沒有震動，沒有巨響，但整個白光空間的光源有一剎那暗了下來。

光源回復之時，我的身體已變回原本的樣子，唯有左手手臂，此刻有一點兒不同。

「老大，這裡是甚麼好地方啊？」灰蛇自我左臂附長出來，吐著蛇舌，眼神狡猾的東張西望。

「【地獄】。」我邪笑一下，「你也許久沒動過筋骨了吧？現在放你出來，玩一會兒。」

「嘿，你是老大，你說的算。」灰蛇邪邪一笑。

我曲膝半蹲，左手撐著地面，接著催動渾身力量，集中於【萬蛇】之中。

「盡情遊樂吧！」

我笑了一聲，力量全開，【萬蛇】頓時極速分裂，以我為中心，四方八面地朝【地獄】其他靈魂湧去！

第九十九章——竹林深處

第九十九章　竹林深處

兩教大戰，其火燎原，世上卻總有些地方能置身事外，像是這條印度小村落。

小村落位於一座山上竹林深處，距離印度國界頗遠，而且最接近的城市也在數十公里以外，因此完全沒有被戰事波及。

林內竹樹甚為茂密，且有一定年歲，每一株皆有兩三人高，枝枝葉葉相互交疊。

這日艷陽高掛，陽光還是被那如網的竹葉阻隔大半，站在林內，只覺涼快如秋。

此時一陣風起，吹得竹葉沙沙作響，涼風之中，隱隱又有挾著孩童的嬉笑聲。

過不多時，忽有數名孩童裸著上身，走進竹林內，追逐嬉戲。

這些孩童的眉心皆點了一個小紅點，雙眼靈動得很，神情機靈。孩童們十分熟悉竹林環境，東竄西走，腳步不停；前方若有別的動物，他們便立時噤聲，小心翼翼地繞道而行，才再次放聲玩耍。

不過，孩童們的觸覺再強，始終並沒留意到隱身在竹樹上的我們。

「完全感覺不到一絲魔氣。」但丁輕身蹲在一支較粗大的竹枝上，遙看不遠的村落。

「儀器也探測不到。」我看著手中由伊卡諾斯特意預備的魔氣探測儀。

「要到村內探一探嗎？」但丁問道。

「已經在探了。」我笑道，但丁看了我的左手一眼，便即了然。與但丁說話的同時，我已讓左手食指，分裂作數百頭絲幼的灰蛇，蜷伏而行，偷偷潛進村內窺探。

暗暗觀察了好一會兒，我只發覺這些村人似乎與世隔絕，生活樸素，村中小孩自由玩樂，而大人要不是耕種，要不是在畜牧。

還有一些，則是在一所簡陋的寺廟裡，唸經誦文。

「噫？」當我透過「蛇視」，看到廟裡的信眾時，忍不住輕咤一聲。

「怎麼了？」但丁問道。

「雖然灰蛇聽不到他們在唸甚麼，可是從口形看來，我卻看得出他們在唸的，不是印度教經文，而是佛經。」我眼神放空，持續透過【萬蛇】觀看廟裡情況，「可是，那些經文和現世所流通的，又有些出入。」

「啊？」但丁聞言一奇，追問道：「你可以覆述一下嗎？」

我依著那些人的口形和呼吸，唸了幾句給但丁聽，但丁聽了一陣子，雙眼突然閃過一絲興奮，「那些……是古代佛教的經文！是佛祖最原本的話。」

佛教雖然是釋迦牟尼在印度創立，但在近代印度，最多人信奉的卻是印度教，佛教在當地沉寂了近乎七百年，只餘少量信眾。

「佛教徒在印度雖不致滅絕，不過懂得古佛教經文的確是稀奇。」我微微一笑，道：「我們在【地獄】找到的線索，果真有用！」

我透過【萬蛇】，意識分散，在【地獄】之中同時進入大量靈魂。

如此經歷著無數南轅北轍的人生，我的精神力起初幾要崩潰，不過，我畢竟已在【地獄】之中鍛鍊多時，又吸取了大量撒旦靈魂碎片，意志力早堅韌非常，因此每次快要意識崩解之際，總是能勉強守住精神，恰恰熬過。

藉此方法在芸芸眾魂中搜索，確實如大海撈針，不過我這樣倒成了另一種精神力訓練，而且有【萬蛇】之助，已讓我搜索速度大大加快。

最終，我在【地獄】裡經歷了兩個人生，引我至此。

第一個靈魂人生，是一名印度的黑幫首領。

那首領三十來歲，本是名叱吒江湖的人物，不過因為性格殘暴乖張，雖爬上幫內最高位置，卻同時樹敵無數，所以即位不過三年，便被黨中人背叛，圍剿追殺。

首領好不容易殺出重圍，帶傷逃至此竹林附近後昏迷過去，待得醒來之時，他發現自己原來被竹林村中，一名年輕女子所救。

那女子當日在竹林採摘野菇，偶然遇到在地上浴血昏迷的首領。

雖然女子注意到首領身上傷口顯然非野獸所致，但慈悲心起，女子也沒多想，便將他帶回家中照顧。

那首領失血頗多，一昏迷就是三天，那三天裡女子沒日沒夜的照顧著他，首領這才得以熬過。

首領醒來後弄清處境，得知女子並沒向任何人提及此事，對女子甚是感激，便決定馬上向她報答。

報答方式，就是先姦後殺。

因為那首領，不想走漏任何風聲。

第二個靈魂，則是一名流浪行乞的獨腳老人。

那老人來歷沒有甚麼特別，只不過是出生卑微，人生一直以來就是處於低下階層，完全沒有向上流的機會。

如此掙扎地渡過了童年，壯年，來到老年，依舊是一事無成，即便想留在大城市裡行乞，亦給其他乞丐趕了出來。

老人無處可去，唯有四處流浪，見人討錢，無人則隨處覓食。

有果吃果，無果啃草，只求勉強殘存。

老人無目的地流浪，走著走著，便意外來到這村子。

老人走進了村裡，打算討點吃的東西，不過村裡的人卻對他視若無睹。

老人早習慣了這種情況，正當他心灰意冷，想要離開村子之際，一名女孩卻捧來一大堆水果給他。

那女孩，卻正是先前本應被首領姦殺了的那位。

女孩的出現，猶如天仙降臨一般，教老人難以置信，雖只是普通水果，但老人流浪經年，久未飽腹，那些水果可說是他人生之中，最美味的食物。

女孩沒有嫌棄老人渾身泥巴，污穢不堪，反熱心地侍奉老人進吃，老人也一直吃到肚皮鼓脹，這才罷手。

待老人飽餐以後，女孩便即轉身回村。

老人對女孩心生好感，想要和她多說幾句話，卻因身世低下，欲言又止，只眼巴巴看著女孩背影，在翠竹之間消失。

老人一直在村外等待，不眠不吃的等了一個整天。

老人再次飢腸轆轆之際，女孩再次出現，老人滿以為這一次女孩又會帶來食物，可是女孩溫婉如常，雙手卻空無一物，而且神情比先前冷淡。

她走到老人面前，問老人怎麼還不走。老人呆了一呆，說自己又餓了一天，現在走不動。

女孩卻始終表現冷淡，只說昨天已給了他吃的。老人大感尷尬，又難以相信眼前女孩，態度完全改變。他垂下了頭，求女孩再給他一些吃的，女孩沒有說話，轉身回村，沒多久又回來。

老人以為她取來食物，可是，女孩手中卻只捧著一塊明亮的鏡子。

「這就是你的食物。」女孩淡然說道，「你的『果』。」

老人聞言一愕，看著鏡中頹靡、髒亂的自己，一時呆在當場。

老人一直無家無居，四處流浪，所以甚小看到自己的面貌；有時被施捨一砵清水，他也會閉目低頭，匆匆喝完，有意無意的避過看到自己容貌的機會。

此刻，他看著鏡中人，心裡只覺陌生無比。

鬆散枯燥的灰髮，乾裂如地痕的嘴唇，瘦削若枯骨的臉龐。

以及，那雙死寂的眼睛。

「我甚麼時候……變成了這個樣了？」老人看著看著，心裡不禁發毛。

「種何因，得何果。」女孩繼續說道：「老者，你的一生，難道只如高山上的水流，只能一直往下流嗎？」

老人沒有回答，只是別過了頭，不再看那面特別明亮的鏡子。

「生活清貧並無過，但你撫心而問，你一直走來的道，是你所想走的嗎？」女孩淡然說道：「你流浪至此偏荒竹林，求的到底是甚麼？」

老人啞口無言，只能結結巴巴的道：「我……我不知道……我甚麼也不知道。我只是想……吃點東西……我昨天快要餓死了……」

「不，你不會餓死，你知道怎麼存活下去。更何況昨日我已讓你大餐一頓，你該有足夠力氣，繼續上路。」女孩語氣依舊冰冷，「可是，你一直留在村口，一直等到自己力氣再次耗盡。老者，你此番到來，到底求甚麼？」

「我……我真的只是想要一點吃的……」

「不。」女孩斷然否定，再次問道：「你回頭，看你一路走來，在地上留下的腳印，你求的到底是甚麼？」

老者回頭，身後只有一片被竹葉蓋滿的道，並無甚麼腳印可言。

「我看不到腳印。」老人再次看著女孩。

「對，因為風吹過，葉飄落，你的腳印，便都消失了。」女孩看著老者，再次問道：「那麼，你求的是甚麼？」

老人此時，腦海忽然一陣澄明，衝口應道：「死。」

「你想通了。」

聽到老人的答案，女孩臉上忽然再次展露笑容。

然後老人的靈魂記憶，便再此時終斷。

先前那位黑幫首領的記憶，在他撕開女孩衣服，剛掏出自己的陽具時，便已終止。

記憶終止，代表那人已死，如此亦意味女孩始終沒有遭到首領的毒手。

兩段靈魂記憶的主人本身毫無關係，唯一有相關的，就是記憶最後，二人都來到這竹林，遇見同一位女孩。

一個人物在不同的靈裡出現，本來不是甚麼奇怪事，不過，那黑幫首領的人生屬於二次世界大戰後的時期，那老人所生活的國家，卻是古代印度！

一個女孩，能跨越兩個相隔數百年的靈魂記憶，自非尋常。因此在找到這兩個記憶以後，我便讓但丁進去，各經歷一次，看看當中有沒有甚麼蛛絲馬跡。

但丁一看，沒多久便確定這條村落，有點古怪。

因為，那竹林裡村落的格局，和他當年所居住，被撒旦疫病所滅的村子，一模一樣！

眼看再無其他相近線索，我和但丁最終便憑著那兩人的記憶，來到這村子。

「要下去了嗎？」我看著但丁問道。但丁沒有立時回應，那雙碧眼滿懷心事的看著村落，一時出神。

「嗯，我們也在這樹上待得久了。」半晌，但丁應道，「只是，我們該明闖還是暗訪？」

「這得看看你和須跋陀羅的交情。」我笑了笑，「你好歹也是他師兄吧？」

「不，我們並沒這般算輩份。再說，我和他實在沒甚麼交情可言。」但丁淡然說道。

前來竹林的途上，但丁亦略為跟我解釋過。

那天他病重昏迷，須跋陀羅才進草舍，被佛祖收作弟子。待得但丁被救醒來之時，已是七天之後的事。那時須跋陀羅已然離開，但丁亦因為逃避撒旦，沒有多作逗留。

「但你倆此後再無見面？」

「沒有。在那之後，我便到了西方流浪。」但丁解釋道。

雖然這村子看似和須跋陀羅有些許關係，但我以【萬蛇】查探過後，卻始終找不到他的蹤影。

我們此番到來，目的是得到【梵音】，可是但丁和須跋陀羅雖有關係，卻無交情，若然要他借出神器本已是難事，更何況我非暫借，而是以【梵音】來換取楊戩手上的【弱水】，須跋陀羅定必不放手。

若果明闖，恐怕會驚動對方，眼下只有暗中查探，方是上策。

正當我想跟但丁提出分開兩路，暗暗潛進村內時，我卻看到他一臉驚愕地看著下方。

我不明所以，須勢一看，卻也和但丁一般，看得呆在當場。

因為在樹底下，此刻竟站了一人。

那人，正是在兩個靈魂記憶皆出現過的女孩！

「兩位。」女孩仰著頭，看著隱伏樹蔭中的我倆，微微一笑，「請跟我去見須跋陀羅。」

第一百章——風吹不息（上）

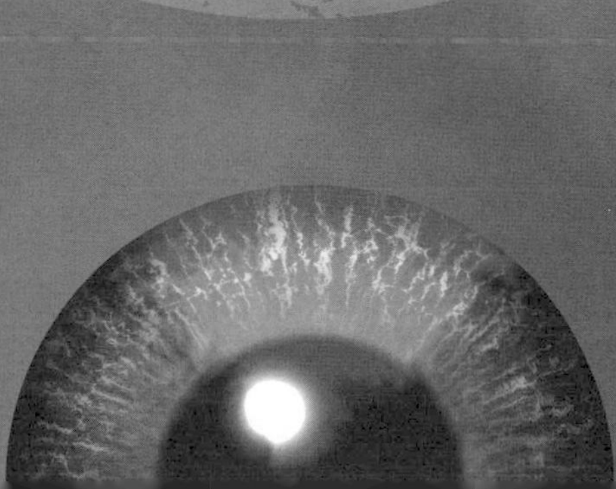

第一百章　風吹不息（上）

「這怎麼可能？」但丁張大了口，一臉難以置信，在我身邊小聲說道：「這娃兒怎麼完全沒有露出半點氣息？連呼吸也沒有？」

我心下也是不解，立時運氣提升感官，只感覺到眼前少女，宛如鬼魅，完全沒有散發半點氣味，半點異樣氣息，整個人的溫度也和周遭環境，完全一致。

剛才她說話的時候，聲音也有點奇怪，聽起來不像自她咽喉發出，更像是以「傳音入密」之類的方式，直接在我腦中響起。

「兩位，不用奇怪。」少女再次淡淡一笑，「一切答案，須跋陀羅也會解答。」

眼看少女似乎並無敵意，我和但丁相互對望一眼後，皆從樹上跳了下去。

原本在附近不遠處玩樂的孩童，見到我倆突然出現，先是嚇了一跳，但轉眼又繼續圍著玩耍，並沒有太過驚訝。

我和但丁隨著少女，進了村子，卻沒再村中停留，而是一直穿過，來到村後，更遠更深入的竹林之中。

我和但丁同時留上了神，不過途上終究沒有異樣，只是周遭的竹子，越見盛密，到了後來，更是把底上的陽光，差不多完全阻隔掉。

我倆一直沒有作聲，只是默默追隨少女，如此走了好一段路程，前方竹林突有一片空地，使陽光毫無阻隔的照射下來。

那片沐浴於日光的空地上，建有一座小草舍。

草舍的模樣，與佛祖死前所居住的，完全一樣。

「兩位，須跋陀羅就在裡面。」女孩忽地止住腳步，顯然沒有和我們一同進去的打算。

我感覺到草舍裡面，真有一人，但從未和須跋陀羅接觸，我不知那股氣息是否屬於他。

「是他沒錯。」但丁點點頭，卻見他的左眼早已染紅，「當日我自死亡中返回來後，草舍之中除了撒旦和佛祖，就只剩這股氣息了。」

聽到但丁的答案，我沒有多想，便與他一同不徐不疾的走進草舍。

門一開，正中有一人閉目盤膝而坐。

那人衣衫襤褸，一頭白髮長得伏地而瀉，神色萎靡不堪，但我卻認得清楚，那人正是須跋陀羅！

我倆步入草舍以後，須跋陀羅依舊閉目坐著，沒有睜開眼來。

我和但丁對視一眼後，但丁正想開口，此刻須跋陀羅雖然雙目依舊緊閉，卻率先作聲：「你們，來了。」

相比起我在阿難的靈魂記憶中看到的須跋陀羅，眼前的他感覺要滄桑得多，即便是聲線，也沒記憶中那般鏗鏘有力，反是死氣沉沉，聽起來像一個垂死老人。

「你一直在等我們？」但丁問道。

「不錯。」須跋陀羅，「等了，整整二千年了！」

須跋陀羅語氣認真，不似作假，我聽罷旋即問道：「你知我倆是誰？」

「自然知道。」須跋陀羅抬起如老樹根的右手，指了指但丁，「你，是當日在草舍裡病危至死，卻又被佛祖救回的那人。」

「我叫但丁。」但丁淡淡應道。

「嗯，對……撒旦有提過這個名字。是但丁沒錯。」須跋陀羅點了點頭，又將手指向我指來，「至於你，自然是撒旦的繼承人！」

「你怎麼肯定？」我沒有立時承認，只是環手笑問。

「你和他擁有相近的氣息。」須跋陀羅答道。

我心下略感佩服，因為我早已把氣息收斂若無，即便是高手，在此近距離也難以察覺，但想到剛才神秘少女能早早發現我倆隱藏樹中，我亦不感到太過驚訝。

「當然，這只是其中一個原因。我知道你倆會來，還因有人提示。」此時，須跋陀羅指了指他的頭頂。

我們順著他手指一看，只見草舍橫樑之上有一團事物，我定睛一看，只見竟是一堆枯骨。那枯骨只比手掌稍大，有爪有喙，看來似是鳥類的屍骸。

那屍骨的左腳骨，又縛有一束小布條，布條早已發黃，但布上書有草草數字，寫著「進此草舍者，唯但丁與魔！」。

這十隻字，筆跡清秀卻勁道十足，雖年代已舊，可是墨色依然深刻，我更認得出那些字跡，乃出自孔明手筆！

「原來給你提示的是孔明。」我看著那條發黃布條，笑著說道：「怎麼我沒感到半點詫異？」

「臥龍先生擁有『先見之瞳』，能洞悉先機，要算到你倆的出現，自然不是難事。」須跋陀羅仰起頭，閉目但對著樑上屍骨，「這是他發給我的信鴿，但牠來的日子，已是差不多一百年前的事。」

「嘿，窺探一百年後的事，對那傢伙來說，確實容易。」我轉頭向須跋陀羅問道：「這麼說來，你和孔明本來相識？」

「曾有數面之緣。」

「那麼，他可有告訴你，我倆為甚麼會在此出現？」我笑著問道。

「沒有。不過，我和撒旦相見的第一天，他已經明白說清楚。」須跋陀羅淡然一笑：「『我的後人，亦會將它找出來』。」

須跋陀羅所覆述的話，正是撒旦當日向佛祖說過，其時對神器【梵音】不感興趣的原因。

「既是這樣，我們亦不必隱瞞。」我看著須跋陀羅，笑道：「我們此行，就是為了【梵音】而來，你既說得出這一句，那麼佛祖當年，果真將之傳了給你。」

「不錯。那日佛祖密音傳話，除了跟我說道，還告訴了我【梵音】的下落。撒旦雖然亦悉破此節，但在佛祖圓寂以後，他卻沒再和我說過半句話，因為那時候他只關注但丁的安危。」

「因為他希望得知【地獄】裡的境況。」一直默不作聲的但丁，此時說道：「為了逃避他，我便自此離開了印度，到西方流浪。」

「可是，你最終還是告訴了他【地獄】的樣子，而且還協助他透過假死狀態，魂遊【地獄】，對吧？」須跋陀羅反問。

「你怎知道的？」但丁神情略顯詫異，旋即又說：「你之後還和撒旦見過？」

須跋陀羅沒有回話，反向我們問道：「你倆對我印象如何？」

但丁沒想到須跋陀羅會如此一問，先是一愕，其後答道：「說句實話，我和你雖同為佛祖子弟，但素不相識。可是，我仍然記得，還未入門前的你，名氣已經很大，誰都知道你博聞強記，學貫古今。」

「對，那時候，我對甚麼也感興趣，不論是天文地理，藝術科學，甚至是生活上一些簡單但新奇的知識，我都熱衷。每次得到新的知識，還是像孩童得到糖果那樣，無比歡天喜地。」須跋陀羅繼續說道：「釋迦牟尼離世之前，和我說了許多我從未聽過、從未想過的事物和道理。得道以後，我一直不斷印證他的話，每每皆有驚喜。不過，佛祖雖智慧過人，一字一句皆有道理，但我和他相處的時間，實在太少，如此過了百年，我亦已差不多完全參悟了他傳下的道。所以，那時候我便開始尋找撒旦的下落。因為只有他，才會擁有和佛祖一樣淵博的知識。」

「撒旦行蹤神秘，要找他並不容易。那時我費了一番工夫，亦得不到半點風聲，幸好他得知我在尋找他，終於在某一天，他突然出現在我其時住宿的地方。」須跋陀羅憶述道：「那時距離我和他初次相見，已有差不多一百年。百年不見，他樣子依舊，但身上的氣質，顯然有了變化。雖然他的氣息隱藏得非常之好，滴水不漏，可是每一次當他催動魔氣時，都會教站在他身旁的我，如墮冰淵，渾身顫抖得難以自制。」

「算算日子，那時候他應該已經找上了我，得知了【地獄】的樣子，還進去修練過。」但丁想了想，說道。

「不錯。撒旦教授我的眾多事情當中，其中便有【地獄】的真實光景，這也是為甚麼我會知道但丁你離開印度後，終究還是有和撒旦再次相遇。」須跋陀羅聞言點頭。

「聽起來，你和撒旦甚是熟稔。」我忍不住笑道。

「嘿，完全談不上。」須跋陀羅勉強勾起嘴角，「我和撒旦見面，說到底只是一場交易。」

我聞言大感興趣，不過沒有作聲，任須跋陀羅把話說下去。

「我雖一心向撒旦求學，可是撒旦和我素無交情，所以他並沒隨便告訴我任何知識，倒是見到我以後，撒旦向我即提出一個交易條件。」須跋陀羅繼續憶述當年情況，「撒旦說，他可以每一百年，和我見面一次，共處十天。那十天之內，撒旦會將天下所有新鮮事，知無不言，而我提出的任何問題，他懂的都會詳加解答。至於條件，則是要我將神器【梵音】，親自交給他的傳人！」

聽到須跋陀羅的話，我沒感高興，倒是心生懷疑，忍不住問道：「那麼你答應了他的條件？」

「神器雖然神妙無比，可是我知此事若走漏風聲，定必惹來各路人馬爭奪，而我入魔的原因，只望有更長壽命，去認識世界。」須跋陀羅微微一笑，「我從來避免牽涉於魔界的鬥爭，佛祖傳我神器，直到再遇撒旦，期間我亦只因好奇，使用過【梵音】三次。所以聽到撒旦的條，我二話不說，便即與他立下血契。」

「由於那時撒旦已能進入【地獄】，經歷靈魂記憶，他所傳授的東西，比佛祖要五花百門得多。而且藉著『鏡花之瞳』，撒旦能讓我在知時間之內，透過幻覺，吸收更多。」說到這兒，須跋陀羅忽然頓了一頓，嘆了一聲，「可惜我和他由始至終，只能見面五次。因為在佛滅五百年後，撒旦便被薩麥爾所擊斃。」

「這樣一來，你和他的血契還成立嗎？」我皺了皺眉，問道。

「放心，自然還在。直到此時，依舊有效。」須跋陀羅淡淡一笑，似是捕捉到我的心思，「雖然撒旦只向我授道五次，但那五次相處，皆讓我大開眼界，十天所見，教我欣喜百年！所以即便撒旦死了，我仍心存感激，決心保留神器，直至他後人出現。」聽到他的話，我便不再說話，讓他繼續把話說下去。

「在撒旦死後百年某天，一頭白鴿忽地飛進我其時隱居之處。那白鴿腳上束有布條，我取下一看，赫然發現那布上寫的東西，能解開我當時遇到的難題。而那布束的落款，則是『臥龍』二字。那時魔界傳言，是孔明背叛撒旦，助薩麥爾設伏行刺，才令魔鬼之皇被殺，不過當我看到那兩字，我便立時明白，撒旦被殺一事，其實是他本人一手策劃。自此之後每一百年，不論我身處何方，皆會有一頭百鴿飛來找我，解我其時心中之惑；有數次因我身處要險之地，等閒飛禽難及，所以孔明本人，便親身到訪，我亦因此和他有數面之緣。」

「沒想到你和他有這般淵源。」我看著須跋陀羅說道：「不過，孔明他已經……」

沒等我把話說完，須跋陀羅已搶先道：「已經離開了吧？」

「你早就知道？」我奇道。

「不知道。只是若他仍然在世，你倆便不須別人帶路，才找到此草舍吧？」須跋陀羅微微一笑，又轉過頭，看向但丁，「你們剛剛經過的那條村莊，很熟悉吧？」

「怎會不熟悉？」但丁淡淡說道：「和我還是人類時所生活的村落，一模一樣。」

「那條村莊其實是我數百年前，決定長年隱居此地時，孔明親自前來，讓我按照他繪畫的草圖所建成。」須跋陀羅接著解釋道：「他知道撒旦和我之間的契約，又知我會在此地終老，便想助撒旦的傳人一把。孔明說，他若能活到此刻，你定必會問他神器下落，這樣他便可以親自帶你前來，但他看過絕大多數的未來，他本人都活不到這個時刻。他既不想隨便留下線索，讓神器過早曝光，便想了一個婉轉方法，透過但丁，引你尋上此舍。」

「老謀深算的傢伙。」我聽著搖頭苦笑。但丁聽了，垂頭嘆了一聲。

「怎麼了？令你想起那段日子嗎？」聽到但丁嘆息，須跋陀羅便即問道。

但丁點了點頭，道：「你那時雖不在村中，可是當中慘況，你該有所聽聞吧？」

「自然知道。可是，現在你眼前所見的村莊，和當初那個除了建築之外，跟本無一相關之處。」須跋陀羅笑了笑，「更何況，這些村人在我看守之下，數百年無一人不含笑而終。你若看到了倒影，那麼感受到的憂慮，也只是從你心中所生的倒影。」

「我知那些村人皆心悅而逝，不然我們在【地獄】裡，不會費了那麼多功夫，才找到此處。」但丁又再嘆一聲，「只是，這樣看著他們，我又自不然會想起那些曾經和我要好，曾經是我至親的人，一一在我眼前死去的模樣。」

「你還未看破。」須跋陀羅聞言，淡然笑道。

「未，還未看破。」但丁正容道：「我成魔以前，受佛祖指教，以為自己離得道很近，但當我可以進入【地獄】，觀察死者亡魂，我才知道，自己還未能看破。」

「看不破，也許是好事。像我這般看破了後，人生便只剩一個目的。」須跋陀羅朝著我倆，淡淡一笑，「死。」

須跋陀羅須一臉微笑，但語氣不似作假。其實和他交談了一會兒，我已發覺他和靈魂記憶中的，差別甚多，除了說話無力，眼神死寂，一舉手一投足，皆死氣沉沉，了無生氣。

「到底發生甚麼事了？」我忍不住問道。

「只是，感到膩了。」須跋陀羅淡然笑道，「我曾以為自己的好奇心，是永遠不會磨滅，可是突然有一天，我卻發覺自己，對甚麼事也提不起興趣。」

我聞言一愣，說：「就是這樣？」

「難道還不夠嗎？」須跋陀羅笑問：「起初我以為只因我那時在研究的東西，不夠特別，不夠新奇，但後來再鑽研別的事物時，我依舊感受不到一直以來的興奮。彷彿那些事物，統統都感到很熟眼，不再有趣。那時，我忽然覺得很驚訝、又感到恐懼，因為突然之間，我不知道我為甚麼還要繼續生存下去。」

「那是甚麼時候的事？」我了想問道。

「大概七百年前，亦即是我在此竹林開始隱居的時候。」

「但你還是生存下去。」我笑著問須跋陀羅，「你是甚麼時候開始對萬物失卻興趣。」須跋陀羅屈指算了一算，才道：「大概七百年前，亦即是我在此竹林開始隱居的時候。」

「七百年！你生無可戀，還能熬上七百年！」我聞言大感錯愕，忍不住笑問：『你不會是因為和撒旦立下血契，這才一直苟延殘喘吧？」

「誠如我先前所說，將神器交付給你，即便沒有血契，我還是想稍報撒旦的傳道之恩。不過，我苦等七百年，還有另一個原因。」須跋陀羅說到這兒，頓了一頓，才續道：「七百年前，我進此竹林，本是想作一個終極實驗，看看能否喚醒好奇之心，讓我可以含笑而死。」

「含笑而死？」我皺眉問道：「你想死後進去【天堂】？」

「不錯。」須跋陀羅點了點頭，「『天堂無極樂，地獄非絕境。上天下地，只在一念之間』。撒旦生前已用『鏡花之瞳』，讓我見識過【地獄】的真實光景，可是【天堂】的模樣，卻是連他也從未見過。我對萬事皆無興趣，唯獨是【天堂】，那個囚禁著世上另一半靈魂的地方，還讓我早如止水明鏡的心，有少許波瀾。不過，當我萬事俱備之際，孔明卻率先現身，說那終極實驗的結果，無論如何都不會讓我得到新鮮感。」

「然後他就讓你建這村莊，引我而來？」我想了想，問道：「換言而之，我有能力讓你帶笑而死？」

「不錯。」須跋陀羅輕輕點頭。

「怎樣做到？」我皺著眉頭。

須跋陀羅微微一笑，卻沒說話，只伸出如老樹根的左手食指，在鋪滿塵泥地的上，輕輕寫著古印度文：「一拔舌、二挖心、三剝皮、四飲銅……」

我看著那些字，笑而不語，因為那些數字和名字，正是各式【地獄】的名稱！

須跋陀羅由第一式【地獄】起，書寫到第十八層，手便擱下不動，我以為他要住手之際，怎料此時他指頭又動，在地上寫下「十九光影疲勞」！

看到這個名字，我心下不禁大感驚訝。撇旦向須跋陀羅傾囊相授，讓他見識十八式【地獄】自非奇事，可是那第十九式【光影疲勞】，乃是我自行領悟而成，除了寧錄以外，我至今從未向人施展過！

「別驚訝。我也只知名稱，招式內容，卻是毫無頭緒。」須跋陀羅看到我詫異的樣子，不禁一笑。

我聞言思索半响，問道：「這全是孔明告訴你的？」

「孔明在七百年之前，預視到撒旦的繼承人能突破第十八式，悟出地獄之皇從未想過的一招。不過，他由始至終並沒跟談及第十九層的內容，只是拋下這個名字，」須跋陀羅頓了一頓，道：「然後，便說這一式能讓體會前所未見之事，雖然過程痛苦，但終能帶笑而逝。」

「嘿，孔明騙了你。」我看著須跋陀羅，冷笑一聲，眼神卻認真無比，「這一式，根本不可能達到這個效果。」

「此話怎說？」須跋陀羅聞言，神色依舊淡然，但眼裡還是閃過一絲失落。

「說來麻煩，我還是親自讓你感受一下吧。」我看著須跋陀羅放聲一笑，同時張開了「鏡花之瞳」。

須跋陀羅大驚失色，連忙喝道：「快收回魔氣！」不過，我出招迅速，須跋陀羅一語未完，我蘊釀於左眼的魔氣早已如洪水般朝他撲去！

【光影疲勞】能令受術者在腦中幻覺，化成影子經歷我在【地獄】遇過靈魂的死前一刻；而每一個進入【地獄】的靈魂，必定是含恨而終，所以若果須跋陀羅真的陷於【光影疲勞】時死掉的話，靈魂定必難以進入【天堂】。

「他……進入了幻覺了嗎？」一切變化來得太快，但丁只能看著此刻神情慘痛、眼瞳不變擴縮的須跋陀羅，呆呆的問道。

「對，應該經歷了第三個人生吧？」我盤算一下靈魂世界裡流動的時間，「我沒有傷害他的意思，所以這式【光影疲勞】威力已減弱不少，大概在經歷一百個靈魂的死亡後，他便會自幻覺之中醒來。」

「不會就此殺死他吧？」但丁皺著眉頭，疑惑的道。

「既能得到佛祖垂青，又有撒旦和孔明親身授道，這老頭子的修為定不簡單。」我也看著呆立原地，渾身不斷痛苦地顫抖的須跋陀羅，「只是區區百具靈魂，殺不死他的。」

但丁聞言，欲再說下去，可在此時，我看到他身後忽有一道黑影，自草舍外，迅速閃入。

那黑影體積瘦削，速度極快，電光火石間，我赫然發覺那是先前帶路的女孩，但女孩此刻目露兇光，撲向但丁，似欲將他擊殺！

女孩出手毫無先兆，五指成箕，眼看便要抓中但丁腦門，我來不及出言提醒，只得運動魔氣，左手瞬間化作灰色，繞過但丁，替他擋下這記殺著。

女孩身形瘦弱，身上又全無魔氣運動跡象，可是這一抓之力，竟硬生生把一截灰蛇抓斷！

我心下駭然，不敢怠慢，被抓得血肉模糊的蛇身斷口，肌肉微微蠕動，又再吐出十數條指粗的小灰蛇，交織成網，阻擋女孩去路！

但丁此時已然察覺有異，連忙回身後退數米，女孩見狀，矮身一沉，趁蛇網未完全張開，在底部隙中竄出，然後再次撲殺，但這一次攻擊的對象，卻是我！

「嘿，有種。」我冷笑一聲，些許魔氣同時迅速積聚於「鏡花之瞳」中。

女孩躍騰於空，由始至終卻沒有迴避目光，和我相對而視，因此我不費力氣，便將魔氣直接貫進她的精神之中，築構幻覺！

女孩此刻眼中的「我」應該仍作守勢，腳步不移，不過實際上，我已經向前踏了一步，右手成拳，朝她肚窩鑽去。

女孩雖然渾身無半點殺意或魔氣，可是從她出手看來，女孩絕對不像外表面那般弱不禁風，所以這一拳我用上了兩分力道，若然觸感有異，後勁亦隨時可增。

不過，蓄於臂中的後勁，始終沒有用上。

因為拳頭眼看要轟中女孩之際，她竟似是沒中幻覺，在千鈞一髮之際扭動腰子，恰好臂過我的拳頭，然後貼著我手臂平飛，雙手作龍爪狀，直取我雙目！

我大感詫異，連忙側頭閃避，但女孩身手靈活得如鬼魅，在半空纖腰一扭，十指頓時由直取變橫抓！

我冷笑一聲，不作閃避，只是看準女孩招式來路，雙手齊吐，後發先至，一手擋住了她的左臂，另一手則化作手刀，由下而上刺，硬生生將女孩的右手，齊肘刺斷！

斷掉一手，我原以為女孩的攻勢便會就此停下，怎料她眉頭也沒皺一下，神情依舊兇恨，而此時我更發覺她右臂傷口，竟沒有半點血液流出！

在我驚愕之際，女孩突然向前打了半個翻斗，頭下腳上，以左手撐地，腳掌赤著的右腳，同時揮向半空中的右手。

但見女孩的腳掌甫碰到那半截斷手，斷手竟立即連接著腳掌，同一時間，她整條右腿肌肉忽然詭異地抖動，接著女孩的右腳竟倏地變成了三節！

女孩怪腳成形，渾身同時自轉一圈，「三節腳」頓時帶勁朝我面門踢來！

我和她本來相距甚近，又冷不防會有此怪異招式，閃避的話，還是會給那特長的腿踢中，千鈞一發間只得舉臂格擋。

碰！

雖然只是以手作軸，轉了一圈，但怪腿所含的力道遠比我想像要巨大，雖然勉強擋了下來，整條手臂卻被震得隱隱作痛。

不過，就在此時，我感到臉龐有傳來一道異樣感覺，藉著眼角餘光一瞥，我只見女孩的腳掌不知何時，竟變回了手掌狀，更成手刀形，直朝我太陽穴貫去！

「她身體難道能隨意變形？」我見狀不禁一愕。

手刀破風之聲異常刺耳，足見其勁，若被擊中，頭顱定必大受傷害不少，不過面對鋒利手刀，我始終不閃不躲。

因為在女孩發勁的同時，我已催動【萬蛇】，透過格檔著的手臂，蛇化女孩怪肢！

我魔氣一運，女孩怪肢和我手臂接觸處瞬間泛起一片深灰蛇鱗，勁力難透，那致命手刀亦因此停了下來。

女孩渾身沒有魔氣流動跡象，蛇鱗侵佔無阻，轉眼已同化了她怪肢最前一節，但此時女孩突地輕叱一聲，那多出來的一節怪肢突地脫落，猶如壁虎脫尾，教灰蛇無路再進；與此同時，女孩原好的左臂，突然整條縮進體內，然後再在腹間破衣彈出，五指蘊含陰厲勁力，卻是直取我心臟！

看到女孩這詭異一手，我既是驚訝，又是憤怒，因為我實在想不透她為何突然發難，而且每一招皆是置我於死地的殺手！

我和女孩本來纏鬥在一起，距離極短，這腹間吐拳，著實教人難以防備，女孩怪手一抓，已然插中我的胸膛！

不過，天下間，並沒有多少東西，能刺破我獸化後的黑色異膚。

任女孩如何發力，那五指依舊只停留在我胸膛表面，而這一呼吸之間，我整個人已完全化黑，進入「獸」的狀態。

滔天魔氣，自我身上源源不絕的散發出來，本來兇狠無懼的女孩，神情亦稍稍變得謹慎，躍後數步。我見狀本以為女孩知難而退，怎料她雙腳才一著地，整個人如脫兔跳彈，腹中手又回到原位，伸出食中兩指，竟是要取我雙目！

「休怪我無情。」我冷笑一聲，踏一個箭步，搶進了女孩身前虛位，趁她手臂還未完全伸直，右手已緊握成拳，轟向她的肚皮！

噗。

一道怪異的聲音響起，我拳頭同時傳來怪異觸覺，彷彿剛才擊中了一團棉花之中，拳力完全消散無痕。

我眼光一移，只見剛剛那一拳，並沒有擊中女孩，而是停留在她腹前數寸。

我大感詫異，數匹後勁瞬間催谷於手，可是在她腹部和我拳頭之間，彷彿有一堵無形的牆，教我的拳頭絲毫難進！

女孩兩指快要插中我的眼球，但此時彷彿有另一堵無形牆壁，擋在她雙指之前。

女孩不斷吼叫，只是雙指始終擱在半空不下。

「請撤去魔氣。只要沒了魔氣，她便不會襲擊你。」一道聲音突然在我腦中響起，卻是須跋陀羅。

我回頭一看，只見須跋陀羅已脫離了【光影疲勞】，正半跪在地，喘著大氣的看著我。須跋陀羅說話的同時，左手正捏著法印，而掌心之中，則有一道紅光，隱隱透射出來。

看到那透光的手掌，我心中不禁想道：「難不成這無形氣牆是他的魔瞳能力？」但我再細心留意須跋陀羅身上所發的氣，察看到除了左掌以外，他口裡亦有另一股有別於他魔氣的氣息散發出來。

「你猜得不錯，那就是你想要的東西。」須跋陀羅眼神疲憊、聲線虛弱的道：「收回魔氣，我會說明這一切狀況。」

我沉哼一聲，收回拳頭，同時後退一步，這才撤回魔氣。在這個距離，若然阻擋女孩的無形屏障突然消失，我也有足夠信心，可以瞬間提氣，先下殺手。

待我渾身魔氣消散以後，女孩凌厲的眼神突地轉向我身後的須跋陀羅，對於我則完全視而不見。

「可憐的娃兒。」須跋陀羅沉沉地嘆聲一息，身上魔氣流轉，草舍之內，忽地刮起一陣強風。

那道強風甚是怪異，只向女孩吹去，強風團團圍著女孩的四方八面，彷彿成了一所無形囚牢。

女孩不論如何掙扎，始終始終不了那所「風牢」，這時須跋陀羅呼一口氣，竟將魔氣完全撤去，連帶那無形囚牢，亦一併消失。

沒了束縛，女孩身形一閃，轉眼已衝到須跋陀羅面前，須跋陀羅卻只眼神淡然地凝視著來勢洶洶的女孩，不閃不避！

那五根奪命玉指，最終也只是擱在須跋陀羅佈滿皺紋的額頭上，沒有貫插進去。

女孩瞪大著眼，喘息不已，一臉如夢初醒，語帶驚惶的看著須跋陀羅，「我……又失控了？」

「沒有，沒有。」須跋陀羅慈祥地笑，一把抱住了女孩，「只不過是發生了點小意外，你沒有失控。」

女孩似乎知道須跋陀羅說的只是安慰話，渾身微微顫抖起來，一低頭，竟就此輕聲啜泣起來。

女孩這刻受驚的模樣，和剛才殺意騰騰的她，判若兩人，我思前想後，實在想不到為何單是魔氣，會令她有如此極端改變。

須跋陀羅不斷掃著女孩的背，柔聲安慰，女孩淚流不停，而剛剛連番出手，似乎讓她耗力不少，過了一會兒，她竟在須跋陀羅懷中睡著。

不過，她清秀的眉，依舊皺著。

看到女孩睡著，須跋陀羅輕手輕腳的站起來，走到草舍後方一堆乾草上，將女孩輕輕放下。

那動作之柔，像極一名悉思照料孫女的老人。

此時外陽西下，那金光透過草舍的門射進來，灑在須跋陀羅的背上，教他的背影顯得特別滄桑。

那個背影，不屬於魔鬼，不屬於佛僧，只是單純一個老人的背。

須跋陀羅才轉身，我便忍不住問道：「可以解釋了吧？」

「還記得，我剛才說過的最終實驗吧？」須跋陀羅不答反問。

「自然記得。」但丁皺眉說道，「那實驗，難道和這女孩有關？」

聽到但丁的問題，須跋陀羅沒有言語，只是定睛看著但丁，「看來，你不記得了。」

「不記得甚麼？」但丁一臉不解。

「這娃兒。」須跋陀羅指了指身後安睡的女孩，「你，應該見過她的。」

但丁陷入沉思，樣子始終一臉疑惑，半晌過後，眼睛卻突然瞪得老大，「難不成……你口中說的那個實驗……」

「數百年前，我突然對萬物缺趣，心如止水。那時我靜了下來，回想一生之中仍未解決的疑惑。其中一件沉在我心底的謎題，就是撒旦數千年前，在你村莊所散播的奪命疫病。那疫病散播極快，瞬間取人性命，最可怕的是連撒旦和佛祖，也沒有治癒之法！」須跋陀羅說著，眼神依舊平靜，「那時我想念及此，終於稍微提起點精神，想看看能否找出根治疫病的方法，重喚自己的好奇心。我重訪佛滅之地，又竭力鑽研撒旦和孔明說過的每一句話，千辛萬苦才找到疫病之源。」

說這兒，須跋陀羅轉過了頭，看著草堆上的女孩，「那個源頭，就是她。」

此時，但丁的身體開始顫抖起來，而我則忍不住打斷須跋陀羅的話，問道：「這女孩，到底是誰？」

「傳說中，那個釋放人世間一切所有邪惡的女人。」

須跋陀羅看著我和但丁，淡淡說道：「潘朵拉。」

待續

魔瞳

https://dreamakers.hk/devilseye09extra

嗔之章

魔瞳

卷一至卷七

經已出版

各大書局均有代售

後記

卷九的封面人物是九尾狐妲己，本故事其中一個最早出現的要角，除了貫穿古今不同大小劇情和事件，亦是我最喜歡的女角。

在不同的古籍記載裡，九尾狐有時是瑞獸，可是在多年的渲染下，九尾狐卻慢慢被描述成妖獸，尤其在《封神榜》的故事裡，更成了眾仙眾將合力討伐的大魔王。小時候看《封神榜》電視劇時，亦是受此影響，認定「九尾必是妖狐」。直到後來閱讀到日本漫畫《仙界傳封神演義》（亦是《魔瞳》的啟蒙之一）時，才令我的印象徹底改變。

在《仙界傳》裡的妲己，起初亦是一般的大魔頭，力量強大，殺人為樂，但隨著故事發展，揭露更多深層世界背景，妲己的整個形象便開始扭轉，到了結局，更是一個完全大逆轉！（這裡就不透露太多，因為希望未看的讀者有機會看一下這部佳作）

也是從《仙界傳》開始，我對九尾狐興趣更深，後來多讀一點資料，才知道妲己也是受女媧交託，才會色誘紂王，這跟聖經裡的猶大，其實十分類似。

因此當我開始落筆寫《魔瞳》時，很快便決定要把妲己寫進故事裡，因為正邪難分的她，實在適合當一頭魔鬼。

邦拿

二零二三．夏

魔瞳

The Devil's Eye 9

作　　者　邦拿　　責任編輯　賜民
出版經理　Venus　　設　　計　joe@purebookdesign
封面插畫原圖　九尾狐 "File:Nine-tailed Fox.jpg" by Beautiforce is licensed under CC BY-SA 4.0. https://commons.wikimedia.org/w/index.php?curid=61920410

出　　版　夢繪文創 dreamakers
網　　站　https://dreamakers.hk
電　　郵　hello@dreamakers.hk
facebook & instagram　@dreamakers.hk

香港發行　春華發行代理有限公司
香港九龍觀塘海濱道 171 號申新證券大廈 8 樓
電話　2775-0388　傳真　2690-3898
電郵　admin@springsino.com.hk

台灣發行　永盈出版行銷有限公司
台灣 231 新北市新店區中正路 499 號 4 樓
電話　(02)2218-0701　傳真　(02)2218-0704
電郵　rphsale@gmail.com

承　　印　美雅印刷製本有限公司
香港初版一刷　2023 年 7 月
ISBN: 978-988-76303-5-7
Published and Printed in Hong Kong

定價 | HK$108 / TW$540
上架建議 | 魔幻小說

夢繪文創
dreamakers